戸をたたくのは藤原道長か

紫式部は日記に，ある夜渡殿《わたどの》（渡り廊下）の局《つぼね》で寝ていたところ，部屋の戸をたたく音に目を覚まし，恐ろしさのあまりに声も出ず，身を縮めてそのまま夜を明かした，と記している．この時戸をたたいた人を道長と見て，式部は道長の寵を受けたとする理解もあるが，確証があるわけではない．しかし道長が式部を高く評価し，『源氏物語』を執筆するうえで有力なパトロンになったことは間違いない．

中宮彰子に「新楽府」を進講する紫式部

この子が男であったなら，と父為時を嘆かせたほど漢学の素養のあった紫式部であるが，同僚の女房からは反発を買い，そのために「一」という漢字さえ書かず，屏風の漢詩を読むこともひかえたという．漢詩文を知りたいという彰子に求められて「新楽府」を講義した時も，一条天皇や道長には内緒で行っている．出仕以前から書き継いでいたといわれる『源氏物語』だが，彰子を介して体験した宮仕えの生活が物語の展開に大きく影響していることは確かである．

若紫やさぶらふ

寛弘5年（1008）11月1日の土御門《つちみかど》邸．彰子が生んだ敦成《あつひら》親王（のちの後一条天皇）の五十日《いか》の祝宴で公卿たちが酩酊し，女房を相手に戯れている．紫式部を見つけた左衛門督藤原公任《きんとう》（画面右下）は，すかさず「このあたりに若紫はおいででしょうか」と言ってからかった．さすがは当代随一の才人といわれた公任，式部を若紫（紫の上）に擬《なぞら》えてのことであるが，『源氏物語』について年紀の確認される唯一のものである．式部は「そんな人はいるはずがないのに」と聞き流したというが，『源氏物語』が評判になり，奪い合うようにして読まれていたのであろう．ちなみに画面手前下，檜扇《ひおうぎ》をかざす女房と戯れているのは道長のライバルといわれた権大納言藤原実資《さねすけ》．

薫君を抱く光源氏

妻女三の宮と柏木《かしわぎ》との間に生まれた薫．出生の秘密を知る源氏は，誕生五十日目の祝いの席で，はじめて“わが子”薫を抱いた．無心に眠るその顔を見るにつけ，脳裏をよぎるのは若き日に犯した藤壺《ふじつぼ》との過ちである．父桐壺院《きりつぼ》への裏切りが，わが身に繰り返されていることを思い知り，現世における因果応報をかみしめる源氏であった．沈淪と憂愁の日々に煩悶し，人生はすべて終わったと悟った源氏が出家するのは，5年後のことである．

歴史と古典

源氏物語を読む

瀧浪貞子［編］

吉川弘文館

企画編集委員
小峯和明
古橋信孝
川合康

目次

＊人名については、読み方が慣用化している人物以外は音読みにした。

図版目次

〔口絵〕

〔挿図〕

源氏物語とその時代

瀧浪貞子

1 紫式部の歴史観

源氏物語と藤原道長

『源氏物語』五十四帖は、王朝社会に生きる理想の貴公子光源氏《ひかるげんじ》とその子孫たちを中心とする源氏一族の壮大な物語である。構成は三部仕立てで、光源氏を主人公とする正編（第一部と第二部）と、光源氏の子（実際には源氏の子でない）薫《かおる》君を主人公とする続編（第三部）に分かれる。正編のうち、源氏の青春と栄華を描いた第一部は三十三帖、晩年の憂愁と煩悶を描いた第二部は八帖で、光源氏の生涯に四十一帖が当てられている。これに対して源氏没後を描く続編（第三部）は十三帖だから、物語は源氏一族というより、光源氏の一代記といってもよいであろう。

紫式部が『源氏物語』を書きはじめた時期は明らかでないが、十一世紀初め、一条《いちじょう》天皇の寛弘《かんこう》年間（一〇〇七〜一二）ころというのは間違いない。いわゆる摂関時代の全盛期で、当時、藤原道長が左大臣・内覧《ないらん》として権勢を振っていた。

『紫式部日記』によれば、式部は寛弘二年（三年・四年説もあり）の十二月二十九日、道長の求めにより、娘の彰子《しようし》（一条天皇中宮）のもとに初めて出仕している。夫藤原宣孝《のぶたか》と死別し、一人娘（大弐三位《だいにのさんみ》こと藤原賢子《かたこ》）を抱えて悲嘆に暮れる日々を送っていたころで、式部は三十代半ばであった。『源氏物語』は、そうした日々の悲しみを紛らわせるために以前から書き継いでいたものであったといい、当時どの辺りまで書き上げていたのか、明らかでないが、すでに式部が『源氏物語』の作者として評判を得ていたことは確かである。そんな噂を聞いた道長が、彰子付きの女房として式部を召し出したのであった。道長が『源氏物語』執筆の有力なパトロンとなり、さまざまな面で便宜を図ったことはいうまでもない。

よく知られた話であるが寛弘五年（一〇〇八）十一月中旬ころ、土御門《つちみかど》邸で敦成《あつひら》親王（のちの後一条天皇）を出産し終えた彰子が内裏《だいり》還御《かんぎよ》を前に、式部を相手に『源氏物語』の浄書・製本を行なっていた時、それを知った道長が、上等の紙や筆・墨、はては硯《すずり》までも用意し、またこれとは別に書写用の立派な墨挟《すみばさ》みや筆・墨などを式部に与えている。式部が実家から取り寄せて自分の局《つぼね》に隠しておいた『源氏物語』の稿本（手直し前の原本）を、道長はこっそり持ち出して二女の妍子《けんし》に与えてしまったということもあった（『紫式部日記』）。道長が『源氏物語』を高く評価していたことを物語っているが、極端にいえば、そうした道長の援助があったからこそ、『源氏物語』は完成したといっても過言ではない。

ところが道長と『源氏物語』との関係について、従来から誰しも不可解に思ってきたことがある。摂関家全盛の時代であるにもかかわらず、主人公が藤原氏ではなく賜姓源氏《しせいげんじ》であり、しかも物語はその源氏の栄華を讃美した内容であることだ。そんなことから『源氏物語』は摂関制や道長を批判したものであるとの見方がある一方、源氏を主人公にしたのは、式部が高貴な賜姓皇族に憧れていたからであるとか、もともと作り話の物語だから道長が不快感を抱くことはなかったという理解など、さまざまな意見が出されている。しかし、いかなる理由があろうとも、げんに道長家に仕える式部が摂関制を否定したり、藤原氏（道長）を批判することなど、有りうることではない。百歩譲って仮にそうであったとしても、権勢を誇る道長が式部のそうした発言を許すはずはないし、だいいち出仕を要請することもなかったろう。まして、執筆を支援するなど考えられない。

『源氏物語』の背景や人物構成は、式部が熟慮の末に設定した構想であったはずである。そうした式部の真意はどの辺りにあったのか。手がかりは「物語」に対する式部の考え方にあるように思う。

「日本紀はかたそばぞかし」

紫式部は幼いころから物語を書き、親しい友人などに見せて批評し合ったという。それが『源氏物語』の素材となっていることは知られているが、そうした積み重ねのなかで培われてきた式部の物語観は、「蛍《ほたる》」の巻の一文に凝縮されている。それは、物語に熱中する若き玉鬘《たまかずら》に対して光源氏が、「こころ（物語）の中にまことはいと少なからむ」と、物語の虚構性を認めながらも、（物語は）神代《かみよ》より世にあることを、記しおきけるなり。日本紀《にほんぎ》などは、ただかたそばぞかし。これらにこそ道々《みちみち》しくくはしきことはあらめ。

物語というのは神代の昔以来、この世に起こったことを書き残したものです。日本紀などは、そのごく一部分を記しているにすぎず、これらの物語にこそ、道理にかない、人の心得となるような詳しい事情が書かれているのです、と述べていることである。ここにみえる「日本紀」とは『日本書紀《にほんしょき》』を含めた、いわゆる六国史《りっこくし》（正史）をいう。それらが勅撰である以上、ある種の編纂《へんさん》意図をもって撰述されており、すべてが事実にもとづいて書かれているわけでないことはいうまでもないが、式部が強調するのは、物語は虚構であるが、その中にこそ世の中の真実が書かれている。歴史書はごく一面を伝えているにすぎないのだ、ということである。

さらに式部は光源氏に、人の身の上を、ありのままに書くことはないにしても、善悪いずれにせよ見たり聞いたりして、「後の世にも言ひ伝へさせまほしきふしぶし」を、包み隠さず書きおいたのが物語なのだ、とも語らせている。

本当の歴史とは

光源氏のこうした言葉、すなわち式部自身の考えは、虚構のなかに人間の真実を描く文学論として、こんにちでも高く評価されている。しかし大事なのは文学論に留まらず、これがそのまま式部の歴史論でもあったことだ。後世に伝えたい真実の歴史は物語でしか書き残せない、というのが式部の強い主張なのである。

そのことは「薄雲《うすぐも》」の巻にも述べられている。それは出生の秘密（自分が桐壺《きりつぼ》帝の子ではなく、光源氏の子であるということ）を知った冷泉帝《れいぜい》が、過去に自分と同じような境涯の天皇がいたかどうか歴史書のなかで確かめようとするが、一例たりともみつけることができなかった。そこで、「たとひあらむにても、かやうに忍びたらむことをば、いかでか伝え知るやうのあらむとする」（正史ならば、たとえこのような事実があったとしても、決して書き留めるようなことはしないものだ）、と悟っている。式部の歴史観が冷泉の口を借りて端的に述べられたものであるが、これは正史を事実と信じる安直な歴史認識に対する厳しい批判であったといってよい。

繰り返すことになるが、歴史書（正史）は事実（それも一部）が書いてあるだけで、真実を記したものではない。事実をいくら列挙しても歴史の道理は映し出されず、生きた歴史を伝えたことにはならない、というのが式部の真意である。「日本紀などは、ただかたそばぞかし」と自負したのは、裏を返せば、正史を凌駕《りょうが》する真実の歴史として『源氏物語』を書くのだという宣言でもあったのだ。そのことを見落としては『源氏物語』の精髄を理解したことにはならないであろう。

紫式部が嫌った「日本紀の御局」

紫式部の歴史観は、むろん式部自身の歴史に対する関心の強さや造詣の深さに裏打ちされたものである。『紫式部日記』には、『源氏物語』を女房に読ませ、それを聞いていた一条天皇が、「この人は日本紀をこそ読みたるべけれ、まことに才あるべし」（この作者は、歴史を深く勉強したに違いない、本当に学識があるようだ）との感想を漏らしたとある。この時読まれていたのは「花《はな》の宴《えん》」の巻で、天皇はその記述が『続日本紀《しょくにほんぎ》』の記事に由来することを見抜いてこのように言った、との理解もあるが、確証があるわけではない。式部は物語の実在感を高めるために歴史上の人物や出来事などを数多く取り入れており、したがって『源氏物語』には六国史に由来する記述は枚挙に遑《いとま》がないからである。

それにしても式部の知識の豊かさを賞賛した一条天皇もまた、歴史に造詣が深かったということであろうが、『源氏物語』から正史を連想させた式部の才質はよほどのものであったといわざるを得ない。ちなみに、それを妬んだ同僚の女房が、嫌がらせに「日本紀の御局」とあだ名を付けて言い触らしたという（『紫式部日記』）。式部は大変な迷惑であると漏らしているが、このことについては多少説明が必要である。

当時は、歴史（漢文で書かれた正史）が学問のなかでもっとも権威あるものとされ、それは男子が学ぶべき学問で、女子が読むものではないとされていた。少女時代の式部について弟（兄とも）が「書《ふみ》」（漢籍）を勉強している傍らで弟よりも早く理解してしまうのを、学問を大切にしていた父（藤原為時）が、この娘が男の子でなかったのは不幸なことであった、と嘆いたという話はよく知られている（『紫式部日記』）。この場合の漢籍とは司馬遷《しばせん》の撰述した中国の史書『史記《しき》』を意味するものと考えてよいであろう。そのために式部は一という漢字も知らない風をよそおったといい、また彰子に求められて行なった『白氏文集《はくしもんじゆう》』の講義も、一条天皇や道長には内緒であった。そんな式部は、漢籍の講義が知られたら例の女房から何と言われるかと思うにつけても憂鬱だ、と沈んでいるが、「日本紀の御局」というあだ名に対しては、「いとをかしくぞはべる」（じつに滑稽なことである）と記して、不快感をあらわにしている。こともあろうに本当の歴史ではないと思っている、その「日本紀の〝通〟」というレッテルを貼られたのだから、式部にとっては片腹痛い〝汚名〟であったに違いない。

史書ですらこうであるから、当時女性が政治向きの発言をするなど、もっての外とされた。『源氏物語』や『紫式部日記』のなかで、社会状勢や政治批判といった記述がほとんどないのはそうした風潮によるものである。しかしたとえば「賢木《さかき》」の巻で、死期が迫る桐壺を見舞った朱雀帝に対して、式部は桐壺に、東宮《とうぐう》（のちの冷泉帝）を将来かならず即位させること、源氏をその後見役とすることなどを遺言として繰り返し述べさせている。そのあと、「あはれなる御遺言ども多かりけれど、女のまねぶべきことにしあらねば、この片はしだにかたはらいたし」――遺言をたくさんされたけれども、女子が口にすべきことではないので、その一端をここで漏らしたことさえ気がとがめる、と記している。桐壺院の遺言そのものが政治的な問題であり、それを明かしてしまったことを、式部は語り手の口を通して弁解しているのである。

また先述の冷泉帝が、転変凶事を自己の責任とみて譲位をほのめかす言葉をはいた時、光源氏はそれを慰めようと中国やわが国の事例を数々あげている。むろんこれも源氏の口を借りて述べられた式部の言葉で、その博識ぶりには驚かされるが、ここでも式部は、源氏は多くの事例をあげてご説明されるけれども、「片はしまねぶも、いとかたはらいたしや」――（こうした話は）その一端をここに書き記すのも、まったく気の引けることである、と弁解している（薄雲）。政治批判という類のものではないが、女性が政治を語ることを禁句としていた実態が知られるとともに、式部がいかに歴史や政治に関心を持ち、豊かな学識を有していたかを物語っている。

そうした式部だからこそ、正史は歴史のほんの一部であり、物語にこそ本当の歴史が書けると言った言葉には説得力がある。『源氏物語』は正史では描けない真実の歴史書として創作するのである、という宣言は、歴史に対する式部の自負でもあったのだ。

2 源氏物語の執筆

仮名と歴史

『源氏物語』が漢籍や仏典をはじめ神話・伝説から和歌・文学あるいは漢詩文・中国史書にいたるまで、多岐にわたる厖大な書物を典拠に執筆されたものであることはよく知られている。『紫式部日記』には、堤第《つつみてい》（正親町《おおぎまち》小路南、東京極《きょうごく》大路東の鴨川堤《かもがわつつみ》にあったとされる）にあった自室について、「大きなる厨子《ずし》、一よろひに、ひまもなく積みてはべるもの、ひとつにはふる歌、物語のえもいはず虫の巣になりにたる、……片つかたに、書ども……」とある。部屋には大きな厨子（書籍などをのせる置き戸棚）一対があり、一方の厨子には古歌や物語などの和書が、もう一方には漢籍がぎっしりと積んであった様子がうかがえよう。ちなみに『源氏物語』には、『伊勢物語《いせものがたり》』『大和物語《やまと》』『宇津保物語《うつほ》』などの他、「からもり」とか「はこやのとじ」といった、早くに散逸した物語類の名も数多くみられる。式部はこうした愛読書のなかでも、とくに物語類から刺激を受け、『源氏物語』の構想や人物造型、表現法にさまざまな形で取り入れていることは、これまた早くから指摘されている。

もっとも「物語といひて、女の御心をやるもの」（『三宝絵《さんぼうえ》』）とか、「つれづれなぐさむもの、碁・双六《すごろく》・物語」（『枕草子《まくらのそうし》』）とあるように、物語は婦女子の心を慰める道具であった。式部の時代まで、物語の多くは知識人男性の手によって書かれ、それを好んで読んだのはもっぱら女性である。先にふれた「蛍」の巻でも、物語に熱中する玉鬘に向かって、源氏は、「あなむつかし。女こそものうるさがらず、人に欺《あざむ》かれむと生まれたるものなれ」と、からかっている。物語はしょせん、男性の遊びであり、女性にとってもつれづれの慰めにすぎないものであった。漢文体（真名《まな》）で書かれた漢詩や史書がもっとも権威ある学問・文学であるのに対して、仮名文字の物語は正統な文学とはみなされていなかったのである。表音の仮名文字は日常会話をそのまま表記するもので、それによって書かれた物語には創作（文学）という、いわば知的作業が伴わないと思われていたからであろう。

しかし式部は、そうした仮名で書かれた物語にこそ、史書（正史）よりもはるかに真実の歴史が描き出せると自負したのである。その根底には、漢文体とは比較にならないほど表現力の豊かさを持つ仮名文字に対する深い認識があったからである。

竹取物語と蜻蛉日記

そうした中で、式部にもっとも影響を与えたのが『竹取物語《たけとりものがたり》』であり、『蜻蛉日記《かげろう》』ではなかったか。

『竹取物語』については「絵合《えあわせ》」の巻で、「物語の出《い》で来《き》はじめの祖《おや》」と記している（蓬生巻《よもぎう》では『かぐや姫の物語』とみえる）。式部がそのように位置づけたのは、それまでの物語は「モノガタリ」と

1　紫式部関係系図

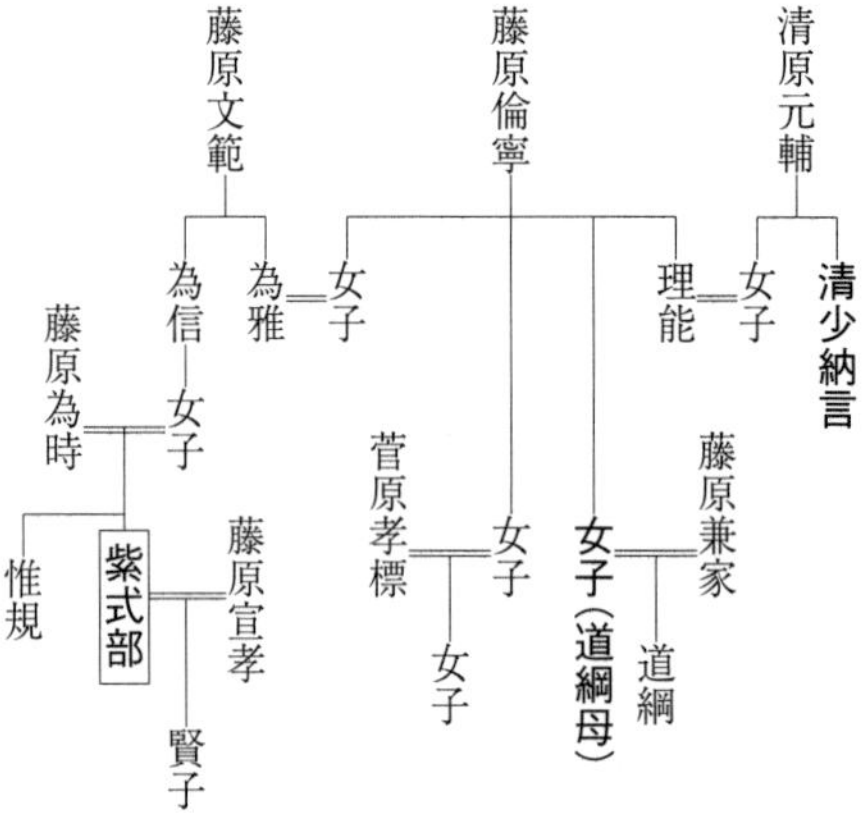

も表記されるように、伝承・口承をはじめ雑談・歓談など巷間に流布する話がそのまま書き綴られる類のものであった。それをはじめて文学性の高い作品にまで止揚させたのが『竹取物語』だったからである。しかも仮名文字で語るように描き出されることによって虚構の世界が客観化されたことは、仮名文学の出現を促すきっかけとなり、式部に有形無形の刺激を与えたことは間違いないであろう。それを物語文学の最初の作品とみるかどうかはともかく、式部にとっては『竹取物語』が、まさに『源氏物語』の「出で来はじめの祖」だったといってよい。

いっぽう、『蜻蛉日記』は知られるように、藤原兼家《かねいえ》と結婚した藤原道綱母《みちつなのはな》が、現実の一夫多妻制のなかで愛憎に苦悩する半生を描いたものである。「日記」とあるように物語ではないが、日付に格別意味があるわけではない。また同じ日記でも、漢文体で書かれた男性のものが記録性の強い要素があったのに対して、感情表白が優先する主観的なもので、その意味では物語的要素が強い。『源氏物語』には、式部が『蜻蛉日記』を読んだと断言できる記載はないが、作者の道綱母は式部の母方に繋がる関係にあったことからしても、式部が読まなかったとは考えられない。

『蜻蛉日記』が留意されるのは、それまでの仮名の作品と違って、作り話でないことである。冒頭に、世の中にある古物語をみると「そらごと（虚構）」が多いが、そんな「そらごと」を排して、「わたくしごと」だけを書く、と述べている。「そらごと」が多い物語のなかで、自分の苦しかったありのままの過去を書けば、世の中の関心をひくであろう、と作者（道綱母）はいうのである。これも従来の物語世界にはみられなかったことであり、「仮名文字」の世界に新たな意味が持ち込まれたことを示している。

また道綱母は、「そらごと」をのぞいて本当のことだけを書くのが〝真実の女性の歴史〟だともいうのであるが、これは虚構の中にこそ真の歴史が書けるとした式部とは対極の考えであろう。しかし自分史という点では『蜻蛉日記』もまた、一女性の生きた証であり、道綱母の言もナマの歴史であるに違いない。その意味で真実を追究する式部にとって、『蜻蛉日記』は重い課題を背負わされたことになるが、それ以上に衝撃的であったのは、それまで物語を享受する立場でしかなかった女性が、自らがその生き様を赤裸々に執筆するという道綱母の姿勢ではなかったろうか。それが式部の執筆意欲を強烈にかき立てたであろうことは容易に察しがつく。

そして大事なのはその結果、道綱母が排除した虚構を通して真実（歴史）を、より構造的に描き出すという手法を式部が体得したことであろう。『蜻蛉日記』の課題を受け止めながらもそれを止揚し、虚構の世界に歴史を描く試みに挑戦したのが『源氏物語』であったと思う。

『竹取物語』や『蜻蛉日記』が式部に与えた影響は計り知れないものがあったろう。事実をいくら列挙しても、それは本当の歴史ではないという式部の考えは、こうした仮名文学の世界における伝統と課題を昇華させた末に到達した歴史論であったといえそうだ。

『枕草子』と紫式部

ところで物語の執筆を進める上で、式部がもっとも意識したと思われるのが、清少納言《せいしょうなごん》が書いた『枕草子』ではなかったか。『枕草子』もまた、それまでにない仮名文字の新しいスタイルで宮廷生活を描き出したものだからである。それに清少納言も、式部と同じ宮仕えの女房であるばかりか、式部が仕えた道長の娘彰子と、清少納言が仕えた道隆《みちたか》(道長の兄)の娘定子《ていし》とは従姉妹同志である。しかも定子が一条天皇に入内《じゅだい》したあと、彰子もまたその一条に入っており、同時代に生きた女性のなかで、これほど似通った環境のなかで執筆したというのも数少ないであろう。そうした清少納言の存在が式部の脳裏に付きまとっていたことは間違いない。

もっとも宮仕えに関していえば、清少納言の方が先輩であり、この二人が宮中で顔を合わせたことはなかったと思われる。定子は長保《ちょうほう》二年(一〇〇〇)に亡くなり、その後まもなく清少納言が宮廷を退いている。式部が出仕したのはそれから五、六年後のことだったからである。

『枕草子』は、定子から与えられた草子に清少納言が書き綴ったのが執筆の始まりで、それが次第に世間に流布し評判になっていったものという。当時、清少納言は式部についてその名前さえ知らなかったろうが、式部の方は『枕草子』を読み、清少納言のことを知っていたはずである。そればかりか、式部が清少納言に対してすさまじい対抗心を燃やしていたこともよく知られている。「清少納言こそ、したり顔にいみじうはべりへる人」で始まる『紫式部日記』の一文がそれで、得意顔をして利口ぶって漢字を書き散らしているが、よくみるとずいぶんといたらない点がある、と激しい口吻《こうふん》で悪口が続く。すでに『枕草子』の作者として名声を得ていた清少納言であるが、式部がここまでこきおろすのは、個人的資質からする嫌悪感というより、『枕草子』に対する痛烈な批判を抱いていたからではないか。

考えてみれば、『枕草子』に一貫するのは定子を中心とする宮廷サロンや中関白家《なかのかんぱくけ》の讃美で、不幸や悲しみはほとんど書かないという姿勢である。道隆の死や、それにつづく息子たち（伊周《これちか》・隆家《たかいえ》）の左遷といった中関白家の没落のさまは、『枕草子』ではまったく排除されている。わずかに「殿（道隆）などのおはしきまさで後、世の中に事出で来、騒がしうなりて」（関白殿などがお亡くなりになってから、世の中に事件が起こり、騒がしくなって）と書きとどめるのみで、その間の経緯や因果関係といったものには一切目隠しをし、ひたすら中関白家の栄華に終始している。そのことが宮中でどのように受け止められていたかはわからないが、少なくとも真実を追究しようとする式部が、『枕草子』の姿勢に強い反発心を抱いたことは十分考えられよう。それが逆に式部の執筆意欲をかき立てるエネルギーになっていたように思われる。

式部にとって清少納言はもっとも身近な存在であっただけに、その対抗意識は想像をはるかに越えるものであったろう。その意味では清少納言はむろんのこと、彼女の書いた『枕草子』も、『源氏物語』の成立になくてはならない存在だったのである。

3 仮名の歴史書

三代の天皇

それでは、物語にこそ本当の歴史が書けると自負した式部は、『源氏物語』においてどのような歴史を書き、何を後世に伝えようとしたのであろうか。式部の意図を探るために、『源氏物語』の時代設定から考えてみたい。

物語は桐壺帝から今上帝まで、四代の天皇におよび、主人公光源氏の生涯を編年的に辿りながら、時代背景を描き出している。各天皇ごとにその概略を記すと次のようになる。

（1）桐壺帝の時代（光源氏一歳〜二十歳）

桐壺帝の第二皇子として誕生した源氏は三歳の時に母を失う。十二歳で元服し、左大臣家の姫君葵《あおい》の上と結婚するが、義母藤壺《ふじつぼ》への思慕を禁じることができず、ついに藤壺に不義の皇子を出産させるという罪を犯す。それとは知らず、桐壺はその皇子を鍾愛し、次の天皇に立てたいと願い、後見を源氏に頼んで朱雀《すざく》帝に譲位する。この間、源氏は参議《さんぎ》に昇進する。

（2）朱雀帝の時代（光源氏二十一歳〜二十八歳）

朱雀帝（源氏の異母兄）の即位によって藤壺所生の皇子（のちの冷泉帝）が立太子され、光源氏（じつは皇太子の父）が後見役に定められる。桐壺は譲位後も上皇として権力を握っていたが、桐壺崩御後は朱雀帝の外戚である右大臣家の世の中となり、源氏は右大臣家の画策によって流罪されることになる。皇太子に難が及ぶのを恐れた源氏は、自ら須磨《すま》ついで明石《あかし》に退去する。しかし一年余りで帰還が許され、半年後、朱雀帝は皇太子に譲位する。

(3) 冷泉帝の時代（光源氏二十九歳～四十五歳）

冷泉帝の即位にともない、源氏は内大臣として政界に復帰、東宮には朱雀院の皇子（今上帝）が立てられた。この間源氏は、准太上天皇《じゅんだいじょうてんのう》（女院）となった藤壺と協力して冷泉帝を後見する。やがて藤壺が死去、その後光源氏がじつの父であることを知った冷泉は、源氏に譲位をほのめかすが、源氏は拒否する。そこで源氏に太政大臣を与え、ついで准太上天皇とする。いっぽう、流罪中に結婚した明石の君が出産した女子（明石の女御《にょうご》）が東宮に入って男子を出産する。

(4) 今上帝の時代（光源氏四十六歳～五十二歳）

在位十八年に及んだ冷泉帝が譲位し、皇太子（朱雀院の皇子）が今上帝として即位した。また明石の女御が生んだ今上帝の皇子が皇太子となり、外戚の髭黒《ひげくろ》が右大臣となって政権を担当する。源氏の妻、女三《おんなさん》の宮《みや》が不倫の子、薫を出産、紫《むらさき》の上が亡くなるのもこの時代で、源氏は自分の生涯はすべて終わったと悟り、これが物語にみえる源氏の最後となる。

以上で正編が終わり、以下の続編では源氏亡き後、薫や夕霧《ゆうぎり》が主人公となる。ちなみに続編は、今上帝の時代である。

表1　光源氏の略年譜

上皇	天皇	源氏年齢	官職・身分	主な出来事
	桐壺	一	誕生	
		三		母桐壺更衣没
		四		兄(朱雀帝)立太子
		七		源を賜姓され、臣籍降下
		一二		元服、葵の上と結婚
		一七	中将	
		一八	正三位中将	
		一九	宰相中将	義母藤壺が冷泉帝を出産、立后
桐壺	朱雀	二一		朱雀帝即位、冷泉帝立太子
		二二	大将	葵の上が夕霧を出産、死去
		二三		父桐壺院没
		二四		中宮藤壺出家
		二五		岳父、左大臣を辞任
		二六		須磨に退去
		二七		明石に移る
		二八	権大納言	罪を許され帰京
朱雀	冷泉	二九	内大臣	冷泉帝即位、今上帝立太子
				藤壺、准太上天皇になる
		三二	従一位	岳父(太政大臣)没、藤壺没

こうしてみると四代の天皇にわたる源氏の生涯であるが、事実上は桐壺から朱雀・冷泉の三代で終わっているといってよい。今上帝の時代では、政治的・社会的な活躍はほとんどみられず、光源氏の存在感は薄い。

ところで源氏が生きた桐壺・朱雀・冷泉の三天皇についてだが、それぞれ歴史上の醍醐《だいご》・朱雀・村《むら》上《かみ》の各天皇をモデルにしたとみるのが古くからのほぼ共通した認識となっている。たとえば、「桐壺」の巻で、桐壺帝が高麗《こま》の人相見《にんそうみ》に源氏の相を判断してもらう際、「宇多帝の御誡《いましめ》」(寛平《かんぴょう》の御《ご》遺誡《ゆいかい》)を重んじて宮中ではなく鴻臚《こうろ》館《かん》に

		三三	太政大臣	
		三五		六条院完成
		三九	准太上天皇	
		四一		明石女御、男子（東宮）を出産
冷泉	今上	四六		今上帝即位、髭黒が右大臣
		四八		女三の宮、薫を出産
		五一		紫の上没
		五二		源氏が物語にみえる最後
		五三	出家	
		・		
		？	没	

召し入れたとあることから、桐壺帝は、宇多《うだ》天皇から帝王の教訓書として「寛平御遺誡」を与えられた実在の醍醐天皇であるといった歴史上の人物との対応や、『源氏物語』に摂政・関白が登場しないことから、物語の桐壺から冷泉帝の時代を、歴史上天皇親政が行われていた醍醐から村上天皇時代に比定するのである。朱雀帝が同名（物語上と歴史上の朱雀天皇）であることをその根拠にする意見もある。

物語のなかで描かれている事件や行事、人名など、たしかにこの時代（年号をとって延喜《えんぎ》・天暦《てんりゃく》時代と呼ばれる）と重なった書き方がされているのは間違いないであろう。そのことを決して否定するものではない。しかし、すべてがそれに準拠したものでないことにも留意する必要がある。

というのは物語のなかで光源氏に隠れて見過ごされがちな冷泉帝の役割に注目すると、三天皇のモデルや天皇系譜について新たな理解ができるからである。すなわち冷泉帝（じつは源氏の子）が今上帝（朱雀院の皇子）に譲位した際、今上の第一皇子（朱雀院の孫）が皇太子に立てられたことにより、冷泉

2　源氏物語における帝の人物比定

（物語）		桐壺帝	朱雀帝	冷泉帝
（史実）	宇多帝	醍醐帝	朱雀帝	村上帝

系が断絶し、皇統が朱雀系に移っている。冷泉に皇子誕生がなかったことによるもので、一般に、冷泉が罪の子たるゆえに背負わされた宿命であったと解釈されて終わってしまいがちだが、冷泉については即位によって実父の光源氏が准太上天皇の地位につき、隆盛をきわめることができた点に留意すべきである。冷泉の即位がなければ源氏の栄華もありえなかったからである。その意味で、物語における冷泉は源氏の生涯を左右するキーパーソンでもあった。

そこで想起されるのが、実在の朱雀天皇である。朱雀は十七年の在位ののち実弟の村上天皇に譲位する。朱雀に皇子がいなかったためで、物語の冷泉と同様であるが、その結果、朱雀系が一代で断絶することも物語の冷泉と重なり合う。しかも大事なのは、この朱雀の即位によって藤原忠平《ただひら》（朱雀の叔父）が摂政（のち関白）となり、基経《もとつね》以後途絶えていた摂関の職が三十年ぶりに復活したことである。この親王（朱雀天皇）が生まれなかったら、藤原氏の繁栄はなかったといわれた理由であるが（『大鏡』）、藤原氏の盛期のきっかけとなった朱雀（実在）の即位は、物語で源氏の栄華をもたらした冷泉とこの点でもオーバーラップする。

こうしてみると、冷泉帝は歴史上の村上天皇をモデルにしたというより、朱雀天皇を意識して造型された天皇といってよい。だいいち物語の朱雀帝と実在の朱雀天皇とが同名で重なり合うという通説も不自然であり、理解しがたい。桐壺・朱雀・冷泉はそれぞれ実在の宇多・醍醐・朱雀とみるのが妥当なように思われる。通説より一代遡ることになる。

それにしても、宇多・醍醐・朱雀の三天皇の時代は式部からすれば百年も前になる。なぜ式部は当代（一条天皇や道長の時代）よりもはるかに遡る、そんな時代の歴史を書こうとしたのであろうか。それは六国史の断絶という正史の空白期と無関係ではないように思われる。

六国史の終焉

知られるように、わが国では奈良時代、八世紀初めに『日本書紀』が完成して以後、平安時代、十世紀初めに成立した『日本三代実録《にほんさんだいじつろく》』まで、勅撰による六つの史書が編纂されている。いわゆる六国史《りっこくし》で、国家によって書き継がれてきたものである。ところが『日本三代実録』以後、同類の正史は存在しない。『日本三代実録』が扱っているのは光孝《こうこう》天皇までで、その意味では仁和《にんな》三年（八八七）八月の光孝の崩御で、公的記録が終焉してしまっているのである。

もっともその後、国史編纂事業が行われなかったわけではない。光孝のあとに即位した宇多天皇から三代の天皇（宇多・醍醐・朱雀。朱雀についてはのちに加えたものとの理解もある）についての実録が編纂され、文字通り『続三代実録』とも『新国史』とも称したという。十世紀半ば、村上天皇時代のことで、体裁は先行の六国史と同じであったといわれるが、残念ながら未定稿のままに終わってしまったらしく、現存しない。してみれば、六国史の最後である『日本三代実録』が完成したのは延喜元年（九〇一）、醍醐天皇の時であるから、式部が生きた時代まで実に百年が経っており、その間、国史の編纂は途絶えたままであった。

留意したいのは、前述したように『源氏物語』（正編）の時代設定が宇多・醍醐・朱雀の三天皇になされていることである。言い換えれば、まさに『日本三代実録』が終わった後の時代を背景として描かれていることになる。これはたんなる偶然ではなく、式部が正史である『日本三代実録』を意識していたことを示唆する。

式部は日本の歴史だけでなく、中国の歴史についても深い素養をもっており、中国では官撰史書が書き継がれていたことを当然知っていたはずである。そんな式部が、わが国でも書き継がれていくべき正史の断絶に無関心であったとは思えない。執筆意欲をかき立てられた式部が、歴史を書こうと構想したとしても不思議ではない。むろん式部は従来の六国史（漢文体）的な編年史を書こうとしたのではない。女性である式部が当時漢文体の歴史を書こうと思っても、それはタブーであった。式部の意図は、『日本三代実録』を継ぐ史書として、それを仮名文字によって物語という虚構の世界の中に浮かび上がらせることであった。いわば仮名の歴史書として創作されたのが『源氏物語』だったというわけである。のちに『栄華物語《えいがものがたり》』が宇多天皇から書き始めるのも、その点では共通する歴史認識があったといえよう。

ちなみに藤原行成《ゆきなり》の日記である『権記《ごんき》』寛弘七年（一〇一〇）八月十三日条によれば、この日、「国史を修することが久しく絶え」ていることが論議され、その結果、編纂事業を再開せよとの一条天皇の裁可を得て、さっそく外記《げき》に対して事業に取りかかるよう命じられている。道長の絶頂期であり、寛弘七年といえば、『源氏物語』がほぼ完成していたと思われるが、そうした時期に国史の編修事業を再開しようという動きがあったことは、はなはだ興味深い。『源氏物語』に触発されて正史編纂への関心が高まったということがあったかも知れないからである。もっともその後編纂が行われた様子はなく、関連記事もみられないから、結局は計画倒れに終わってしまった可能性が高い。

ともあれ、式部の生きた時代には醍醐・村上天皇の治世を、その年号をとって「延喜・天暦の治」と称し、もっとも理想的な時代とみなす風潮が高まっていた（林陸朗・一九六九）。その醍醐天皇の時以降、正史の編纂が途絶えて百年がたち、編集事業を再開しようとする気運が高まっていたことも事実であろう。『源氏物語』はそうした中で構想されたものと考えるが、それは式部にとって、従来の正史に対する新たな試みであり、挑戦であったといってよい。

4 賜姓源氏と藤原氏

なぜ一世源氏なのか

さて、次に知りたいのは、『日本三代実録』につづく歴史を書くにあたって式部が光源氏という一世源氏を主人公とした理由である。一世源氏を主人公にしてどのような歴史を構想したのか、そのことを一世源氏の系譜を辿ることで明らかにしてみたい。

そもそも一世源氏とは、親王（一世皇親）が源《みなもとのあ》朝臣《そん》という姓を賜って臣籍に下され、皇族籍から除かれた者をいう。弘仁《こうにん》五年（八一四）五月、嵯峨《さが》天皇は五十人にもおよぶ皇子女のうち、卑姓の母に生まれた三十二人に源朝臣を賜姓したのが始まりである。賜姓皇族そのものは奈良時代にもあったが、多くは五世以下の皇親を対象としたものであった。一世皇親への賜姓はこの嵯峨天皇の皇子女（嵯峨源氏）が最初で、それによって創出された源氏とは、皇胤の源に出るとの意に他ならない。この時下された詔《みことのり》には、「男女稍衆《ややおお》し、空《むな》しく府庫《ふこ》を費やす」（『日本紀略』弘仁五年五月八日条）とあり、経済的な理由が大きかったが、皇位継承権が親王にしかなかったことを考えると、賜姓による臣籍降下は皇権を排除することも大きな目的であったといってよい。皇位継承上のトラブルを避けるため、有資格者の数的制限を図るためで、政治的意味合いからいえば、その方により重点が置かれていたといえよう。

物語のなかでは、桐壺帝が光源氏の即位を期待していたことが繰り返し述べられている。しかし高麗の人相見から、「光源氏は帝王に登るべき相があるが、それが実現すると世が乱れる。臣下として政治を補佐する立場としてみると、相が合わない」と予言され、親王にして世間から疑惑を受けるよりも、臣下として朝廷の補佐役を務めさせる方が光源氏のためであると判断した桐壺は、一世源氏の道を選んだのである。光源氏には外戚としての後見者もおらず、「わずらはしさに、親王にも」しなかったとも述べている（賢木）。源氏を無用の政争に巻き込ませたくないという親心であったが、皇位継承の可能性という点で、一世源氏と親王とでは、その立場に厳然たる違いがあったことを知る。

嵯峨天皇の皇子左大臣源融《とおる》が「近き皇胤をたずねば、融らも侍《はべ》るは」といって、皇位への野心をほのめかしたのに対して、「皇胤なれど、姓給てただ人にてつかへて、位につきたる例やある」と基経に一蹴された話（『大鏡《おおかがみ》』）はよく知られている。臣籍に降下した者に皇位の継承権はない、というのが当時の社会通念になっていたといってよい。

　光源氏の臣籍降下から想起されるのは、九世紀末、光孝天皇が即位後、斎宮・斎院の二人を除く自らの皇子女すべてに源朝臣を与えて皇位継承権を放棄した事実である（『日本三代実録』元慶八年四月十三日条）。光孝天皇は、それまでの天皇に比して藤原基経との血縁関係は無きにひとしかった。それが基経によってはからずも即位できた光孝は、全皇子女を賜姓することで皇統が自ら一代限りであることを表明し、基経に全権を委ね権勢の座を保証したのである（瀧浪貞子・二〇〇一）。

3　高麗の人相見に予言される光源氏
（桐壺『源氏物語画帖』）

　しかし実際には、臣籍に降っていた光孝天皇の息子、源定省《さだみ》が即位する。宇多天皇であるが、これも基経の尽力によるもので、定省は親王に復した上で立太子し、翌日、践祚《せんそ》するという異例の措置がとられている。「薄雲」の巻で、「一世の源氏、また納言、大臣になりて後、さらに親王にもなり、位にも即《つ》きたまひつるも、あまたの例ありけり」とあるのは定省のことであるが（たくさん例があるというが、即位したのは宇多一人）、物語で冷泉帝はこの宇多を引き合いに出して、一世源氏である実父（光源氏）に譲位しようと考えたのである（源氏が固辞したために実現はしなかった）。

留意されるのは、宇多の即位が基経の強引な手法によって実現したものであっても、それが可能であったのは一世源氏という皇胤に強く連なる立場であったからだということである。臣籍に降下したとはいえ、一世源氏は潜在的王権の保持者であった。その意味で、一世源氏は特異な存在であったといえよう。高麗の相人から、「天子でもなくただの臣下でもない」（桐壺）と見立てられたという光源氏の立場に一世源氏の特徴が仮託されている。式部の歴史観が凝縮されているといってよい。

くどいようだが、いったん賜姓された宇多が即位できたのはその一世源氏だったからである。これは物語の主人公光源氏が一世源氏とされたのと揆を一にし、宇多が強く意識されていたことを示している。そして以後の皇統はこの宇多系によって継受され、道長や式部の時代（一条天皇時代）に至るのである。してみれば『日本三代実録』以後の歴史は、一世源氏が原点であり、一世源氏の存在なくして語ることはできない、というより少なくとも式部はそのように捉えたと考える。そしてこれが、主人公を一世源氏とした理由のすべてである。

繰り返すと、式部の構想は、宇多朝以後の政治論理や社会構造の仕組みを解き明かし、歴史の道理・因果関係を導き出すというものであった。具体的にいえば、宇多天皇に始まる天皇系譜と、それと不可分の関係にある摂政や関白あるいは国母《こくも》の存在・役割を明らかにすることであった。それらが制度として定着するのは宇多朝以降のことであるが、それは皇親賜姓・一世源氏を抜きにしては理解できない問題であったのだ。

式部の構想はおそらく当初からのものであったと思う。むろん、執筆の途中から宮仕えをし、じかに宮廷生活を体験したことで多少の修正がなされるといったことはあったろう。とくに、今を時めく道長とその一家の存在が物語に影響を及ぼさなかったはずはない。しかしそうした経緯があったにせよ、主人公を一世源氏の立場にするという人物造型は、当初から組み立てられていたものと考える。

上皇と摂政

つぎに、式部が解き明かそうとしたもう一つの歴史の道理、摂政・関白が登場した経緯やその立場について考えてみる。

一世源氏をふくむ皇親賜姓の基準は、生母の家柄の尊卑にあった。すなわち天皇のキサキ（妃・夫人・嬪《ひん》）については『養老令』に規定があり、資格や人数などが定められているが、平安期の桓武《かんむ》・嵯峨朝になるとキサキの数は多数にのぼり、おのずから数多くの皇子女が生まれたことは先に述べた通りである。そこで嵯峨天皇は、規定外のキサキについて、卑姓（家柄の高くない）出身のキサキ所生に源という姓を賜姓するとともに、合わせてその母親たちについても、これを更衣《こうい》と称し、女御の下に位置づけたのである。後宮制度のなかに女御・更衣が取り込まれたわけで、物語の冒頭に、「いづれの御時にか女御更衣あまたさぶらひ給《たま》ひける……」（桐壺）といわれるような状況が生まれることになった。

この女御と更衣の違いは、家柄だけでなく、女御の方はその機会を得れば所生の皇子に立太子や即位の可能性があった。桐壺帝は、生前、桐壺更衣を女御にできなかったことを悔やむが、桐壺更衣は父が大臣ではなく按察使大納言《あぜちのだいなごん》という一段低い地位であり、その父もすでに没している上に、しかるべき後見者もいなかったことが、更衣とされた理由である。したがって源氏がいかに器量の持ち主であっても、皇位とは無縁の存在であった。「薄雲」の巻で、源氏が世間から「更衣腹」と蔑まれ、差別されたことが親王にせず臣下とされた理由であると述べられているのもそのためである。

ところで桐壺帝は、源氏に対して叶えられなかった夢を、今度は若宮（のちの冷泉帝）に託そうとする。そこで若宮を次の皇太子に立てるために、藤壺（若宮の生母）の立后（中宮に立てる）を強行した上で、自らは朱雀帝に譲位する。桐壺帝の意図は上皇として実権を保持し、自分の生存中に若宮の立太子を実現することであった。譲位後の桐壺について、「御位《くらい》を去《さ》らせたまふといふばかりにこそあれ、世の政《まつりごと》をしづめさせたまへることも、わが御世の同じことにておはしまいつる」（賢木）とある。在位中と同様、その権限は桐壺（院）が握り、じじつ皇太子には朱雀帝の皇子ではなく、若宮が立てられている。

ちなみに朱雀帝について、「帝はいと若うおはします」（賢木）とみえるが、すでに二十六歳であったから、桐壺（院）の場合は関白的立場で権限を行使したといえよう。そんなことから、朱雀は頼りない天皇であったとみるのが通説であるが、上皇（太上天皇）の後見、政治介入は、わが国では決して異例なことではなかった。時期は遡るが八世紀末、藤原京時代、持統《じとう》女帝が孫の文武《もんむ》に譲位し、上皇として「共治」したように、上皇は本来政治に関与すべき立場として登場したものだったからである。上皇の地位や身分は法制上、天皇の次位ではあったが、実際には天皇の父（あるいは母・兄）という家父長の立場から政治面に上皇の意思が反映され、譲位後の聖武《しょうむ》や孝謙《こうけん》がそうであったように上皇が大権をもち、政治に介入することが、奈良時代以来、常態になっている。したがって桐壺(院)の介入も決して不自然なことではなかった。

摂政が登場するのは、じつはこの上皇権と深く関わってのことであった。『日本三代実録』には貞《じょう》観《がん》十八年（八七六）、清和《せいわ》天皇が譲位の際、基経に対して、良房《よしふさ》が自分（清和）を補佐したように、「少主（陽成天皇）」に代わって政務を摂行して欲しいと述べ、上皇の身分（上皇の称号とその待遇）を放棄したとある。清和は基経に、自らに代わる上皇の立場を与えているのである。むろん基経は型通りに辞退するが、その際、太上天皇が在世している時、臣下が政務を執るというのは聞いたことがない（『本朝文粋』巻四）、と述べたのは大事な発言で、幼帝を代行するのは上皇であるという認識があったことを示している。

基経は一連の儀礼的辞退を繰り返したあと陽成の摂政となるが、それは清和が放棄した上皇権を踏襲したものといってよい。そういえば基経の養父、良房も清和の父文徳《もんとく》天皇が没した後、清和天皇の事実上の摂政となっているが、それも亡くなった文徳に代わる上皇の立場に立ったことを意味している。ただし付言しておくと、良房の場合、清和の元服後も引き続き摂政のままであった。摂政は元服前という、のちにみるような原則が良房の時点ではまだ明確でなかったからである。その意味では、良房については人臣最初の摂政というより〝上皇〟になったという方が、その立場を正確に表している。

良房と基経とで就任の経緯は異なっているが、大事なのは、どちらの場合も上皇権を踏襲したものであったということだ。摂政とはもともと上皇の権能に他ならなかった。言い換えれば、上皇不在の時、それに代わり、その立場を踏襲するかたちで登場したのが摂政（あるいは関白）だったのである（瀧浪貞子・二〇〇一）。したがって物語で桐壺没後、朱雀の母方のミウチ（＝外戚、右大臣家）が桐壺に代わって実権を握ったのは当然である。いなくなった桐壺（上皇）に代わり、権限を行使したのである。

興味深いのは、物語においてその後、冷泉天皇（光源氏の実子）の時代になると、その上皇権が生母（国母）に取って代わられることである。すなわち源氏が内大臣となり、准太上天皇（女院）とされた国母の藤壺と協力してこれを後見する。藤壺の准太上天皇は、一条天皇の母で太上天皇（上皇）に準じて東三条院《ひがしさんじょういん》の称号が与えられ、「母后専朝」（『小右記』長徳三年七月五日条）と言われたほどに政治に介入した詮子《せんし》と重なり合うが、ここでも藤壺が〝上皇〟の立場で後見していることが留意される。そして藤壺亡き後、源氏は太政大臣に昇進し、ついに源氏も准太上天皇とされ、後見者の立場を保持する。いうまでもなく桐壺院に準じられる立場に立ったのである。准太上天皇という立場は歴史上ではみられないが、あえて源氏を准太上天皇としたのは、後見者として実権を行使するためには、上皇の立場としなければならなかったからである。そのことを式部は知っていた。

摂関の登場する契機が上皇権と不可分のものであったというのが歴史的事実であり、道理であった。その意味で、藤壺や光源氏の人物造型もまた、式部の正確な歴史認識の上に立ってなされたものであったといえるのである。

摂関家登場の必然性

上皇の立場ということで、もう一つ見落とせないのは、承平《じょうへい》元年（九三一）に宇多上皇が没して以後、永観《えいかん》二年（九八四）に円融《えんゆう》天皇が譲位して上皇となるまでの間、上皇不在が半世紀にも及ぶ時期があったという事実である。すなわち醍醐・村上天皇は在位中に没しているから問題ないとして、朱雀・冷泉天皇は譲位して上皇となっているが、両上皇は精神的・肉体的に欠陥があったとされ、政治的にはほとんど影響力を持たない存在であった（目崎徳衛・一九九五）。したがって事実上、上皇なきがごとき時代が続いたのである。その間、上皇に代わって天皇の後見者として権限を増大させたのが外戚の藤原氏、いわゆる摂関家であった。

ただし摂政・関白については、先述の基経以後、一時期置かれなかったが、基経の子忠平や忠平の子実頼《さねより》の時にいたり常置されるようになる。しかもこの時、両者の概念が初めて明確となっている。摂政は元服前、関白は元服後というように、立場や権限が良房や基経の時代と大きく異なり、この段階の摂政・関白は、ミウチ関係がよりいっそう肥大化して、天皇の外祖父であることが要件となっていく。こうした摂関の地位が飛躍的に高められたのが道長の父兼家の時であり、道長時代はその盛期であった。

繰り返し述べてきたように、これが式部の生きた時代であるが、大事なのは、摂関登場の淵源が半世紀に及ぶ上皇不在にあったことである。物語で式部は、百年を遡る時代の事実を描いただけではない。式部の時代に至るまでの事実の因果関係を明らかにし、摂関隆盛期の必然性を解き明かすことが、式部のいう歴史的道理なのであった。通説では、『源氏物語』のなかで摂関が置かれていないことから、式部は天皇親政を讃美していると解釈されているが、それはまったく違う。上皇（桐壺院）がいたから摂関の登場する余地がなかったのであって、そうした歴史の道理を理解しなければ、式部の真意を汲み取ることはできないであろう。式部にいわせれば、まさに「片そばぞかし」である。

めでたき家

物語との関連では、道長の正妻が賜姓源氏の娘であるという点も留意される。宇多天皇の孫、源雅《まさ》信《のぶ》（二世源氏）の娘倫子《りんし》である。一条天皇に入内した彰子は、倫子との間の娘で、その彰子の生んだ皇子（後一条天皇）が「栄華の初花」となったことを考えると、道長（家）の隆盛の一端は賜姓源氏によって支えられたものといってもよい。藤原氏と賜姓源氏との協力の賜物だったわけである。物語で、准太上天皇となった光源氏の六条院に、冷泉帝と朱雀院（前帝）が揃って訪れ、源氏の栄華を祝うという前例のない盛儀が行われた時、式部は、栄華を極めた源氏と岳父として光源氏を支えた太政大臣（家）に対して、「なほさるべきにこそと見えたる御仲らひなめ」（藤裏葉《ふじのうらは》）と讃美称賛している。源氏・太政大臣の両家は立派な人を輩出する家系であり、めでたい果報に恵まれた家だったというのであるが、ここには明らかに道長（藤原氏）・雅信（源氏）一家のイメージと重なり合うものがある。そしてこの華々しい場面をもって物語の第一部が終わっているのは、道長家の繁栄と称揚を印象づける上で極めて効果的であったといってよい。

式部は摂関制を否定したのでもなければ、道長を批判したのでもない。事実はまったく逆で、摂関制が登場した道理を解き、むしろその栄耀を喝采したのが『源氏物語』であった。

朱雀院と冷泉院

あらためて述べるまでもないが、物語では実在の人物名が多数登場する。アトランダムにあげても嵯峨天皇や醍醐天皇（「延喜の帝」）、藤原良房・源融（「河原大臣」）をはじめ紀貫之《きのつらゆき》（歌人）・飛鳥井常則《あすかいつねのり》（画家）・小野道風《おののとうふう》（書）など、枚挙に遑がない。そうした中で奇異に思われるのが、朱雀帝と冷泉帝の名であろう。物語の中の架空の天皇でありながら、実在の朱雀天皇（在位九三〇〜九四六）・冷泉天皇（在位九六七〜九六九）の名を用いているからである。これはどういうことなのか。

知られるように冷泉院と朱雀院（ともに建物）は平安初期、嵯峨天皇によって京中に営まれた別業《べつごう》（離宮）で、おもに譲位後の上皇御所（あるいは皇太后の居所）とされた。いわゆる後院《ごいん》であるが、この二つはのちに皇室の世襲財産とされたことから累代の後院と呼ばれている。

実在の朱雀・冷泉両天皇の名は、譲位後それぞれの院に住んだことにちなむ諡《おくりな》であるが、天皇や上皇が生前、そこに入ったことから、その名で呼ばれることもあった。たとえば嵯峨院（のちの大覚寺）に移るまでの十一年間を冷泉院で過ごした嵯峨天皇は、その間「冷泉院」と称されているし、朱雀院を再整備してそこに入った宇多上皇は、その間「朱雀院」の名で呼ばれている。ちなみに物語では宇多のことを「前の朱雀院」とも呼んでいるのはそうした事実を知っていたからで、物語の朱雀帝と区別するために「前の」と称したのである。

こうしたことからも明らかなように、朱雀帝(院)や冷泉帝(院)の名は特定の人物を指すものではないということである。したがって物語で朱雀院・冷泉院の名を用いることは、架空の人物であることを印象づける効果をもった呼び方であったということだ。そうであればなおさら物語の朱雀は実在の朱雀天皇をモデルにしたものではないことになる。なお実在の冷泉天皇の名は寛弘八年(一〇一一)に没して以後の呼称であるから、源氏の執筆当時にはまだ存在しなかったと考えられる。

「朱雀」といい「冷泉」といい、後院(上皇御所)の名を用いたところに、式部の関心が上皇(権)にあったことを思わせる。しかも物語では「朱雀」や「冷泉」の呼称は譲位した後に用いられること、また在位中は「帝」と呼ぶのに対して譲位後は「院」と称してそれぞれの立場の使い分けをしている。式部の歴史認識の正確さに、あらためて驚嘆する。

国母の伝統

もう一言だけ付け加えると、物語で式部は、立后した藤壺を「皇后」ではなく一貫して「中宮」と称しているが、これも式部が「中宮」のもつ歴史と伝統を的確に理解していたことを示している。中宮は慣習的に天皇の生母=国母の尊称として用いられ、皇后よりも重い扱いを受けてきたからである。藤壺の生んだ皇子(若宮)を立太子させるための布石であった。道長が中宮定子を皇后とし、わが娘彰子を中宮にしたことが思い合わされよう。ちなみに上皇に準じる女院は、中宮がやがて天皇の正妻の呼称に変質する過程で登場したもので、以後は女院が中宮本来の国母という立場を継承し、政治的重みを増す存在となっていく(瀧浪貞子・一九九五)。

ともあれ、『源氏物語』には政治・社会・文化などあらゆる分野にわたって史実が書かれている。その意味では「王朝のライブラリー」といってよいが、そこに史実(正史)を越える〝生きた歴史〟を書こうとした式部の真意を見逃してはいけない。『源氏物語』は仮名で書かれた「虚構の中の正史」であった。

『源氏物語』は従来から言われてきたように、男女の愛をテーマとした壮大な虚構の物語である。しかし歴史書でもある。そのことを念頭において物語を読み直してみると、今までに気がつかなかった発見がきっとあるに違いない。

I　源氏物語の土壌

4　昼御座《ひのおまし》と御帳台《みちょうだい》

清涼殿にある玉座．夜の御殿《おとど》（寝所）を経て後宮（源氏物語の世界）に連なる．

一　源氏物語の登場

加納重文

『源氏物語』という作品は、日本文芸の古代的な世界の範囲において、それを完成の域にまで高めた時代性を持っているが、同時に、古代を超越した文芸性を獲得するという超時代性を示した作品でもある。ここでは、その古代的なものを継承して作品が成立していく側面を中心にして述べていきたい。

1　古物語の世界

竹取の翁の物語

『源氏物語』(絵合)に「物語の出《い》で来《き》はじめの祖《おや》」と述べられた竹取の翁の物語から始めたい。「かぐや姫の物語」とも別称されるこの物語は、日本の古代的な伝承の世界を推測させる内容を豊かに持っている。物語の大要は、

①竹取の翁が竹の節の中に見いだして養育したかぐや姫が、類い稀な美女に成人する。

5　『竹取翁并かぐや姫絵巻物』

②五人の貴公子がかぐや姫に求婚して難題に挑むが、ことごとく失敗する。

③最後に帝の求婚となるが、かぐや姫はこれを受けず、月世界に帰っていく。

という、あらためて紹介するまでもない、知られた内容の物語である。鈴木一雄氏は、天人女房譚（①③）・求婚譚（②）の複合したこの物語を、「古伝承の直系の子孫」と説明している（鈴木・一九七二）。

「竹取の翁」の呼称は、『万葉集《まんようしゅう》』（巻十六）にみえる。老翁が野原で九人の美女と出会ったというだけのもので、現『竹取物語』の直接素材となるものではないが、「竹取の翁」と超現実世界の美女という古伝承の存在は推測させる。現『竹取物語』の素材要素としては、『今昔物語集《こんじゃくものがたりしゅう》』（巻三十一）の伝える伝承の方が、無視しえない内容である。

今ハ昔、□天皇ノ御代ニ一人ノ翁有ケリ。竹ヲ取テ籠《こ》ヲ造《つくり》テ、要《よう》スル人ニ与ヘテ其ノ功《こう》ヲ取テ世ヲ渡ケルニ、翁籠ヲ造ラムガ為ニ篁《たかむら》ニ行キ竹ヲ切ケルニ、篁ノ中ニ一ノ光リアリ、其ノ竹ノ節《ふし》ノ中ニ三寸許《ばかり》ナル人有《あり》。

以下は省略するが、かぐや姫の呼称がない・求婚する貴公子が三人（現竹取は五人）・迎えられるのが天上（現竹取は月）といった程度の差違が存するだけで、酷似した内容になっている。『今昔物語集』が伝えるような古伝承を素材にして、現『竹取物語』が作品として成立したのは、疑いを容れない。さらにいっそう酷似した中国の民間伝承「斑竹姑娘《パヌチウ・クーニヤン》」が紹介されて（君島久子・一九七三）、現『竹取物語』はほとんどその翻案かとされるほどの話題をさらったが、これは、両作品の前後はむしろ逆という結論で決着したようである。『竹取物語』が古伝承の世界を色濃く受けつぐ作品であることは、疑いを容れないが、初期のものは、現存のものと形の違う古『竹取物語』であり、三人の求婚者が素朴な難題に挑む内容の物語と、片桐洋一氏は推測した。『今昔物語集』の記述は、その古『竹取物語』の内容を反映するもので、求婚者に実在の人物を設定したり、老荘思想などに典拠を持つ難題にしたりという変化は、物語の成長の過程で付与されたものであろうと言われる（片桐・一九六一）。古物語の共通する性格である。

伝奇と求婚

源氏以前の最大の長編物語である『宇津保《うつほ》物語』においては、その性格は、さらに顕著である。現『宇津保物語』の首巻「俊蔭《としかげ》」は、伝奇性に満ちた内容である。遣唐使《けんとうし》に従って渡海していた俊蔭が、暴風のために波斯国《はしこく》に漂着、この地で二十余年を経過するあいだに、天人から秘曲を伝授される。その後、秘琴を携えて帰国、皇女を妻に得て一女を儲け、帝から東宮の琴《きん》の師の要請を受けるが、俊蔭は、官位を辞して三条京極の家に籠もり、娘に秘曲伝授する日々を送った。娘が十五の年に父母が薨じ、窮迫の時を過ごしている時に、太政大臣《だいじょうだいじん》の御子（兼雅《かねまさ》）が賀茂詣《かももうで》の途次に立ち寄り、はからずも契りを結んで懐妊、男子が誕生した。母子は川の魚、山の木の実を食として命を繋いでいたが、危難のおりに弾琴、行幸《ぎょうこう》に供奉していた父親（太政大臣の御子）がその琴の音を聞きつけて北山に分け入り、母子と邂逅《かいこう》する。母子は都に迎えられ、仲忠《なかただ》と命名された子は、元服して侍従に任じ、漢学の才を称揚され、音楽の天分をめでられた。

　このあらすじを紹介しただけで、『宇津保物語』の雄渾《ゆうこん》な全容を俯瞰《ふかん》した気分になるのであるが、実はまだ、三十帖のうちの一帖を述べたにすぎない。これほどに叙述を尽くして、長編『宇津保物語』の主人公仲忠の登場を用意したのだと理解したとすると、次巻「藤原の君」において、俊蔭女《むすめ》とのあいだに仲忠を儲けているはずの兼雅が、一世源氏正頼《まさより》の十二女「あて宮」の求婚者として登場するだけでなく、俊蔭巻でこの長編の主人公と紹介されたはずの仲忠の姿もまったく見えないなど、「俊蔭」から「藤原の君」への接続は、いかにも不審である。それなら、どのように巻序を整えたら、円滑な長編物語の全容が示されるのか、実のところ、納得できるかたちを示すことがなかなかの難事であって、通解を見出しえていない。この解決のために、片桐洋一氏は、現『宇津保物語』は、「原型うつほ物語」「あて宮物語」「忠こそ物語」とでもいうべき三つの作品が整合されて成立した物語であるという意見を提出した。この作品は、

　むかし藤原の君と聞こゆる一世の源氏おはしましけり。

の冒頭部分をもつ「藤原の君」に始まる求婚譚である「原型あて宮物語」に、異質の物語が付加されていって、ついには「俊蔭」を首巻とする新しい物語が成立したというものである。それは、「みやび」「すき」「色好み」という宮廷的「みやび」の世界に対する、反「みやび」の物語の形象とも説明された。

混沌の状態は、いまだ脱しえているとは評し難いようであるが、『竹取物語』が古伝承の世界を背景として初めて成立しえたように、『宇津保物語』もその素材的段階を、十分推測の視野のうちに入れておかなければいけない作品のようである。『落窪物語《おちくぼ》』についても、同様の状況がある。この作品の場合の素材的段階とは、知悉《ちしつ》された説話性というべきものであろうか。

継子いじめの物語

『落窪物語』という作品の大要は、次のようなものである。あまたの姫君を持つ中納言がいた。北の方には継子にあたる一人の姫君が、落窪に住まわせられていた。姫君の召使い阿漕《あこぎ》を通じて、姫君の存在が左近少将の耳に入り、中納言一家の石山寺参詣の留守中に、少将と姫君は結ばれた。少将が通うのを知った継母は、姫君を納屋に閉じこめ、身内の老典薬助《てんやくのすけ》に襲わせるが、寒さで下痢を起こして失敗する。一家が臨時祭の見物で家を空けているあいだに、左近少将は、姫君を救い出して自邸に迎える。その後は、継母腹の姫君と結婚すると偽って、馬面の兵部少輔を身代わりに仕立てたり、清水寺で継母の参籠場所を奪ったり、賀茂祭見物で車争いを仕組んで、継母を車外に転落させたりの恥をかかせる。最後は、少将のあからさまな報復に心を痛めていた落窪姫君の心を汲んで、父親の老中納言と対面、和解して一族は繁栄する。物語は、典型的な継子いじめ譚である。『源氏物語』にも「継母の腹きたなき昔物語も多かるを」（蛍）と述べられているように、継子いじめは、昔物語のもっとも卑近な語りの素材であった。

『落窪物語』については、継子いじめ譚という骨格と同時に、その現実性の性格も指摘しておかなくてはならない。姫君と結ばれた結婚三日目の夜に、大雨のなかを忍んでいく少将が盗人と疑われ、糞まみれになった姿であえて姫君を訪ねたり、姫君を襲おうとする老典薬助が下痢で目的を果たせなかったり、継母が牛車から車外に放り出されたりといった場面の、やや品の落ちる滑稽性や、少将と姫君、帯刀《たちはき》と阿漕の交情場面の写実性など、これらを、この作品の描写の現実性と述べておきたい。

先に述べた『宇津保物語』は、俊蔭巻の伝奇性と藤原の君巻の現実性、二つの要素が鮮明に交錯する物語であった。その前の『竹取物語』は、天女に憧憬する浪漫的な伝奇物語であった。物語が何のために書かれ、誰によって読まれたのかといったことは、のちに触れる課題であるが、平安初期、誕生した古物語が、その存在価値を求めて彷徨《ほうこう》した跡を、現存三作品はよく示していると思われる。

2　源氏物語への道

語りから文字へ

『源氏物語』を成立させた条件として、文字の発明は必須の要素であるが、結果的にみると、それは、理想的に行われたといえる。どのように原始的な環境にあっても、意志伝達の手段としての音声言語をまったく有しない人間集団は存しないようだし、日本古代においても、大陸から孤絶した列島の住民たちの音声言語は存在したはずである。音声言語の記録の手段としての口承も当然に行われていたが、書承手段としての文字が存したかどうか定かでない。現在にまで伝わる日本の文字の起源が漢字にあり、応神《おうじん》天皇十五年に、百済《くだら》博士王仁《わに》が『論語』『千字文』を携えて来朝した時点が、その明証と認識されているが、漢字そのものの伝来は、それ以前から確認されている。しかし、初期の段階の漢字は、中国という外国の文化をそのまま伝える外来文字の域を出なかった。

漢字が、日本語と融合する最初段階の例は、中国人によって示された。著名な『魏志倭人伝《ぎしわじんでん》』の記録である。この文献において、知られた「卑弥呼」「邪馬台」などの人名・地名が漢字音を利用して記述された。その後の漢字音と日本語との融合の流れは省略するが、その頂点をなすかたちが、『万葉集』を記録した〝万葉がな〟として現在に伝わっている。一例のみ、取り上げてみたい。たとえば、天武《てんむ》天皇が額田王《ぬかたのおおきみ》に答えた次の歌は、

紫草能　尓保敝類妹乎　尓苦久有者　人嬬故尓　吾恋目八万（巻一・二一）

（紫草《むらさき》のにほへる妹《いも》をにくく有《あ》らば人嬬《ひとつま》ゆゑに我恋ひめやも）

のように、おもに助詞・助動詞に相当する部分は、「能・保・敝・類・乎・苦・久・者・目・八・万」の漢字を利用して一字一音で記述し、「むらさき・いも・あり・ひと・つま・われ」といった名詞中心の部分は、「紫草・妹・有・人・嬬・吾」と表意文字が本来である漢字に、その意味に相当する日

本語の訓《くん》を付けるというかたちで、記述している。漢字を音・訓両様に使いわけて、日本語の記録を可能にしたのである。この段階のかなは「真がな」と呼ばれている。

奈良時代に成立した「真がな」は、平安時代に入っても、盛んに使用された。しかし、自明のように、漢字一字で一音を示す記述方法は、はなはだしく非能率的である。助詞・助動詞相当の部分は、たんに「音」を示すだけだから、その音が、現在のように四十七音に整理できるなら（奈良時代の「音」は、現在より若干多かったらしい。橋本進吉・一九四九）、「万葉がな」のように総計九百七十三にもおよぶ漢字を使用する必要はない。ここにおいて、「真がな」そのものの整理と、それを機能的に記述する工夫としての漢字の略体化がなされることになる。この略体化が字画の一部をとってなされた文字が「カタカナ」であるが、機能重視のこの略体文字は、僧侶や学者の訓読などに利用されることが多く、優美さに欠ける形状からも、平安時代の貴族感覚にはややそぐわなかった。漢字の全画を書きやすくまた見た目にも優美な形に略体していったのが「草《そう》かな」であり、それを進化させたのが「ひらがな」であり、さらに美術的な価値まで付加したのが「葦手《あしで》」である。

和風の回復

外来文字である漢字が日本語を記述する文字として盛んに利用されることになった奈良時代は、政治的にも文化的にも、中国の影響下で国家としての体面を整えていった時代であった。律令体制といわれる天皇中心の官僚国家組織は、中国唐代のそれに倣《なら》ったものであり、中国あるいは朝鮮などからの渡来系氏族や渡唐経験者などによって、制定あるいは整備がなされたものである。『古事記』『日本書紀』といった史書の撰述、詩文集である『懐風藻《かいふうそう》』は勿論、日本の伝承詩歌である和歌においても、外来(唐)文化の強い影響下でそれらが成立した。西欧列強に対抗するために西欧文物の移入によって国家体制を整備した明治期以上の激動の古代であった。

しかし、律令法典もふくめて残された文献などから、この時代がいかに国家組織の完成をみた時代かと認識するのは、誤解を招く側面がある。日本は、ようやくに口承の時代を脱しようとする時代であったし、大多数の人民は、唐風文化に遠い生活にあった。『懐風藻』詩人や『万葉集』歌人の多くは、為政者的立場に属する一部の知識階層にすぎなかった。これは、桓武《かんむ》天皇による平安遷都がなされた後でも、状況は根本的には変わっていない。根本的には変わらないけれど、外来文化の立場から日本のそれを整備していくのではなく、日本古来の立場でそれを受け止めていくというほどには態度は変わっていた。それが顕著に示されたのが、嵯峨《さが》天皇の弘仁《こうにん》期を中心とする漢詩文隆盛の時代である。

文化の流入に汲々としていた日本人が、外来文化を代表する詩文の世界に発言する能力を持つほどに習熟した。藤原克巳氏は、『凌雲集《りょううんしゅう》』『文華秀麗集《ぶんかしゅうれいしゅう》』の時代にいわれず『経国集《けいこくしゅう》』にいたってとくに文章経国思想が強調されるところに、逆に時代の変化を感じている（藤原・二〇〇一）。律令制が実情に合わせた変化をみせながら、それなりの体制を現実にしたのが嵯峨朝ではなかったかと思われる。この時代を、国風暗黒時代といい、漢詩文に対しての和歌の寥々《りょうりょう》たる状態を指摘されるが、小西甚一氏によれば、それは、そういう才能が、漢詩文には現れ、和歌に現れなかっただけだという（小西・

一九八五）。政治と文化を担って後世に痕跡を残すのが、限られた一部知識層だけの現象だと理解すれば、嵯峨天皇・空海《くうかい》・菅原道真《すがわらのみちざね》などが出現した漢詩文の隆盛という結果の説明は納得できる。

同じ理由によって、国風文化への回帰、和歌の復活という現象も説明できる。一国の政治・文化の流れとはいいながら、それは、ごく小さい上部為政階層内での変化なのである。宇多《うだ》天皇の政治姿勢と紀貫之《きのつらゆき》の出現が、和風文化に途を拓《ひら》いた道筋を、比較的容易に推測できる。宇多天皇は、母が桓武帝皇孫で藤原氏を外戚としない立場を、反藤原・天皇親政の姿勢に向かわせたと説明されるが、臣籍に降っていた身が藤原基経《もとつね》の推挙で帝位を得て、その功に報いるために関白の詔《みことのり》を下した経緯をみれば、むしろ藤原氏の支援を望む態度ではなかったろうか。それが、思わぬ阿衡《あこう》の紛議（仁和三年、宇多天皇から阿衡を任とせよと言われた基経が、阿衡には職掌が無いとして出仕せず、政務の混乱を招いた事件。基経の嫌がらせ）を経る過程で、朝臣の立場の経験から、特定氏族の専権に壟断《ろうだん》されない、天皇中心の朝政を実現する姿勢を持つようになったものであろう。その姿勢が、前代の漢詩文に代わって、日本古来の詩である和歌を意図的に復興する態度を導き、和歌を先駆けとして『源氏物語』に到達する途を拓《ひら》いた。

古今和歌集

中国文化としての漢詩文は、律令国家の儀礼として行われたが、日本の詩である和歌も、私儀の世界で生きつづけていた。官人として詩文をなす者も、いっぽうでは、和歌に心情を託す歌人であった。そういう私儀としての和歌に、九世紀の後半ころから変化があらわれる。題詠《だいえい》（現実の場面ではなく、設定された〝題〟によって歌を詠むもの）の増加である。漢詩文の世界で、楽府《がふ》と呼ばれる題詠詩が作られ、句題詩が流行するようになると、それに応じて、和歌も題詠和歌が普通に詠まれるようになった。それは、宇多天皇周辺での歌合《うたあわせ》の盛行が直接の背景になっている。同内容の事物を対象として詠じたものでなければ、優劣の判定もしにくい。宇多帝母后《ははきさき》である班子《はんし》女王主催の『寛平御時后宮歌合《かんぴょうのおんときききさいのみやうたあわせ》』は、実際は宇多帝の主導によるものらしいが、春・夏・秋・冬・恋にそれぞれ二十番を番《つが》えた題詠和歌である。和歌における題詠は、題詠詩に対抗する意識からも生まれたが、より直接的には屏風歌の影響であると、小西甚一氏は述べている。題詠和歌が普通になって屏風歌・歌合が盛行したのか、屏風歌・歌合の流行から題詠和歌が詠まれるようになっていったのか、判然とはいいにくいが、日本古来の詩に、新しい要素を付加したことは確かなようである。紀貫之を中心とする歌人たちは、和歌が漢詩に対抗しうる儀礼性の獲得のために、私儀の特徴である個的な心情を排して、漢詩の智巧性を前面に出した作歌を試み、それを「歌のさま」という価値観として表明した。いわゆる古今風和歌の成立であるが、これが、国風文化の復活の象徴として求められた結果なのか、儀礼的和歌の出現によって勅撰の『古今和歌集』が出現しえたのか、どちらであろうか。

女文字の世界

成立した事情からも、漢字は儀礼の文字であり、かなは私儀の文字であった。律令官人である男性の漢詩人が、私的な日常場面では、かな文字を便宜に使用していたことは普通に考えられる。私的な場面がほぼ日常の生活である女性にとっては、かな文字に習熟することのみでおおむね事足りたし、そういう女性との交信にあたっては、男性もかな文字の使用が必須であった。かな文字、とくにひらがなが、視覚的な要素からも、簡略にそして美しく整備されていった状況は、容易に推測できるが、先述したように、歌合・屏風歌といった儀礼場面で普通に使用されることになると、集団的な感覚や理解のために、より洗練されたものに変わっていった。

しかし、女文字であるひらがなの、本当の発展は、そのような技術的な側面からでなく、考えられるべきであろう。知られる通り、漢字は表意文字である。一つの文字をみた瞬間に、その文字が持つ内容は即座に伝わるが、伝わるものは、それ以上でもそれ以下でもない。漢字を利用しながら発明した「かな」は、表音文字である。その文字だけでは、なんらの内容も伝えない。単一の内容の漢字と組み合わせることによって、その内容から派生する状況を、より豊かに伝えることができる。漢字の世界では、受け取る側の感覚で付加していかなければならない部分が、伝える側の立場で、より正確に、より鮮明に、より微妙にといった表現が可能になる。文字というものは、なべてアルファベット型の表音文字か、漢字型の表意文字かであるが、両様の要素を組み合わせた「漢字かな混じり文」こそ、微妙な心情描写を表現に示しうる能力を有するものであった。

古今風を代表する歌人紀貫之は、御書所《みふみどころ》預《あずかり》の職にあり、『古今和歌集』撰進後は、少内記《しょうないき》・大内記と昇進した。詔勅・位記《いき》などに預かる職掌からいっても、漢籍にも通じた官人であったと思われる。作者が経験した事実を暦日に従って書くことは、漢文の世界でも九世紀ころから行われており、円仁《えんにん》の『入唐求法巡礼行記《にっとうぐほうじゅんれいこうき》』などは、まさにそれである。『土佐日記』という作品も、漢文圏のそのよう

な先蹤《せんしょう》にならって成立したものであろうが、しかし彼は、それを漢文日記としては書かなかった。のみならず、

男もすなる日記といふものを、女もしてみむとてするなり。

と、女性に仮託して記述した。記述者である女性は、前土佐守の帰京に随行している女性であり、実際の作者である貫之は「船君」の立場で、観察されている。自分で自分を、それも他者の目からみた限定的な視点から描くという記述の仕方は、屏風歌においては画中の人物の立場で詠ずるという屏風絵作者貫之にとっては、奇異な発想ではない。けれどもそれを、なぜ漢文の記述として行わなかったのか。『土佐日記』は何のために書かれたのか。近代小説風に問いかけるとすれば、それは「世の不《ふ》如意《によい》」であったと小西甚一氏は指摘している。別の説明をすると、「世の不如意」などという個的な内面を記述するためには、直截《ちょくせつ》的な漢文記述よりも、ようやく日本人がみつけた漢字かな混じり文の方が、より有効と判断したということである。日記には、軽薄な駄洒落とか好笑的な言辞の記述も目立つが、そういう表層に韜晦《とうかい》した心情は、漢文記述では描きえないと貫之は感じたのであろう。時期は、古物語の始発の時期に重なり、『源氏物語』の高嶺がはるかに遠望される時点になる。

物語の場

物語の享受者は、女性であった。漢文の世界でも、『遊仙窟《ゆうせんくつ》』のように伝奇的な、あるいは白楽天《はくらくてん》の『長恨歌《ちょうごんか》』のように叙事的な、物語と称してよいような作品がないことはない。しかし、私儀の生活が日常である女性にとっては、違う世界の語りである。日常の言語生活のなかで語られ、日常のか

な文字で書かれた作品こそが、物語なのである。そしてまた、今一つの状況がある。物語はたしかに記述はされるけれど、それを、現在のように机に灯火をともして、秋の夜長一人で読みふけるという読み方ではない。女性を読者として書かれるけれど、おおむねは、特定の個人への献上品として書かれることが普通である。『源氏物語』（梅枝）で明石《あかし》の姫君の入内《じゅだい》に草子《そうし》が集められたように、『紫式部日記』の中宮内裏《だいり》還御《かんぎょ》に冊子作りが急であったように、源為憲《ためのり》が冷泉皇女尊子《そんし》内親王に奉った『三《さん》宝絵詞《ほうえことば》』のように、高家の姫君への献上のかたちで成立する。『更級日記《さらしなにっき》』の菅原孝標女《すがわらのたかすえのむすめ》のように、たまたま手に入れて現代風な読書がなされる場合もないことはないが、貧家の少女のために書かれることはない。

献上された物語も、深窓の姫君によって、ひそかに楽しまれるものではない。おおむねは、姫君周辺の語り上手の侍女（女房と呼ばれる）の読み語りを聞くかたちで、姫君に伝えられる。書かれた物語は、いわば語りの台本である。この場合に、現在の紙芝居のように、絵を見ながらというかたちもよくある。『宇津保物語』の本文には、この絵解きの部分がそのまま残っている。姫君に読み語られる場面には、姫君周辺の侍女たちも同席して、ともに物語を楽しむ。これが、通常の物語の享受の仕方で、玉上琢弥氏が「物語音読論」として早くに紹介したものである（玉上・一九六六）。したがって、物語の盛行は、このような女性集団がサロンとして成立する状況と平行的な現象としてあらわれる。

そのような女性集団は、一部高級貴族の家にもみられるが、組織的集団としては、後宮と言われる后妃近侍の侍女集団が代表的で、斎宮《さいぐう》・斎院《さいいん》奉仕の女性集団がサロン的な様相を示すこともあった。

律令制下の天皇周辺にも、後宮と呼ばれる女性官人組織はあった。『養老令』に規定する後宮制度は、妃（二員）・夫人（三員）・嬪《ひん》（四員）のほか、「宮人職員」として、以下のような十二司女官組織を示している。

内侍司《ないしのつかさ》　尚侍《ないしのかみ》二人・典侍《ないしのすけ》四人・掌侍《ないしのじょう》四人・女孺《にょじゅ》一百人
蔵司《くらのつかさ》　尚蔵一人・典蔵二人・掌蔵四人・女孺十人
書司《ふみのつかさ》　尚書一人・典書二人・女孺六人
薬司《くすりのつかさ》　尚薬一人・典薬二人・女孺四人
兵司《つわもののつかさ》　尚兵一人・典兵二人・女孺六人
（以下略）

規定は、十二司職員につづく部分に、「東宮宮人《くうにん》」「嬪以上女豎《にょじゅ》」、また「内親王」「女王」「内外命婦《みょうぶ》」「乳母《めのと》」「采女《うねめ》」といった女性層についての記述に及んでおり、律令制下の宮廷周辺の女性の全貌をほぼみうる。この規定も、他の『令』規定と同じく、唐制に倣った形式的なもので、最初から現実とはなはだしく懸隔《けんかく》するものであった。それが、日本の国情に応じた改変がなされていく時期は、桓武から嵯峨朝を経過して宇多・醍醐《だいご》朝に至る国風回復時代にほぼ重なる。

後宮職員制度の変化は、天皇妃としては、中宮（あるいは皇后）・女御《にょうご》、女性官人としては、後宮十二司のうちの尚侍司を中心にして、尚侍・典侍・掌侍・命婦・蔵人《くろうど》・女孺といった単一の組織に整備されていった。その後、尚侍には東宮妃、典侍には天皇乳母を待遇する変化があり、『源氏物語』の一条天皇のころには、掌侍が命婦以下の官女を総括する女性集団になっている。『令』の規定にも存した、たんに貴婦人とでもいうべき立場であった命婦が、男官と同じく「令外の官《りょうげ》」として生まれた「蔵人」とともに、女性集団を代表する中級官女となっている変化は、とりわけ注意すべきものがある。

しかし、物語の中心的な享受者である姫君と侍女集団は、この後宮女性集団とはかならずしも重ならない。一条天皇皇后定子《ていし》（道隆《みちたか》女）の侍女であった清少納言、中宮彰子《しょうし》（道長女）の侍女であった紫式部・和泉式部《いずみしきぶ》・伊勢大輔《いせのたいふ》などは、この女性官人組織のなかに位置しないけれど、中宮・皇后の侍女である立場は持っていた。『源氏物語』が書かれた時代においては、天皇妃である中宮・皇后そして女御の侍女には、立場としては、官女と非官女の二つの身分があり、特定の職掌を持たない非官女の立場（中宮・皇后の親である高級貴族によって私的に配される。姻戚・主従の関係の子女であることが多い）が、物語を読み、また書く（紫式部のように）という物語親炙《しんしゃ》の中心であった（阿部秋生・一九五九）。

一条天皇時代のこの状況は、この時点に極盛期を迎えた摂関政治の実態に連動するものである。天皇中心集権組織という律令の形式は残して、その中枢権威を外戚関係によって掌握し、実質的な政権担当者になるという摂関政治においては、その外戚関係確立の手段という意味で、「後宮」は、天皇后妃の所在や組織にとどまらない政治的意味を担うものとなっていた。摂関政治の極盛期に、皇后定子サロン・中宮彰子サロンが競合する後宮時代が重なるのは、けだし当然の現象である。この状況がどこまで遡るかとなると、村上帝中宮安子サロン、醍醐帝中宮穏子サロンなどの存在もあるが、宇多帝女御温子サロン・御母班子サロン、文徳帝女御明子サロンあたりに、始発的なものを見うるであろうか。藤原良房《よしふさ》・基経の、いわゆる前期摂関政治と呼ばれる時期である。私儀であった和歌が儀礼の世界に加わり、漢字を借りながらもついに日本様式の漢字かな混じり文を完成し、『竹取物語』を嚆《こう》矢《し》とする古物語が発生した時期である。この時期に、そのような国風文芸を求める享受層の中心に、後宮女性集団があったことは間違いない。

その後宮女性集団も、和歌においては、すでに、享受者であると同時に制作者でもある立場を得ていた。小野小町《おののこまち》・伊勢《いせ》といった系列の女性をすぐ思いうかべることができるが、物語の世界においては、制作者の立場になることはなかった。原因としては、この時期の後宮女性集団の質的・量的な未成熟という状況が推測されるし、創作される物語が、『三宝絵詞』にみられたように、個別的に献上されるといった事情も考えられる。古物語の制作者は男性であり、おおむね官僚世界に志を得ない学者の手になるものであった。詩人が同時に国家経営の根幹にかかわる政策を立案遂行する有為な官僚たり得た時代は、天皇中心の集権政治が現実たり得た時代であるが、変則の摂関権力が支配する時代になって、阿衡の紛議が象徴するように、学者はその私的権勢の走狗《そうく》と化してしまった。私的権勢に奉仕する物語は、本質的にはまさに走狗の所産といえるが、そこに学者としてのあるいは詩人としての想念をひそかに盛り込むことはできる。好意的にそのように理解しておきたい。

学者が、権門の姫君のために制作する物語は、したがって、享受者のための娯楽性が本旨であった。『竹取物語』『宇津保物語』『落窪物語』が天女譚・求婚譚といった素朴な話形によりながら、伝奇性あるいは現実性要素を加えて、享受者の興味・関心をつなぐ物語であったことは、先述した。貧窮に身をかこつ学者が、身過ぎ世過ぎのために書く物語は、権門の姫君と侍女たちの歓心をかうものでなければならなかったから、『三宝絵詞』序が語るように、「女ノ御心ヲヤルモノ」であることを本体として、「物イハヌ物ニ物をイハセ、情ナキモノニ情ヲ付ケタルハ、只海ノ浮木ノ浮ベタル言ヲノミ言ヒ流シ……男女ナドニ寄セッツ花ヤ蝶ヤト言」うものになるのは、当然のなりゆきである。古物語は、まことに現今の大衆小説・通俗小説である。純文学作家が生活のために、通俗の探偵・冒険・恐怖小説ならまだしも、娯楽愛欲小説にも手を染めなければならない状態と似ている。現存する三作品は、よほどに品位を保ちえた例外的な古物語なのである。

3　物語から小説へ

あるかなきかの日記

『源氏物語』直前の時代に、われわれは、『竹取物語』という「物語」を持ち、『土佐日記』という「日記」を持ち、『伊勢集』という「集」を持っている。これらの、同じく漢字かな混じり文で書かれた作品に対して、物語・日記・歌集といったジャンル区分をしがちであるが、当時の人びとの認識は、さほど明瞭でない。そのことは、『伊勢物語』が「在五中将の日記」、『多武峯《とうのみね》少将物語』が「高光《たかみつ》日記」、『和泉式部日記』が「和泉式部集」と呼ばれたりする事実からも、推測できる。『竹取物語』に「竹取翁日記」などの異称が存在しないことから考えると、物語には、「いつはり・そらごと」の物語と「あること」の物語との区別があった（小西甚一・一九八五）。古物語の類が、「いつはり・そらごと」の物語であることは、いうまでもない。

光源氏が『源氏物語』（蛍）で、「女こそ、ものうるさがらず人に欺《あざむ》かれむと生まれたるものなれ。ここらのなかに、まことはいと少なからむを」（女というものは、面倒くさいとも思わず、人に騙されるように生まれついているものだね。物語などに、真実は少ないと思うけど）と、玉鬘《たまかずら》を揶揄《やゆ》する場面は、よく知られている。物語の「そらごと」を評した言葉であるが、むろん否定的な意味で語られている。それに対して玉鬘が、「げに、いつはり馴れたる人や、さまざまに、さも酌《く》み侍《はべ》らむ。ただ、いとまことのこととこそ、思う給《たま》へられけれ」（本当に、嘘に慣れた人なら、いろいろと推量するのでしょうが、私には、ただ真実のことと思われます）と答える。その「まことのこと」の内容は、竹の節の中から発見される天女とか、波斯国への漂流とか、山中で猿や熊に育てられるとかいった、伝奇的要素を指したはずはないだろうし、直前の場面に継子譚の『住吉物語』が出たりしているから、『落窪物語』の落窪姫君をめぐる危難や救出や報復の描写などについて、いっているのであろう。それらを「まことのこと」と思ふ」という玉鬘に対して、およそ半世紀前に、「いつはり・そらごと」の世界だと落胆して、自らの心情の記録を発信した一人の女性がいた。

藤原倫寧女で藤原兼家《かねいえ》の側室となった道綱母《みちつなのはは》は、次のように述べている。

かくありしときすぎて、世中にいとものはかなく、とにもかくにもつかで、よにふる人ありけり。かたちとても人にも似ず、こころたましひもあるにもあらで、かうものの要にもあらであるも、ことはりとおもひつつ、ただふしおきあかしくらすままに、世中におほかるふるものがたりのは

しなどをみれば、世におほかるそらごとだにあり。（蜻蛉日記・序）

（世の中に頼りなく過ごしている私は、容姿も人柄もすぐれたところもないので、これも当然とは思いますが、慣れ親しんだ古物語の内容だけは、現実に遠いことであったと実感します）

紫式部も、友と「はかなき物語につけてうち語らふ」少女のころの思い出を語っていた。孝標女も、「世の中に物語といふ物のあんなるを、いかで見ばや」と心もとない感情を記述していた。この時代の女性たちは、おおむね物語とともに育っていた。物語への共感と自らの人生の願望は、重なっていた。しかし、道綱母は今は呟く、「世におほかるそらごとだにあり」。

道綱母がいう物語の「そらごと」とは、物語が語る「あらましごとの世界」である。少女たちは、孝標女が「浮舟の女君のやうに、山里に隠しすへられて」といったような夢想を抱く。それこそが、物語への共感と憧憬の主要素である。「本朝三美人之一」（尊卑分脈）と言われ、幼くから歌才も喧伝された少女（道綱母）が、自らを「あて宮」に重ねる幻想を持ちながら成人したとしても、責められない。しかしそれは、藤原兼家の父親（道綱母の父、倫寧）への本気か冗談か分からない戯れ言めいた伝言に始まり、「げにあやしのことや」との返歌も無視した突然の出来事として訪れた。その後にきたものは、妊娠という現実と、男君の新たな女性という背信。シンデレラや白雪姫の例を持ち出すまでもなく、男君と女君が結ばれて、幸福な愛情の時間が未来に約束されて終わるのが、古代物語の常道である。ところが、男君の愛情の不如意に悩みつづけて、「あるかなきか」と認識するわが身への思いが、一つの作品の記述に結びついた。『蜻蛉《かげろう》日記』という作品である。人称視点などに古代的な

6　石山寺に参籠する道綱母

夢のなかで僧が水を右の膝にかけたという『蜻蛉物語』の記事を描く（『石山寺縁起絵巻』）

ブレがみえたりもするが、近代以後のいわゆる「私小説」に近いこの作品が、『源氏物語』以前に成立した意味は、きわめて大きい。

『源氏物語』作者の紫式部が、この作品の読者の経験を持っていたかどうか、確認されないけれど、式部とほぼ同時代に成立した『和泉式部日記』の作品価値は、さらに高い。直前の『蜻蛉日記』や、のちに成立した『更級日記』と比べても、文章の洗練、叙述技法の成熟など、いわゆる女流日記作品のなかで格段の達成度をみせている。

夢よりもはかなき世のなかを嘆《なげ》きわびつつ明《あ》かし暮《く》らすほどに、四月十余日《よひ》になりぬれば、木の下暗《くら》がりもてゆく。築土《ついじ》の上の草青《あお》やかなるも、人は殊《こと》に眼も留《とど》めぬを、あはれとながむるほどに、近き透垣《すいがい》のもとに人のけはひすれば、誰《たれ》ならむと思ふほどに、故宮に侍《さぶら》ひし小舎人童《ことねりわらわ》なりけり。（和泉式部日記）

(儚く虚しい気持で過ごしていますと、いつのまにか、亡くなられた宮様の命日にもなって、木の茂みも緑を増しますが、人は誰も、目も留めません。ぼんやりと眺めていますと、人の気配がします。宮様のお使いでよく来た小舎人の少年でした)

さながら、近代短編小説の冒頭の雰囲気である。この日記が何のために書かれたのか、それには議論の余地があるが、この作品がもし公開されたとすれば、相当に高度な享受者を読者に想定していたことだけは、確かである。そのことが、『源氏物語』の高度な達成の要件にもなっている。

女の物語

『源氏物語』のなかでも、いわゆる第一部と呼ばれる部分の前半は、『蜻蛉日記』から『和泉式部日記』への文学性の深まりを思うと、後退したかと思われるような古代性がある。第一に、英雄の物語であること。古代の物語は、なべて英雄の物語である。卓越した人間が、卓越した運命を開拓して、卓越した幸福を実現する。『源氏物語』においては、容姿・学才をはじめとして、欠けることのない秀抜の能力を持つ光源氏という英雄が、主人公である。その英雄が、貴種流離譚という伝承の話型に沿って、波乱の後の栄華を実現する。主人公が男性なので、かぐや姫やあて宮の求婚譚とは相違して、『伊勢物語』の在原業平《ありわらのなりひら》や『平中物語』の平中《へいじゅう》(平貞文)のようにあまたの女性たちとの愛情物語を展開する。『源氏物語』が、遠くは『竹取物語』に連接する古物語の系譜の物語であることは、疑問の余地がない。その限りにおいて、可能な限りの達成を示していることは認められるけれど。

眼前にある古物語の内容が、すでに道綱母の段階において、享受者たる読者とのあいだに心が乖離《かいり》している状況を先に見たし、和泉式部の段階においては、読者がよほど高度な意識で作品に接する状況を確認した。にもかかわらず、初期の『源氏物語』がこのような古代性を持って語られているということは、その範囲内において、この作品がいかに魅力的に制作されていたかということでもある。この時代の物語の享受者である読者の中心が、後宮侍女集団であることは先述した。この集団のことを多少の誤解は無視して、女房集団と紹介しておくけれども、物語がいかに優れて形象されたとしても、古代的な物語のままで女房集団に共感して受け入れられる時代は過ぎていた。幸いというか、自身がそういう女房集団に所属していたという偶然が、女性たちが本当に求める物語とはなにかということを、作者である紫式部に自覚させた。こうして、女性の、女性による、女性のための物語が始発する。『源氏物語』のいわゆる第二部「若菜《わかな》」の巻からの作品世界といわれるが、筆者は、第一部中の藤壺《ふじつぼ》が薨じてのちに、源氏の朝顔《あさがお》の姫君への感情が語られる「朝顔」の巻からそれは始まると考えている。けれどそれは、それは小異である。『源氏物語』は、男君と女君が結ばれた後の物語を書くことによって、古物語を超越し、近代小説と変わらない価値を持つ作品となった。そのことを述べて、本章の終わりとする。

二　源氏物語と王権

元木泰雄

1　光源氏と王権

高麗人《こまうど》に相を占われた幼い光君は、「国の親となりて、帝王の、上なき位にのぼるべき相」であることを告げられる。しかし、彼が帝王となれば「乱れ憂ふる」こともあるとされた。母を早く失い、外戚も不在であった光君にはとうてい皇位は望みがたく、父桐壺《きりつぼ》帝は源氏姓を与えて臣下に下す。かくして、光源氏が誕生する。そして、彼の帝王の座は儚《はかな》い夢と化したのである。

だが、彼は自ら帝王たりえなかったものの、思わぬかたちで天下の政務を掌握することになる。彼を後見とする冷泉《れいぜい》帝の即位である。しかも帝は、光源氏とその父桐壺帝の寵后藤壺《ふじつぼ》との密通によって生を受けた皇子であった。光源氏は内大臣に昇進し、破格の女院《にょいん》となった藤壺とともに帝の王権を支える。さらに、光源氏は太政大臣《だいじょうだいじん》という最高官職に上りつめる。そればかりか、母藤壺の死去に際し自身出生の秘密を知った冷泉帝から、准太上天皇という地位を与えられるに至るのである。

帝王の相を有した光源氏は自ら帝位につくことはなかったが、密通によって生誕した皇子の即位にあい、母后《ははきさき》、さらに出家して女院になった藤壺とともに帝を支え、やがて帝の実父として准太上天皇という破格の地位を獲得して政界の頂点に立った。ここに紫式部が構想した独自の王権の世界が存在する。

冷泉帝を支えた光源氏と母后藤壺による王権のあり方は、一見突飛なものに見える。しかし、はたしてそれは絵空事であろうか。以下では、実際の平安王朝における王権のあり方と『源氏物語』の世界とを、政治権力の所在、皇位継承などについて、具体的に比較・検討してゆくことにする。『源氏物語』における光源氏、母后、外戚などの「後見《うしろみ》」については、すでに詳細な分析がある（吉川真司・一九九八、倉本一宏・二〇〇〇）。そこで、これらに依拠しながら冷泉帝をめぐる問題を取り上げることにしよう。

なお、本章では「王権」を天皇の権威・権力を意味する用語として用いる。王権に正当性を与え、その権力をともに支える存在を検討の対象とする。また、『源氏物語』に登場する天皇には「帝」、史実の天皇には「天皇」の称号を用いて区別する。

2　聖代と源氏物語

桐壺・冷泉帝の背景

『源氏物語』の時代背景として、摂関時代において聖代と顧みられた延喜《えんぎ》・天暦《てんりやく》の時代が濃厚に影響していたことが指摘されている。検討対象の中心となる冷泉帝には、天暦の治と讃えられた村上天皇との、その父とされ光源氏の父でもある桐壺帝については、つとに宇多《うだ》天皇や、その皇子で延喜の治を実現した醍醐《だいご》天皇との、それぞれ類似点が指摘されている（いわゆる準拠論は多数にのぼるが、近年の国文学の成果としては篠原昭二・一九九一、日向一雅・一九九九など、歴史学の成果としては山中裕・一九九七などがある）。

まず桐壺帝についてふれておこう。帝は天皇親政をめざし、外戚の政治介入と対立するが、この点は藤原北家《ほっけ》と対立した宇多天皇に、また文運隆盛を迎え聖代とされた点で醍醐天皇に共通性を有して

7　延喜天暦時代の人物比定

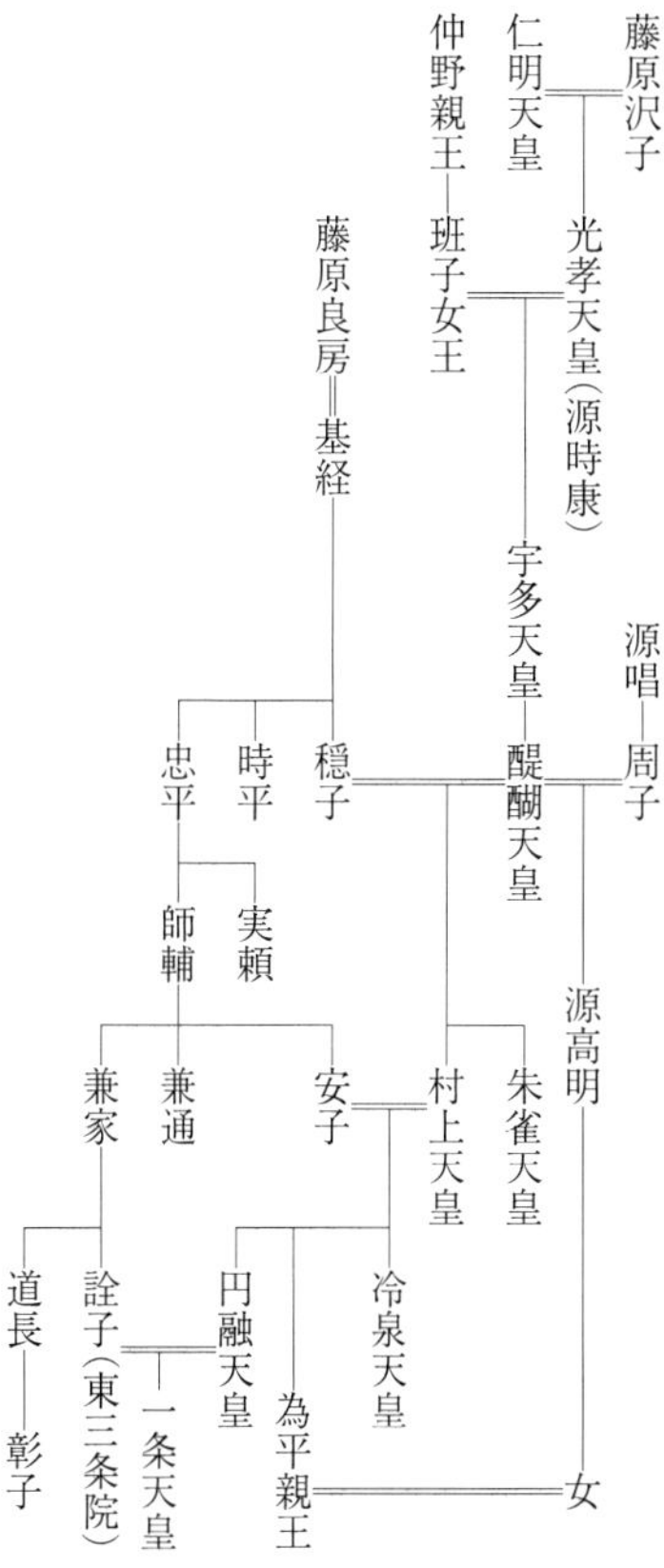

いる。宇多天皇は、母が桓武《かんむ》天皇の第十二皇子仲野《なかの》親王の皇女班子《はんし》女王で、藤原北家を外戚としていないことから、関白藤原基経《もとつね》、その子時平《ときひら》と対立し、側近の菅原道真《すがわらのみちざね》らを起用して親政を推進した。しかし、皇子醍醐天皇に譲位した後の昌泰《しょうたい》四年（九〇一）、道真は時平らによって失脚に追い込まれる。

醍醐天皇は、時平の妹藤原穏子《おんし》を后として王家と藤原北家との協調を復活させ、時平没後はその弟忠平《ただひら》を首席大臣に据えて政務を運営した。ただし、その治世に摂関を任命することはなかった。そして、『延喜式』や初の勅撰和歌集『古今和歌集』の編纂《へんさん》などにより、のちに延喜の聖代と称賛されることになる。

また桐壺更衣《こうい》の立場と、仁明《にんみょう》天皇の女御藤原沢子《たくし》との類似も注目されている（日向一雅・一九九九、二〇〇四）。仁明天皇は桓武天皇の孫で、天長《てんちょう》十年（八三三）に即位し、嘉祥《かしょう》三年（八五〇）に退いた、平安初期の天皇である。沢子は従五位上紀伊守藤原総継《ふさつぐ》の娘で、天皇の深い寵愛を受けて時康《ときやす》親王以下の皇子・皇女を出産するが、天皇に先立って承和《じょうわ》六年（八三九）に死去している。出自の低さ、天皇の寵愛、夭折など、共通点はきわめて顕著である。それにもまして注目されるのは、その皇子の運命である。

沢子所生の皇子時康親王は皇位と無縁と思われたが、仁明天皇の曾孫で藤原北家を外戚とする陽成《ようぜい》天皇の廃位によって、元慶《がんぎょう》八年（八八四）に思いもかけない即位を実現した。光孝《こうこう》天皇である。光孝天皇と光源氏とが比較されるのも当然といえる。しかも彼の皇子定省は、いったん源姓を賜り臣籍に降下しながら宇多天皇となった。このことは、一世源氏に皇位の可能性もあったことを意味しており、たんなる臣下と異なる源氏の立場を物語る（岡野友彦・二〇〇三）。なお、仁明天皇の代は文芸の繁栄した時代でもあり、桐壺帝には、延喜・天暦年間より以前の仁明天皇の性格もこめられていた（日向一雅・一九九九、二〇〇四）。

いっぽう、冷泉帝と対比される村上天皇は、醍醐天皇の皇子で、母は藤原基経の娘穏子である。兄朱雀《すざく》天皇の譲位により天慶《てんぎょう》九年（九四六）に即位している。即位当初は母の兄藤原忠平が関白として補佐したが、三年後に彼が死去すると、終生摂関を置くことはなかった。彼は多くの后を置いたが、忠平の孫、右大臣師輔《もろすけ》の娘安子《あんし》とは琴瑟相和《きんしつあいわ》し、のちの冷泉・円融《えんゆう》天皇以下の皇子を得ている。師輔が天徳《てんとく》四年（九六〇）に早世しなければ、外孫を相次いで即位させ、摂関政治の全盛の到来をみた可能性が高い。

村上天皇は、兄でその名も共通する朱雀天皇の譲位で即位した点、父院の意向で東宮となっていた点、さらに大規模な絵合《えあわせ》を宮中で開催したことなど、『源氏物語』の冷泉帝との顕著な類似がある。反面、即位当時に父院はすでに死去しており、有力な外戚など、光源氏に相当する男性の後見人は存在していない。これに対し、朱雀からの譲位の背景に母藤原穏子が関係したとする説もあり、また村上の皇子憲平《のりひら》親王（冷泉天皇）立太子に際しても、彼女が大きな力を振るったとされるなど、母后が非常に強い影響を及ぼしている点に大きな特色がある（藤木邦彦・一九六四、橋本義彦・一九八六、元木泰雄・一九九四）。この点は藤壺の原型を検討する際にふれることにしたい。

聖代と摂関政治

延喜・天暦の治の特色の一つは、摂関がほとんど存在せず、天皇親政を基本としていたことである。摂関が常置されるようになるのは、安和《あんな》二年（九六九）に藤原北家が政敵の左大臣源高明《たかあきら》を倒した安和の変以降のことであり、寛和《かんな》二年（九八六）、右大臣藤原兼家《かねいえ》が強引に外孫懐仁《やすひと》親王（一条天皇）を即位させてから、摂関政治は全盛期を迎え、天皇の外戚関係を背景として摂関の権威は圧倒的なものとなる（橋本義彦・一九八六、吉川真司・一九九八）。

したがって、延喜・天暦の時代を背景とする『源氏物語』において、摂関の政治的影響力が希薄となるのは当然といえよう。朱雀帝の外戚右大臣家の栄光は、亡き桐壺帝の意向による冷泉帝への譲位でたちまちに崩壊する。皇位継承も摂関となる外戚の影響はなく、先帝の意向で決定されており、道長に代表されるように有力な外戚が皇位継承者を決定していた摂関時代と大きく異なっている。しかも冷泉帝の母藤壺は先帝の皇女であり、藤原氏出身ではない。

桐壺帝の原型の一人仁明天皇の時代は、いうまでもなく人臣初の摂政良房《よしふさ》が出現する以前であった。宇多・醍醐天皇の治世は、宇多天皇の初期に前代の摂政基経が関白として在任したが、彼の死後は摂関不在であった。むろん宇多天皇は先述のように藤原北家との関係をことさらに忌避する面もあったが、醍醐天皇の場合は時平の妹穏子を入内させたように、藤原北家と協調の動きを強めていた。関白が不在だったのは、延喜九年（九〇九）に左大臣時平が三十九歳で早世したためでもある。

村上天皇の場合も、前代からの関白忠平が死去したあとは関白不在であった。忠平の長男実頼《さねより》が左大臣に、師輔が右大臣に就任しており、先述のように師輔は中宮安子の父として、また東宮の外祖父という立場にあり、天皇との関係は安定していた。しかし、まだ摂関の設置は限定されており、天皇親政が政務の原則であった。いっぽう、『源氏物語』の冷泉帝の治世にも摂政は存在した。光源氏のかっての岳父、すなわち葵《あおい》の上の父で、すでに致仕《ちし》していた左大臣が、冷泉帝の即位とともに摂政太政大臣に就任するのである。しかし、彼は冷泉帝と外戚関係はなく、その立場は光源氏派の政界の長老というだけのものであった。この原型は、安和二年（九六九）八月、安和の変後における政治混乱のなかで、師輔の兄で藤原北家の長老であった関白太政大臣実頼が、その名も同じ冷泉天皇の大伯父、すなわち非外戚ながら摂政に就任した例と考えられる。

時代は院政期に入るが、堀河《ほりかわ》天皇が死去した嘉承二年（一一〇七）、鳥羽《とば》天皇の即位に際し摂政をめぐる対立が勃発した。道長嫡流で前関白の忠実《ただざね》が非外戚であったために、天皇の外伯父で閑院《かんいん》流の権大納言公実《きんざね》が就任を求めたのである。すなわち、この段階になると摂政は外戚を必要条件としていたことがわかる。天皇の補佐者である関白はともかく、代行者であるために摂政は外戚と不可分となったとされ（米田雄介・二〇〇二）、そのことが摂関の権威を増大させることになる。その意味で、『源氏物語』における摂関はかならずしも外戚と結合しておらず、まだ権威を確立する前のものであったといえよう。

いっぽう、十世紀前半には、菅原道真など、藤原氏以外の摂関の可能性もあったとされている（米田雄介・二〇〇二）。光源氏の原型の一人とされる源高明も、岳父藤原師輔の死去、皇位継承者とみられた為平《ためひら》親王を女婿とすることによって摂関の可能性を有したと考えられる。しかし、冷泉帝の即位にともなって光源氏は内大臣に昇進し、ついで太政大臣となるが、摂関に就任することはなかった。むろん、帝の実父という設定も関係するのだが、この場合はすでに藤原氏に摂関が固定していた影響もあったのかもしれない。

なお、太政大臣となった光源氏が摂関とならず、政務の実権を内大臣に譲渡して事実上政界の一線を退いていることから、太政大臣が摂関と分離して名誉職化した藤原兼家の時代の出来事が反映されているとされる（橋本義彦・一九八六、倉本一宏・二〇〇〇）。

藤壺と母后

光源氏が母の面影を求め、やがて激しく恋慕する藤壺は、父の寵后であるとともに、先帝の皇女でもあった。彼女は光源氏との密通によって皇子を生み、その皇子が即位するという数奇で劇的な運命をたどるが、光源氏の熱愛に流され、運命に翻弄されるだけの女性ではけっしてなかった。皇子冷泉帝の即位を実現するや、光源氏とともにその養女前斎宮の入内に奔走し、冷泉の王権と光源氏の後見という立場を擁護するのである。藤壺の特色の一つは、彼女が皇女と設定された点である。先述のように延喜・天暦時代は摂関はほとんど置かれなかったが、しかし醍醐・村上天皇と藤原北家の関係が良好であったように、藤原北家出身の女性が相次いで入内し、国母《こくも》となっていた。実際に天皇の母となった皇女は、宇多天皇の母で仲野親王の皇女班子女王のみだったのである。いうまでもなく、摂関時代において天皇の母となるのはほとんど藤原北家出身の女性であり、その父や兄弟が外戚として摂関の座に就くことになる。

したがって、母后として大きな権威をもち、王権を支えた女性は、朱雀・村上天皇の母として大《おお》后《きさき》と称され、憲平親王（のちの冷泉天皇）の立坊を決定した藤原穏子や、冷泉・円融天皇の母として、遺言で関白をめぐる藤原兼通《かねみち》・兼家兄弟の対立を裁定した藤原安子であり、いずれも藤原北家の出身であった。あえて冷泉帝の王権を支える母后を皇女と設定した点に、大きな特色を見いだすことができる。光源氏との不義の皇子が即位するに際し、即位に正当性を与えるためにも、彼女は先帝の皇女でなければならなかったとされる（篠原昭二・一九九一）。

また、摂関時代において女御《にょうご》は皇子を出産することで立后されたが、皇女は当初から皇后（中宮）として冊立《さくりつ》されており、藤原氏出身の女性とは画然と異なる特権を付与されてはいた（山本一也・二〇〇二）。この点も、藤壺の権威を支えた一因であろう。

藤壺に関して忘れることができないのが、彼女が女院という異例の地位についたことに他ならない。紫式部が知っていた唯一の女院は、正暦《しょうりゃく》二年（九九一）に院号を宣下《せんげ》された東三条院《ひがしさんじょういん》、すなわち藤原詮子《せんし》であった。彼女は円融天皇の女御で一条天皇の母、摂政兼家の娘である。彼女は、父兼家が長年兄兼通との抗争で不遇であったうえに、兼家と円融天皇との不和も関係して、皇子を出産したにもかかわらず后位を与えられることもなかった。しかし、寛和二年（九八六）皇子懐仁親王の即位に際し、摂政として絶大な権力を有した父兼家の庇護を受けて強引に皇太后に昇進を果たした。そして、父の没後、母后として大きな権力を有した彼女は、初めての女院となったのである。

王家では天皇の母、摂関家では亡き兼家の嫡女、すなわち王家・藤原北家双方の家長として詮子は女院についたと考えられる。ただ、すでに兼家が没していたように、彼女は摂関家の権威・権力を背景として女院となったわけではなく、むしろ天皇の母后という立場が大きな意味を有していた。

以上のように、『源氏物語』の背景とされた延喜・天暦時代は、王家・藤原北家の協調関係は成立していたが、摂関は断続的に設置されたにすぎず、天皇親政を基本とする政治体制であった。したがって、摂関の影響力は兼家・道長の時代のような強力なものではなかった。『源氏物語』で摂関の影が薄いのはこのためと考えられる。反面、母后が天皇の王権を支えるという動きは、醍醐の后藤原穏子、あるいは最初の女院藤原詮子のように、顕著なものがあった。

次に、実父である光源氏や母后が天皇を支えるという構想が成立した背景を検討するために、さらに当時の政治構造について分析してみることにしたい。

3　ミウチ政治と王権

ミウチ政治と母后

摂関政治の政治形態について、かつては摂関が天皇を排して独裁するという「政所《まんどころ》政治論」が提唱されたこともある。しかし、その実態は大きく異なっていた。当時の政治は、天皇を中心として父方の父院・皇親・源氏、母方の母后・摂関・外戚などといった、天皇の血縁・姻戚関係にある人びと、すなわち天皇のミウチが共同で行うものだったのである。これを「ミウチ政治」とよぶ（黒板伸夫・一九八〇、橋本義彦・一九八六）。

ミウチ政治では、皇族・藤原氏・源氏によって政治の中枢である高位高官は独占され、公卿《くぎょう》の大半は藤原・源姓の者ばかりとなり、平安前期まで多数存在していた種々の姓が公卿から姿を消すに至った。そして、皇位継承といった重大事は、天皇・父院・母后・外戚といったミウチの中心となる人びと（権力核）によって決定されていた（倉本一宏・二〇〇〇）。

むろん、共同政治といっても、彼らの立場によって役割は異なっていた。また、こうした政治形態は、摂関時代を通して継続したわけではない。兼家の摂政就任を契機に、摂関が内裏《だいり》で天皇と同居・密着するようになり、外戚・摂関の権限は著しく強化され、政治形態も大きく変化したことが明らかにされている（吉川真司・一九九八）。

摂関全盛を迎える以前のミウチ政治における大きな特色の一つは、天皇に対する親権が強力で、ミウチのなかでも父院と母后が大きな政治的発言力を有していたことである。たとえば、宇多上皇も退位後、一定の発言力を有したし、一条天皇の父院円融上皇は宇多源氏を院司《いんのつかさ／いんじ》として組織し、一条の外祖父として摂政に就任した藤原兼家を掣肘《せいちゅう》する動きをみせた（目崎徳衛・一九九五）。こうした父院の天皇に対する親権こそが天皇に対する人事権を生みだし、のちの院政の基礎となるのである（元木泰雄・一九九六、美川圭・二〇〇六）。

しかし、宇多・円融院の政治参加も、おおむね彼らの院司や王家の私的行事に関係した問題に限定

8　弘徽殿女御と梅壺女御の絵合
（絵合『源氏物語画帖』）

されており、国政全般におよんだわけではない。内裏に入ることを制約され、太政官に直接命令を下すことができず、しかも天皇と同居することができない父院の政治的影響力には限界があった。だいいち、十世紀段階において、皇位を父子相承した事例が少ないうえに、上皇の多くは早世したり病弱であったために、当時は父院の活動はさほど顕著なものではなかった（元木泰雄・一九九六、吉川真司・一九九八）。

これに対し、天皇と同居し、直接的に影響を与えることができた母后の政治的活躍は、先述の通りである。母后は皇位継承や摂関補任をめぐる紛糾といった重大な政治的局面において、自ら政治を主導し、あるいは天皇の判断に大きな影響を及ぼしていたのである。すなわち、母后は天皇大権を代行・補佐し、政治的危機に際して天皇と摂関をはじめとする臣下との対立を仲介・緩和するなど、天皇を保護し政治を安定させる役割を果たしていたことになる。

藤壺の場合、皇位や摂関の決定といった穏子や安子のような顕著な活動がみられるわけではない。しかし、冷泉帝の後宮のあり方を規定し、光源氏の権力を保証する役割を果たしているのである（倉本一宏・二〇〇〇）。すなわち、光源氏が養育する前斎宮の入内に際し、その入内を許可するとともに、前兵部卿宮《ひょうぶきょうのみや》の娘の入内を阻んでいる。さらに、権中納言の娘弘徽殿《こきでん》女御と梅壺《うめつぼ》女御となった前斎宮の絵合でも、後者に勝利を与え、その優位を決定するのである。

そして、遺言で関白を決定した藤原安子のように、藤壺の死去後、光源氏は亡き彼女の意向によって、前斎宮の立后を実現するに至る。この遺言もふくめた藤壺の一連の行動は、冷泉帝の後見、光源氏の立場を擁護し、冷泉帝を中心とした王権のあり方を規定する動きであったといえよう（倉本一宏・二〇〇〇）。

ミウチ政治と源氏

ミウチ政治のもう一つの特色は、公卿など高位高官の座を天皇のミウチが独占したことである。先述のように、平安中期において公卿の大半は藤原・源姓になり、奈良時代以前からの姓は姿を消してゆく。ミウチ政治の典型は、醍醐天皇が死去して藤原忠平を中心とする体制が成立した時期とされる（黒板伸夫・一九八〇、橋本義彦・一九八六）。したがって、『源氏物語』における冷泉帝の時代背景である天暦年間（九四七〜九五七）こそは、典型的なミウチ政治が展開した時代であったことになる。

ミウチ政治成立には、右大臣菅原道真の排斥のような政変も無関係ではない。しかし、実際にはミウチ政治の成立は時代の趨勢であった。たとえば、道真失脚の当時、公卿十五名のうち、藤原氏は七名、そのうち六名は、いずれも藤原北家の冬嗣《ふゆつぐ》の系統に属し、いずれも冬嗣の孫・曾孫の世代に属す。冬嗣以降の藤原北家は、仁明・文徳《もんとく》・清和《せいわ》の各天皇と密接な婚姻・外戚関係を構築したことを背景として、高い政治的地位を得ていたのである。また、五名の源氏・王・在原《ありわら》氏のすべてが、桓武から仁明に至る各天皇の曾孫までの世代に当たる。したがって、すでに当時の公卿たちは、歴代天皇の近親者・源氏と、天皇の外戚であった藤原北家冬嗣流によって独占されていたのである（元木泰雄・一九九六）。

こうしたミウチ政治が成立する背景には、藤原氏・源氏が本来特権的な地位を有していたこと、ウジの解体が貴族の自立性を弱め、父の政治的地位に応じてその子に官位をあたえる蔭《おんい》位の制にみられる、父子相承原理の導入が貴族の政治的地位の変動を大きくしたこと、そして元来強固な社会的基盤を持たない貴族・官人層が天皇の権威に依存し、逆に王権自体も弱体であったために、貴族との間で相互依存が成立したことなどがあげられよう（元木泰雄・一九九六）。

むろん、藤原北家や源氏も天皇のミウチでなければ公卿となるのは困難であった。すなわち、北家の場合は外戚化することが代々公卿の地位を保持する条件で、外戚化に失敗すると時平の系統のように二代程度で公卿の地位を失ってしまう。同様に、天皇の親族たることで政治的権威を獲得した代々の源氏も、天皇の孫か曾孫の世代でミウチとしての権威は薄れ、公卿から転落するのである。

源氏は嵯峨《さが》天皇の皇子が源の姓を与えられたことに始まり、平安前期の各天皇から出現している。彼らの多くは学才に優れており、出自の高さと相まって一世源氏はおおむね大臣の座を獲得した。皇位の可能性もありえたことは先述の通りである。こうしたことから政治的野心を抱く者もいたが、すでに王家との緊密な関係を有していた藤原北家冬嗣流の前に、政治主導権の獲得はもちろん、娘の入内を実現することも困難な状態であった。九〜十世紀の天皇の后に、源氏出身の女性はほとんど見いだされない（角田文衞・一九九四）。源氏の有力公卿たちは、あくまでも一代限りの天皇の藩屏《はんぺい》という役割を担っていたと考えられる。

そうした限界に挑んだのが、醍醐天皇の皇子で、嵯峨源氏出身の源周子《しゅうし》を母とする源高明であった。学識にすぐれた高明は早くから頭角をあらわしたが、当初は藤原北家と対立するのではなく、右大臣藤原師輔の女婿に迎えられ、その一門となっていたのである。このままであれば、師輔とその外孫の皇子たちを中心とするミウチの一環に組み込まれ、摂関である師輔を補佐する大臣となるはずであった。ところが、天徳四年（九六〇）に師輔が、その四年後に国母を目前にした中宮安子が急死したことで、政界の秩序は動揺し高明は政権への野心を抱いたのである（橋本義彦・一九八六）。

病弱な東宮憲平親王の弟で、皇位継承者と目された為平《ためひら》親王を女婿としたことは、自身が外戚となり、政権を目指す布石に他ならない。為平親王が即位すれば、源氏初の摂関もありえたと考えられる。しかし、その野望は藤原伊尹《これまさ》、兼家をはじめとする藤原北家の結束のまえに頓挫を余儀なくされた。為平親王は立坊を阻まれ、政権の野望は無惨に消えうせた。そればかりか、安和二年（九六九）の安和の変によって大宰府への貶謫《へんたく》を余儀なくされ、政治生命まで絶たれたのである。ここに源氏摂関の可能性も消滅し、摂関は藤原氏に固定することになる。

出自の高くない母から生まれ、優れた資質を有して政権の座を目前にしながら没落するという波瀾に富んだ生涯が、光源氏像に影響を与えたとされるのは多くの先学が指摘したところである。高明以後も、宇多源氏の雅信《まさのぶ》・重信《しげのぶ》兄弟など、有力な源氏公卿は出現するが、もはや摂関をめぐって藤原北家と争うことはなくなる。紫式部は、源氏の隆盛と限界を見極めたうえで、あえて源氏公卿の覇権を物語としたのである。

光源氏と王権

『源氏物語』が作成された当時、すでに源氏摂関の可能性は消滅していた。先述のように、太政大臣に就任した光源氏が摂関とならなかったのはその反映であり、同時に太政大臣もすでに摂関と分離し、一種の名誉職となっていたことを物語る（橋本義彦・一九八六、倉本一宏・二〇〇〇）。女院の問題とあわせて、延喜・天暦時代を背景としながら、十世紀末における政治的変化を敏感に反映させていたことになる。

したがって、光源氏には本来臣下として政治主導権を獲得することは困難だったのである。その彼が栄光の頂点に立てたのはなぜか。その一因は、冷泉帝の母藤壺が皇女であり、有力な外戚がなかったことである。先述のように、致仕していた左大臣が摂政太政大臣となるが、外戚関係はない。このことが光源氏の覇権を可能とした第一の条件であった。母后の大半が藤原北家出身という歴史的事実を無視して、紫式部があえて藤壺を皇女と設定した最大の理由がここにある。

冷泉帝の即位に際し、光源氏に王権を支える後見の地位を与えたのは亡き父桐壺帝の遺言であったし、冷泉帝の後宮における覇権を確立させたのは、先述のように藤壺にほかならない。父院・母后の威光に支えられ、後見として光源氏は冷泉帝の王権を支える中心人物となり、政治主導権を確立したのである。

ミウチ政治の当時、政治主導権を獲得するためには、天皇に直接影響を与える母后との連携は不可欠であった。こうした政治権力の特質を反映した構想といえる。多くの摂関の事例からも明らかなように、通常は父娘、または兄妹・姉弟関係で母后との連携は実現していた。ところが、光源氏はそれを密通と、両者の不義の皇子の王権を共同で支援するという異常な形態で実現したのである。

それればかりではない。母后藤壺の死去で動揺するはずだった光源氏の政治主導権は、彼を実父と知った冷泉帝が准太上天皇の尊号を贈ることで強固に確立されるのである。準太上天皇は架空の地位であり、『源氏物語』においてもその権限、権威などは判然としない。しかし、「準ずる」とはいえ、「太上天皇」の称号を得た彼の立場は、もはや臣下を超越し、父院と同様の立場となったとみなしてよいのではないだろうか。すなわち、光源氏は冷泉の「後見」として王権を支える臣下ではなく、もはや王権の一環を構成する存在となったのである。

しかも、帝とより密接な提携関係を構築できた外戚も母后も不在であるから、唯一の親権者として父院は帝に大きな影響力を行使しうる体制となっていた。この構図は、摂関家出身の母后も外戚も消滅し、父院が天皇の唯一の親権者として強大な権力を築いた後三条・白河院の場合と共通するものである。

外戚関係を通して獲得された摂関が、しょせんは臣下として王権を支える立場であったのに対し、光源氏は父院に準ずる立場を得た。紫式部は、上皇となった桐壺帝が国政に関与していたことも描いており、わずかな期間のみ存在したにすぎない父院の権威と権力を認識していたのである。密通という異常な形態を通してではあるが、光源氏を父院に準ずる立場とすることで、摂関を超越する地位を与えたことになる。光源氏は、王権の一員となり、そして冷泉帝を保護するに至ったのである。

こうしてみると、紫式部の炯眼《けいがん》は、『源氏物語』における右大臣家に代表されるように、偶然に左右される摂関政治の不安定さを見抜いていた。そして、まさに彼女の眼前で開始されようとしている摂関政治全盛を超越して、父院による政権獲得、すなわち院政の出現を予期していたことになる。

4 源氏物語以後の王権

王権と父子関係

光源氏には院政との共通性が見られるが、しかし『源氏物語』の時代背景と院政期とでは、王権のあり方に大きな相違があった。それを象徴するのが父子関係である。

光源氏と藤壺との密通によって生誕した冷泉帝が皇位につき、密通が帝に露顕したことでかえって光源氏は栄華の頂点を究める。これが『源氏物語』の王権の物語である。もちろん、光源氏も藤壺も罪の意識に怯《おび》えるのであり、密通が許されることではありえない。しかし、冷泉帝は密通という醜聞を受容し光源氏に譲位を諮り、ついに父院に準ずる准太上天皇に擁立して自身の庇護を求めることになる。いわば紫式部は、密通という父子関係にまつわる忌まわしい事実を光源氏栄達の契機としたのである。

この前提には、不義の子という立場が冷泉帝の権威を脅かすことはないという見通しがあった。光源氏が名目上冷泉帝の兄で、場合によっては即位もありえた点や、母后が皇女であることも権威の動揺を防いだ一因である。また、すぐれた才能を有する後見、ミウチである光源氏に父院の権威が加わることが、密通の醜聞を超越して冷泉帝の立場を強化した面もある。当時の帝王の王権は、さまざまなミウチによって支えられ、権威づけられており、実父が帝王でなかったとしても、現帝の権威を低下させることはなかったのである。

しかし、逆に院政期には密通の噂が王権の分裂をもたらし、あまつさえ内乱をも惹起した例がある。いうまでもなく、保元《ほうげん》の乱である。祖父白河院の死去後、院政を行なっていた鳥羽院は、永治《えいじ》元年（一一四一）に長男崇徳《すとく》天皇を退位させ、異母弟近衛《このえ》天皇に譲位させた。この時、宣命《せんみょう》に譲位の対象は「皇太子」ではなく「皇太弟」とあったことから、崇徳は院政の

9　院政期天皇家系図

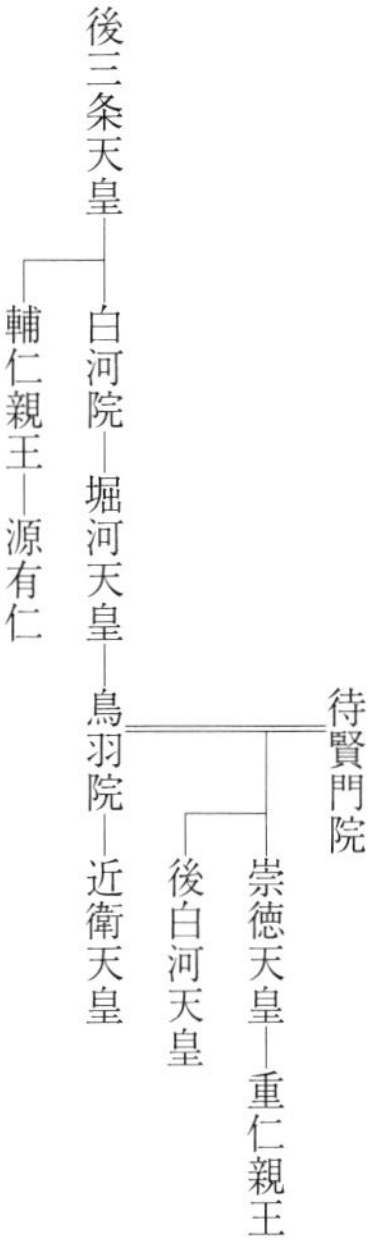

可能性を絶たれたとされる（『愚管抄』）。さらに、久寿《きゅうじゅ》二年（一一五五）、近衛が十七歳で夭折した際も、皇位は王家嫡流というべき崇徳の皇子重仁《しげひと》親王ではなく、崇徳の弟雅仁《まさひと》親王、すなわち後白河《ごしらかわ》天皇にもたらされた。翌年、鳥羽院が死去すると、崇徳と後白河は対立し、ついに京を舞台とした兵乱が勃発するに至ったのである。

鳥羽院が再度にわたり崇徳を王権の中枢から排除した原因について、『古事談《こじだん》』は崇徳が鳥羽の「叔父子」、すなわち鳥羽の祖父白河院と中宮待賢門院《たいけんもんいん》との密通による落胤で、皇子とはいえ、実は叔父であったためという説を述べている。これについては、事実とする説が有力であった（角田文衛・一九八五）が、近年はこれを否定する考え方が提示されている（美川圭・二〇〇四）。事実か否かは別として、崇徳が厳しく皇統から排除された理由として、密通による落胤であることが噂された点に、院政期における価値観が現れている。『源氏物語』の冷泉帝は、みずから光源氏の立場を知った上で、あえてその権威で自身を擁護しようとした。帝に主体性が存したのである。しかし、崇徳天皇は自らのあずかり知らぬところで噂を立てられ、父院鳥羽によって王権から排除されている。もはや、天皇に主体性は存しない。院政期、王権の政治的中心は院に移行し、院が自らの意のままの王権を形成していったのである。

摂関家の王家に対する外戚関係が断絶して外戚・母后が権威を失った結果、ミウチ政治は解体し、父院が天皇に対する父権を背景に権威と権力を独占する体制が生まれた。院は成人天皇を幼主に交代させることで、唯一の政治主体の地位を保ったのである。その院の権威の源泉は天皇の父権に他ならない。天皇がわが子ではないとすれば、院の権威は崩壊する恐れがあった。

鳥羽が本当に崇徳を「叔父子」と思い込んだのか、あるいは鳥羽の崇徳排除の厳しさの理由として「叔父子」説が流布したのかはともかく、父子関係が王権の唯一の基軸となり、父院が政治的中心となる院政が確立されることで、『源氏物語』が描いた母后やさまざまなミウチたちに支えられた王権は大きく変化するのである。

その後の源氏たち

ミウチ政治の変化は、王権中枢だけの問題ではなかった。貴族社会では、十一世紀以降、特定の家業を継承するとともに、それにともなって政治的地位である家格を父子相承するイエが分立することになる。たとえば、有職故実《ゆうそくこじつ》に通じた高明の子孫である醍醐源氏は、院政期にかけて大納言の官位を継承するし、『小右記《しょうゆうき》』で知られる藤原実資《さねすけ》が属した小野宮一門も実務官人として活躍し、権中納言の地位を継承している。

こうして天皇のミウチでなくとも、家職によって政治的地位を継承できるようになり、ミウチ以外の公卿が増大したのである。先述のように、嘉承二年（一一〇七）の鳥羽院即位に際し、外戚関係のない藤原忠実が道長の嫡流であったために摂政に就任した。この結果、外戚と無関係に道長の嫡流が摂関を継承し、名実ともに摂関家が成立したが、このこともミウチ政治から家業を継承するイエの分立へという、貴族社会の構造的な変化と連動していたのである（元木泰雄・一九九六、二〇〇二）。

こうした変化の背景には、ミウチ自体の減少という問題も関係していた。兼家・道長によって摂関

10　村上源氏系図

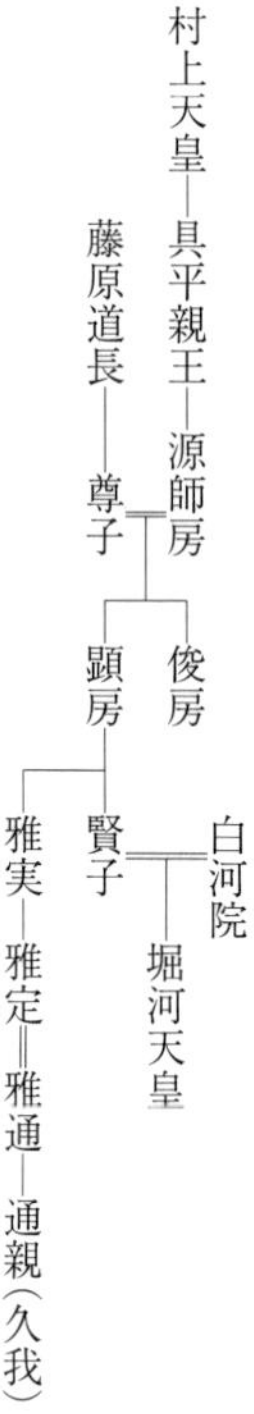

の権威が確立すると、天皇は彼らの外孫のみとなり、天皇のミウチとなる藤原氏一門は減少する。そしてキサキも限定されることから皇子も減少し、さらに皇位継承の可能性のない皇子の出家が一般化するため、源氏賜姓はごく例外的なものとなった。新たな源氏となったのは皇統から排除された花《か》山《ざん》・三条天皇の皇子であり、高い政治的地位を得ることはなかった。

むろん、院政期には源氏が公卿の数で藤原氏を凌駕したこともあり、摂関家・王家と姻戚関係を有した村上源氏、そして先述の醍醐源氏などから多数の公卿が出現していた。村上源氏は、白河院政期に俊房《としふさ》・顕房《あきふさ》兄弟が左右大臣に並び、堀河天皇の外戚となった顕房の子雅実《まさざね》は、保安《ほうあん》三年（一一二二）に源氏初の太政大臣に就任した。しかし、彼らの華やかな昇進も、摂関家との結合や王家の外戚化の結果であり、これは一般貴族としての昇進、家格の継承にすぎないのである。

かつての光源氏や平安前期の源氏たちは、優れた学才の持ち主であったがゆえに源姓を受けた。それだけに個人としても魅力溢れる人びとであった。しかも、紫式部が光源氏に仮託したように、もともとは皇子であったがゆえに、臣下ではあっても場合によっては皇位も望みうる存在だったのである。

これに対し、太政大臣に昇進したとはいえ、源氏となって代を重ねた村上源氏はたんなる臣下にすぎず、往年の源氏たちとは立場を異にしていた。

院政期において唯一光源氏を彷彿とさせたのは、白河院と皇位を争って敗れた輔仁《すけひと》親王の皇子源有《あり》仁《ひと》である。白河の父後三条天皇は、白河の子孫ではなく、輔仁ら白河の弟たちに皇位を継承させる意向であった。したがって、臣下に下ったとはいえ、有仁はわずかながらも皇位の可能性を感じさせる側面を有していた。

それだけに、白河院も輔仁の失脚後、有仁を猶子《ゆうし》として優遇し、元服するや破格の従三位に叙したのである。これは皇子に準ずる処遇といえよう。有仁は保延二年（一一三六）には左大臣に昇進した。和歌や管弦に優れ、容姿にも恵まれた有仁は「今光源氏」と称されたという。しかし、その彼も久安《きゅうあん》三年（一一四七）に四十五歳で継子ないままに没した。

中世における源氏を代表したのは、権謀術数で大臣の座を確保した村上源氏の久我《こが》通親《みちちか》の一門、そして武骨な武門源氏たちとなった。光源氏の時代は完全に過去のものとなったのである。

5　王権の変容

光源氏と藤壺との密通、その間に生まれた皇子の即位、そして光源氏の准太上天皇就任という、『源氏物語』に描かれた数奇で劇的な展開の背景と、その後の王権の変化について述べてきた。その背景となったのは、摂関政治全盛以前の延喜・天暦年間（九〇一〜九五七）を中心とする時代であり、当時の政治形態は天皇のミウチが共同で参画するミウチ政治であった。父院は不在がちで、摂関も大きな権威を確立しないなか、ミウチのなかでもとりわけ母后が大きな権力を有していたことと、臣下でありながら皇位もありえた一世源氏の公卿たちがもつ特異性とが、『源氏物語』における冷泉帝の王権の特異なあり方を創出したのである。

摂関政治全盛期にはいって摂関、すなわち外戚の権力が強大化することで、ミウチ政治は大きく変化してゆく。光源氏の背景となった有力な一世源氏も消滅することになる。そして、父院の独裁となる院政期にミウチ政治は事実上消滅する。それは、『源氏物語』の時代が完全に過去になったことをも意味していた。

三　源氏物語の男と女

工藤重矩

1　源氏物語の男と女のあり様をみる前提

源氏物語は虚構

『源氏物語』のあまりにも見事な筆力のゆえに、ともすると『源氏物語』の世界はあたかも歴史的な現実の世界であるかのように錯覚されがちであるが、『源氏物語』は虚構、フィクション、当時の言い方では「そらごと」である。虚言《そらごと》である物語は常に時代の法的制度・社会的慣習などを何程か逸脱したところを持っている。そうではあるが、同時に作者も読者も基本的なところではその時代の社会的枠組を前提として物語り、そして読む。したがって、『源氏物語』の男女関係をみるには、まずその時代の男女関係の実態を知る必要がある。それゆえ、その概略を説明しなければならないが、その前に平安朝の物語・日記文学などに描かれる男女の世界が現実の世界のどの部分を描いたものかを確認しておく。

物語・日記文学と婚姻制度

『源氏物語』が書かれた平安時代中期、いわゆる摂関時代の婚姻形態について、この時代は一夫多妻制であって、複数の妻に甲乙はなく、正妻は事後的に決定され、その正妻も離婚なしに入れ替わり得るとされている（高群逸枝《たかむれいつえ》・一九六三）。この理解は説明者によりすこしずつ言い方は変えられながらも、今なお一部の研究者には継承されている。

高群説の誤りについてはすでに明らかにされている（鷲見等曜・一九八三、栗原弘・一九九四）。高群氏の研究方法の問題点は、婚姻制度の考察に虚構である物語などを歴史資料と等しく用いたことにある。それはひとり高群氏のみではなく、その後の高群説を是とする研究者にも共通にみられる誤りである。歴史資料が乏しいこともあって、平安時代のこととなると、信じ難いことに〈ベストセラーの恋愛小説にこう書いてあるから、昭和・平成時代には六法全書の婚姻に関する規程は法律として通用していなかったと判断する〉というに等しい論述が堂々とまかり通っていたのである。

物語・日記文学などを婚姻研究資料として用いることの危険は、たんにそれが虚構であるというだけではない。平安時代の物語や日記文学における男女関係は嫡妻《ちゃくさい》（正妻）以外とのそれを主たる対象としているからである。そこで現実の世界と物語・日記文学の世界の関係を図示すれば、ほぼ次頁のようになる。楕円内が文学の主要な世界であり、大枠内が現実の世界である。

上流貴族は元服時かそれに近く親の決めた相手と結婚する。だから男が自分で恋をしたいと思うころにはすでに「妻《さい》」（嫡妻・正妻）がいる。それゆえ恋の相手はおのずから妻以外である。しかし、親と親とが決めた結婚だから容易には離婚できない。妻とは原則的に同居する。他の女の許には夜になって通う以外に逢う手段がない。女は待つしかない。他の女の許に通うのは妻や妻家への遠慮もあるので、男は夜出かけて朝まだ暗いうちに帰る。平安時代の結婚について「通《かよ》い婚《こん》」という言い方がされることがあるが、「通い婚」という婚姻形態があるのではない。妻以外の女性には「通う」以外に逢う手段がないだけのことである。これらの女性とは「結婚」したのではないから、男が来なくなれば関係は終わりである。だから女は、たとえば道綱母《みちつなのはは》のように、男が来なくなることを嘆くのだ。もともと「結婚」していないのだから、別れても「離婚」ではない。平安時代は結婚も離婚も簡単にできたと言われることがあるが、そうではなくて、法的結婚以外の関係は始まるのも終わるのも、現在に似て、当人次第なのである。

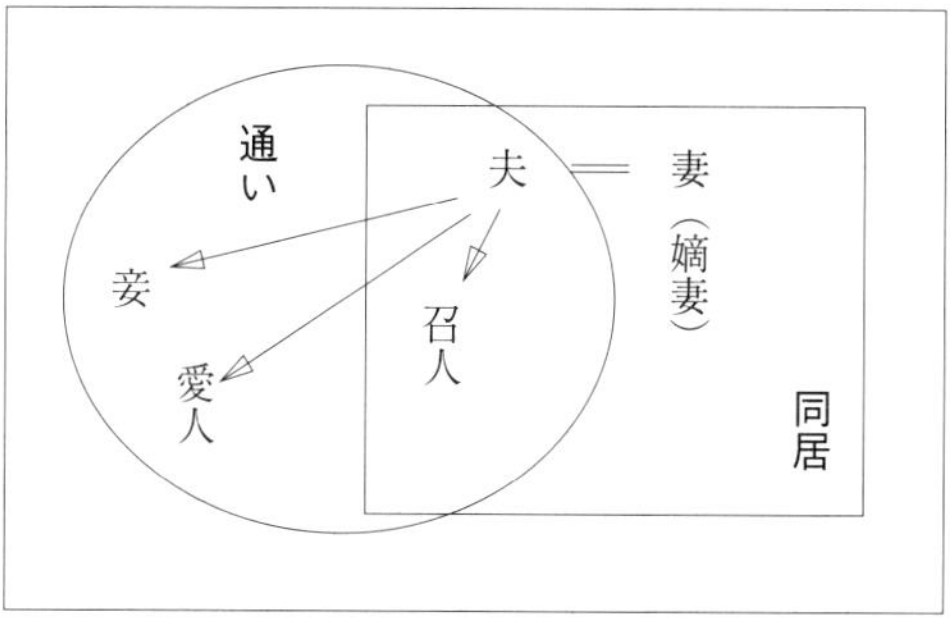

11　現実世界と文学世界（楕円内）における男女関係

『蜻蛉《かげろう》日記』も『和泉式部《いずみしきぶ》日記』も、また恋の物語も、嫡妻でない女性との愛情世界を描く。恋の和歌の贈答もそのほとんどは妻以外の女性との間に取り交されたものである。それらを婚姻・家族の研究資料とすれば、その結論は実態とはよほど異なるものとなるであろう。『源氏物語』の男女関係をみる場合はそのことを十分に理解しておかなければならない。

嫡妻とその他の女性の差

平安時代の婚姻制度については拙著（工藤・一九九四）に詳しく述べている。詳細はそれに譲り、いまかいつまんで摂関期の婚姻状況を説明しよう。

平安時代中期の婚姻制度は、高群逸枝氏のいうような一夫多妻制ではなかった。法的（養老律令《ようろうりつりょう》）には現在と同じく一夫一妻制で、一人の「妻《さい》」しか認められなかった。戸婚律《ここんりつ》によって重婚は禁止されていた。したがって妻帯者の場合は、現在の妻と離婚しなければ、愛情とは関係なく別の女性を同時に「妻」とすることはできなかった。ただ、男が継続的に通い社会からも認められた、法の運用・解釈において「妾《しょう》」と称される存在の女性もいた。そこで「妻」は、「妾」との区別を明確にするためか、ときに「嫡妻《ちゃくさい》」とも称されている。「妾」は男性貴族の日記などでは和らげて「妾妻」と記されることもある。そのような実態に即していえば、現在と比較して妾の存在を緩やかに容認している（もとより妾を持たねばならないということではない）という意味では一夫一妻多妾制とも称しうるであろう。重婚が禁止されているにもかかわらず、法的婚姻以外の所生の子にも法的保護があり、認知されれば諸権利が発生するというその事情は、わが国の現状においても基本的には同じである。倫理的規制の強弱はあるが、現在の婚姻制度を一夫一妻制というなら、平安時代もまた一夫一妻制である。

妻と妾とには明確な区別がある。妻には法的な保護があるが、妾にはない。おおむね夫の意に任される。子の扱いにおいても妻所生の子は叙位・任官・昇進・相続などにおいて優遇される。優遇されるというよりも、その他の所生の子が嫡妻の子に比して劣った扱いを受けるというべきであろう。藤原道長の男子を倫子《りんし》・明子《めいし》所生別に昇進速度を比較すれば、その差は明白であるとともに、母親ごとに兄弟の昇進速度が一致していることにも驚かされよう（工藤重矩・二〇〇二）。女子であれば結婚相手に差が出る。道長の娘のうち倫子所生はみな後宮に入っているが、明子所生はそうではない。子の有無・優劣によって事後的に母親の「妻」としての扱いが決まるのではなく、母親が嫡妻かどうかで子の扱いが決まるのである。

また光源氏における中将の君のように主従のあいだに生じた男女関係は「召人《めしうど》」と称されている。召人は使用人との関係だから、世間的には何もない関係である。妾にしても一時的愛人にしてもまた召人にしても、その所生の子は男親が認知すれば庶子としては認められた。もとより認知されない場合もある。『源氏物語』では、頭中将《とうのちゅうじょう》の娘である雲居雁《くもいのかり》は認知されたが、宇治の八の宮の娘である浮舟《うきふね》は認知されていない。それどころか、懐妊が判明した時に召人であった母親は宮邸から追い出され、のちに常陸介《ひたちのすけ》の後妻となった。雲居雁の母親はのちに按察使大納言《あぜちのだいなごん》の北の方になっている。

妻・妾・召人以外にも、忍びの恋、行きずりの関係、いわゆる不倫の関係等々、男女関係の種々相《しゅじゅそう》は今と同じくさまざまだが、律令的婚姻関係としてみれば、妻（嫡妻）とその他の女性には歴然たる差があり、その子息の待遇・昇進速度も母親の嫡妻や否やによって異なる。貴族社会はそのことに極めて敏感だった。それが物語の男女関係の設定の仕方に直截に影響しているのである。

2　源氏物語の展開と紫の上をめぐる男女関係

源氏物語の構想と妻の座

『源氏物語』のテーマは物語の進行につれて発展的に変化していると考えられている。いわゆる第一部「藤裏葉《ふじのうらは》」の巻までは、親の保護もなく、正式な妻でもなく、子もいない女性、すなわち紫《むらさき》の上（この女性の呼称は巻により場面によりさまざまであるが、ここでは便宜上「紫の上」をもって統一する）が、その人自身の美質により、光源氏の愛情のみによって、正式な妻（嫡妻）にもまさる幸福をつかむに至る物語として構想されている。

その構想を通して『源氏物語』の男女関係の設定の仕方をみていくと、顕著な特徴に気づく。すなわち、紫の上は常に作者紫式部により護られており、紫の上の幸福に障害となる女性はかならず不幸になるように男女関係が設定されている。光源氏をめぐる男女関係のなかでそれらの女性を幸福にすれば、相対的に紫の上は不幸になってしまう。ヒロイン紫の上を不幸にするわけにはいかないとなれば、源氏に愛される女性たちはおのずから不幸にならざるを得ない。紫の上を、親の保護もなく、正式の結婚でもなく、子もいない、すなわち世間的幸福を獲得できる条件をまったく有さない女性として設定し、なおかつ正妻に等しい世間的幸福と愛とを獲得する物語を構想し、かつまた光源氏と多くの女性たちとの恋を語ろうとしたとき、構想上の要請としてそれらの女性たちの不幸は決定していたのである。

その構想にもとづく『源氏物語』の展開と光源氏・紫の上の関係を図式化すれば大略次頁のようになろう。

恋愛物語としての『源氏物語』（正編）を動かす中心点は「嫡妻（正妻）」の座にある。これまでの構想に関する研究によれば、当初の構想は「藤裏葉」の巻で大団円を迎えるものであっただろうとみなされている。第一部（藤裏葉まで）では、嫡妻葵《あおい》の上没後の新しい嫡妻との再婚の可能性は、紫の上が幸福に至るうえでの試練として構想されていた。それが源氏の恋を語り、結果的に紫の上への愛を語る恋愛物語としての『源氏物語』を動かす仕組みであった。

12　若紫（紫の上）を垣間見る源氏
（若紫『源氏物語画帖』）

作者紫式部は、この『源氏物語』を動かす仕組みにもとづいて、登場する女性たちのそれぞれに構想上の役割を与えた。その役割にしたがって源氏との関係も本人の性格なども設定されている。そのこ

13 源氏物語(正編)のストーリー展開のしくみ

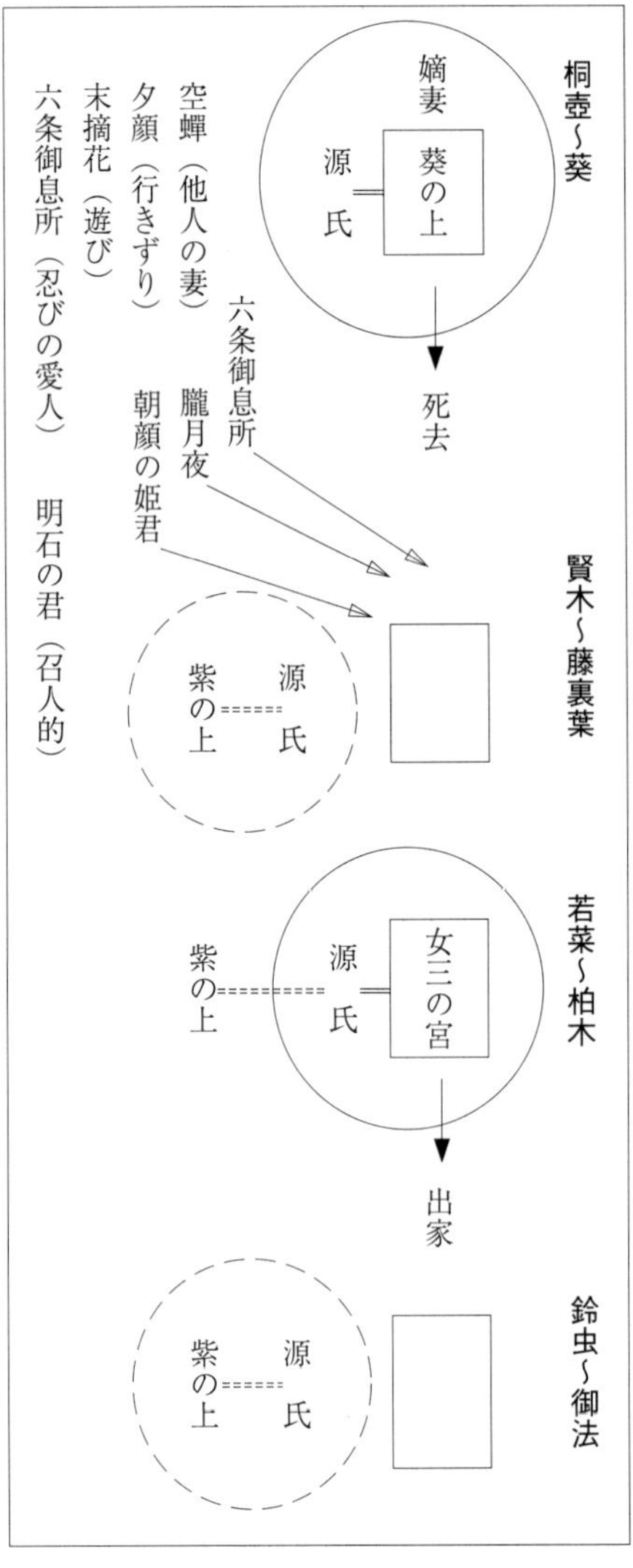

とを理解するのが『源氏物語』理解の捷径《ちかみち》でもあり、物語としての虚構と歴史としての事実とを混同しないための歯止めでもある。

葵の上と六条御息所の不幸

右に述べたことを主な女性について説明しよう。光源氏は元服と同時に左大臣の娘（葵の上）と正式に結婚した。親である桐壺《きりつぼ》帝と左大臣との合意にもとづく結婚である。葵の上の役割は、光源氏の政治的後見者としての大臣家と光源氏とを結びつけること、源氏の後継者としての男児を産むこと、この二つである。ヒロイン若紫《わかむらさき》と〈結婚〉するまでの繋ぎでもあるから、源氏とは真に心が通じ合わない設定にしている。年上を強く意識して源氏に馴染まない気位の高い性格も、結婚後も長く同居に至らないのも、それゆえの設定である。同居すればおのずから愛情は深まる方向にならざるを得ない。それで同居しないまま、男児を産んで死去することになった。若紫が結婚可能な年齢（律令では女は十三歳から）になってもなお葵の上が「妻（嫡妻）」として源氏の横に居たのでは、紫の上の幸せはない。妻がいては目にみえて二番目になるからである。それを避けるために、紫の上と源氏とをいわゆる男女の関係にもっていく前に、妻である葵の上を排除しておく必要があったのだ。

葵の上を排除する役割を果たすのが六条《ろくじょうの》御息所《みやすどころ》である。六条御息所と源氏との関係は世間周知の事実であるにもかかわらず、父帝から直截に訓誡されてさえも、源氏本人は頑なに黙

14　葵祭での車争い
（狩野山楽『車争図屏風』部分）

したまま何も認めなかった。あくまでも忍びの情人の扱いである。その御息所は葵祭の車争いをきっかけに生き霊となって葵の上に取り付き、死に至らしめる。誇り高くあまりに嫉妬深い性格は生き霊となるための性格設定である。だが、このような女性が源氏の近くにいたのでは紫の上は安心できない。葵の上の死後、御息所の周辺は源氏との結婚を期待するが、もとより源氏にその気はない。葵の上の死因を自覚している御息所は、娘が伊勢斎宮《さいぐう》となったのに随って伊勢に下って行った。

こうして嫡妻葵の上は死去し、六条御息所は伊勢に去った。葵の上も御息所も初めから損な役割を課された女性である。残された男児（夕霧《ゆうぎり》）はこれからも大臣家と源氏を結びつづける絆となる。

紫の上は正式な結婚ではない

葵の上の喪が明け、源氏は二条院に帰る。そこで紫の上と源氏との実質的男女関係が始まる。紫の上の男女関係の始まりにおいて、嫡妻がいての男女関係の発生というかたちを忌避したところに、当時の社会の男女関係における価値観、幸せについての考え方をみるべきであろう。

たとえば『落窪物語《おちくぼものがたり》』のように、恋の物語は主人公が結婚し同居したところで主筋は終わるのだが、『源氏物語』ははじめから若紫と同居している。同居したまま親の承諾もなく男女関係が始まった。もともと若紫を手許に引き取っていることさえ父親王にも知らせていなかった。源氏の思いやりと惟光《これみつ》の機転で三日夜《みかよ》の餅はあったが、それさえ誰にも知らせないままだった。その後に父親王とも連絡を取り、裳着《もぎ》の式も行なったうえでの結婚として世間体を取り繕ったようだが、後に「若菜上《わかな》」の巻で、源氏に引きとられ世話をされた寄るべない身の上だったことを紫の上自身が悲しみとともに思いかえしているとおり、正式な結婚ではなかった。当時の読者にはそれは自明のことだったであろう。そのころの紫の上の存在を世間的にみれば、以前から二条院にいた女性が、それまでは宮中から連れてきた召人かと思われていたのが、実は兵部卿《ひょうぶきょう》の妾の娘であったということが分かったというにすぎない。北山から引き取って以降も紫の上の存在は世間に秘されていたので、「紅葉賀《もみじのが》」の巻では「宮中あたりでちょっと情をかけた女房をひとかどの女のように扱って、それを人が非難するのではないかと隠しているのだ」と大臣家の人びとは噂していたのだった。ところが実は式部卿の娘だったという意外な事実に、世間は紫の上の「さいはひ」すなわち「思いがけない幸運」を言いはやすのである。それでも紫の上とは正式の結婚ではないから、葵の上死後の源氏は法的には独身である。それゆえに、紫の上の存在にもかかわらず、源氏の再婚話がくりかえし噂される。

そして誰もいなくなった

現実味のある再婚話の第一の相手は朧月夜《おぼろづきよ》である。「賢木《さかき》」の巻での源氏との二度目の密会が露見した時の父大臣の述懐によれば、朧月夜との最初の密事が知れたとき、父大臣は事を荒だてずに源氏に娘との結婚を申し入れたらしい。娘が源氏に心惹《ひ》かれていることもあって、父親の大臣としては嫡妻のいない源氏との結婚は悪い選択とは思わなかったのだが、この話は源氏が拒否した。そのような経緯があったので、二度目の密会に、あの時は拒否しておきながらと激怒したのである。源氏としては、葵の上が死んだからといって政敵方に乗り換えるつもりはないし、何よりすでに紫の上がいた。朧月夜との結婚の余地はなかった。

再婚の有力候補に朝顔《あさがお》の姫君がいた。源氏自身も姫君に惹かれるところがあり、父親王もその気がないではなかった。ところが、「賢木」の巻で朝顔の姫君は賀茂斎院《かものさいいん》に任ぜられ、源氏との話は終わった。斎院は独身の内親王が任ぜられるのが原則である。それを親王の娘である女王が務めたのは、独身の内親王がいなかったからである。これは源氏の再婚相手にふさわしい内親王がいないことをも意味している。源氏の再婚相手にはそれにふさわしい身分が必要である。葵の上の姉妹にはすでに人はいない。もう一方の大臣家には朧月夜がいた。その娘とは密事を引き起こしたあげくに父親の申し出を拒否した。作者紫式部は、内親王、女王、大臣家の娘、それらとの再婚の可能性を一つ一つ潰していく。こうして源氏と正式に再婚できそうな女性は誰もいなくなった。作者紫式部の紫の上を守護する工夫は周到である。源氏の二度目の嫡妻となりうる女性との再婚の見込みが消えて、ようやく紫の上は一安心できることになったのである。

藤壺は出家した

いま一人、初めから結婚の可能性はまったくないけれども、紫の上にとってはもっとも危険な女性がいた。藤壺《ふじつぼ》である。構想上の役割からいえば、藤壺の役割は二つ。ひとつは紫の上と源氏を結びつけること。常識的に考えれば、十歳ばかりの少女を親にも無断で（親に言えば当然拒否される）連れ去るのは尋常ではない。その非常識の印象がかの藤壺の面影をやどす少女だということで薄められている。現在の読者もこれを非常識だと感じないとすれば、それは紫式部の筆力のゆえであろう。いまひとつは源氏を准太上天皇に導くこと。これは密通の子冷泉《れいぜい》帝によって果たされる。

この構想的役割からみると、紫の上との男女関係発生後も藤壺が女性として源氏の心をひき、かつ男女関係を持ちうる可能性があるまま身近にいるのは、紫の上にとってはその存在意義を失わせる事態である。それが「賢木」の巻の藤壺の出家で回避された。藤壺の出家は源氏の執拗な接近を拒否し世間の疑惑から皇子を護るためであるが、それは桐壺帝の周忌の直後に実行された。節婦の行いであり、世間には桐壺帝の菩提《ぼだい》をとむらうためとみなされたであろう（工藤重矩・二〇〇六）。賢い藤壺は邪淫戒を護持する、作者として護持させるであろうから、源氏との男女関係はこれで絶たれた。

紫の上はこうして護られている。紫の上の「妻《さい》」にあらざる「つま」（男女をとわずそれぞれの連れ合いを意味する語。パートナー）としての幸せを、摂関期という時代のなかで、まったくの絵空事でなく少しでも現実味を持たせようとすれば、そのような構想をしなければならないほどに「つま」としての紫の上の立場は危ういのである。その危うさが当時の女性読者を強くひきつけたのであろう。紫の上の周辺からこれらの女性たちを遠ざける処置が、源氏と紫の上との男女関係が開始された「葵」の巻・「賢木」の巻に集中していることは、法的一妻制の中で紫の上の「つま」としてのあり方を作者がどのように認識し、どのように設定したかを雄弁に物語るであろう。

朝顔の姫君の再登場

安定したかにみえていた紫の上の立場をもう一度揺さぶるのが「朝顔」の巻である。父式部卿《しきぶきよう》の喪に服するために斎院を辞した姫君にふたたび源氏が近づく。朝顔の姫君は親王の嫡妻腹の娘であり、源氏の再婚相手としては世間も許す存在である。すでに父親が没しているのが不利な条件だが、叔母女五《おんなご》の宮《みや》が保護者の役割を果たしている。源氏との正式な結婚も不可能ではない。それゆえに、源氏との仲が噂になったとき、紫の上は深刻な不安に悩まされたのである。源氏が正式に再婚すれば、あらためて紫の上の非法律的結婚が世間に明白になり、紫の上が実は「妻」ではなかったこと、そして今後は「妻」に遠慮しつつ暮らさねばならなくなること（のちにこの事態を具体化したのが「若菜」の巻以降の女三《おんなさん》の宮《みや》との再婚である）を紫の上はよく自覚していたからである。しかし、朝顔の姫君との話は六条御息所の轍《てつ》を踏むまいとする朝顔の姫君の賢い判断によって実現しなかった。紫の上はここでも護られた。

これから以降、第二部「若菜上」の巻が始まるまでは、もう紫の上を脅かす女性は登場しない。その意味で源氏と紫の上の恋の物語の実質は「朝顔」の巻で終わった。これ以降の巻々に展開される夕霧と雲居雁の恋、玉鬘《たまかずら》をめぐる求婚の悲喜劇は、六条院の造営そして「藤裏葉」の巻の大団円までの時間稼ぎでもある。

正妻女三の宮の密通と出家

紫の上と源氏の愛情の物語は「藤裏葉」の巻の大団円で終わる予定だったのであろう。ところが、おそらくは好評のゆえに続きを書くことになり、「若菜」の巻以降を構想した。第一部ではストーリー展開に利用されていた、可能性としての源氏の再婚が、第二部（若菜から御法）は実際に新しい嫡妻（女三の宮）との結婚というかたちで現実となってしまうところから始まる。さすがに第一部と同じパターンは使えず、今度は実際に源氏が正式に再婚してしまったという状況を設定したのである。

さて、これから嫡妻を迎えた源氏と紫の上の関係はどうなるのでしょうか、どうすれば紫の上は幸せになれるでしょうか、というのが作者の読者に対する問いかけである。

女三の宮と柏木《かしわぎ》の密通、女三の宮の出家はその解答であり、やはり紫の上が源氏のただ一人の愛すべき女であると確認するための構想上の工夫である。その意味で、源氏と女三の宮の結婚ははじめから離別させるための結婚である。女三の宮の判断力のない幼い性格は柏木の侵入を許すための設定であろうし、事件以後には決然として出家への意志を示すのは「妻」の座を空けるための性格設定であろう。

『源氏物語』のとくに若菜以降を読めば、女三の宮が出家したからといって紫の上が幸せだとは決していえないと感じるであろう。しかしながら、紫の上と源氏の関係として、形の上でもただ一人の人というかたちをとらないかぎり、当時の読者は納得しなかったのであろうと思う。他に「妻」がいては、どんなに愛されても幸せとはいえない、というのが当時の一般的な考えだったのであろう。それほどに「妻」の座は平安時代の女性たちにとって重い存在だったことが、『源氏物語』の紫の上をめぐる「妻」の座の扱いによってわかる。

3　妻としての世間的幸福を得る条件

親の保護と無保護の差

親の保護もなく、正式な妻でもなく、子もいないという紫の上の属性を裏返してみれば、貴族社会の女性にとって「保護者の存在」「嫡妻としての結婚」「子を産む」という三点の具備が幸福にいたる前提条件だと知られる。このうち保護者の存在と嫡妻としての結婚は直結している。親に代表される保護者の存在は正式な結婚を可能にする。もとより親の保護があってもかならず嫡妻になれるとは限らない。道綱母がそうであり、『源氏物語』では明石《あかし》の君や惟光の娘もそれに当たる。しかし、保護者がいなければ嫡妻となることはなかなか困難である。なぜなら、媒人《なこうど》を介しての家と家との結婚のかたちをとれないからである。戸令では結婚は媒人を介して婚主（祖父母・父母など婚姻における女の保護者）に申し込むことになっていた。女の側から話を進める時にも媒人が立つ。『小右記《しょうゆうき》』万寿《まんじゅ》二年（一〇二五）十一月条によれば、藤原長家《ながいえ》の再婚話では僧都《そうず》定基が仲立ちをしている。『源氏物語』の女三の宮の結婚話の時は、女三の宮の乳母《めのと》の兄で源氏にも親しい右中弁《うちゅうべん》が間に立っている。

仲人を介さないで直接に逢うことを「自媒」ともいい、奈良時代にもすでにそれを恥じる観念があったらしい。極端な例だが、容姿佳麗なる大伴田主《おおとものたぬし》との同棲を願って自分から近づき、企みに失敗した石川女郎《いしかわのいらつめ》の歌（万葉集一二六）の左注には「自ら媒《なかだち》することの愧《は》づべきを恥ぢ」とある。平安時代では、たとえば敦道親王《あつみち》の北の方（済時女《なりとき》）は、『和泉式部日記』によれば式部の宮邸入りとともに自邸に帰ってしまったようだが、『大鏡《おおかがみ》』によれば親王との結婚は父済時没後の「御心わざ」であった。保護者なきゆえのしわざであるが、それゆえに軽んぜられることがあったかもしれない。

「若菜上」の巻、朱雀院《すざく》は娘である女三の宮の行く末を案じて、安心できる男と結婚させたいとさまざまに思案する。その悩みのなかで女の結婚の仕方につき、親兄弟など周囲が世話する場合については、「善くても悪くてもそれはその人の宿世（定め）であって、たとえ落ちぶれても自分の過失にはならない」といい、本人の意志でおこなう場合については、時が経って結果的に幸運にめぐまれて世間体もよくなった時には、こんな関係も悪くはなかったなあとはみえるけれども、やはりふっと耳にしたときには、「親に知られず、さるべき人も許さぬに、心づからの忍びわざ」をしでかしたのは、女にとってこの上ない「疵《きず》」と感じられるものだ、という。「心づからの忍びわざ」とは当人同士の合意のみの結びつきであり、世間的に見れば紫の上の事例はこれに当たる。朱雀院が、時が経って云々と保留をつけるのは、紫の上がそれに該当するゆえの遠慮であろう。

宇治の八の宮が後に残す娘たちについて心配するのも同じことである。ただし、結婚は考えるなという八の宮の遺訓には、保護者のいない結婚は決してよい結果にはならないという悲観が前提になっているのではあるが。だから、姉の大君《おおいぎみ》は保護者のいない自分の結婚は諦め、自分は妹中《なか》の君《きみ》の後見となり、せめて妹をと思い、匂宮《におうみや》との三日夜の餅を調える。それで中の君が匂宮の「妻」として待遇されるわけではないが、すくなくとも「親に知られず、さるべき人も許さぬに、心づからの忍びわざし出でたる」の非難は避けられたことになる。それは妹の保護者としてなさねばならぬ義務だと、大君は思っていたのである。それでも結局のところ、匂宮は夕霧の娘と結婚し、中の君は妾の立場に甘んぜざるをえなかった。浮舟と少将との結婚話が破談となったのも、根は保護者の問題である。

子を産まない妻と子を産む女

戸令では男児のないことが離婚の条件のひとつに挙げられている。ただし、何歳になったらこの条件をもって離婚しうるかは解釈が難しく、『令集解《りょうのしゅうげ》』には五十歳という数字もある。実際は藤原頼《より》通《みち》がそうしたように養子を取るようだから、男児が生まれないことをもって離婚となることはごく稀だったであろう。しかし、実子か養子かはともかくとして、摂関家のような立場であれば、家の継承者としての男子と後宮への入内《じゅだい》もふくめて閨閥《けいばつ》を形成するための女子とがいなければならない。ただし、子の有無は妻の座そのものを左右しない。離婚しない限りは妻である（工藤重矩・一九九四）。子の有無によって妻の座は左右されないが、妻でない女性にとっては、子を持つことは強力な武器になる。妻に子がいないときはなおさらである。

頼通室隆姫《たかひめ》は従兄弟である源憲定《のりさだ》の没後、その娘二人を引き取った。そのうちに頼通は対《たい》の君《きみ》と呼ばれていた妹と懇《ねんご》ろになった。それで隆姫には対の君に対して無礼なと感じることが重なり、対の君はしだいに里居《さとい》がちになっていった。ところが、頼通が夜昼となく立ち寄るうちに、女は懐妊した。頼通の母親倫子は、「宮家の刀自《とじ》（下級女房）であっても、長女《おさめ》（宮中の下級女官）であっても頼通の子さえ産めばよい」と常々いっていたので、とても喜んだという（栄花物語）。頼通は愛妻家で内親王降嫁も拒否したほどだが、隆姫にも子がいないゆえの気苦労はあったであろう。

養母紫の上と実母明石の君

源氏の場合は紫の上が子を産むという構想はない。子の親は愛情に関係なく子の親であり、親同士は子によって繫がっている。それでは純愛でなくなる。それで男子は葵の上が産んだ。ただ、葵の上がさらに女子をも産んで後に死んだとなれば、生前ずっと継続的な愛情関係があったことになる。それでは紫の上がかわいそうだと考えれば、葵の上は男子のみという設定になる。

そこで女子を産む役割は別の女性に割り振った。それが明石の君である。明石の君は女子を産むことを役割としている。明石の君は女子を産んで、なおかつ紫の上の立場を脅かさないように、むしろ紫の上の立場を強化するように設定されている。「若菜上」の巻で、明石中宮は初めて実の父母のことを詳しく知らされる。そして明石の君は源氏から、紫の上をさしおいて出過ぎた振る舞いはしないようにとあらためて教訓されたとき、自らが「さりや、よくこそ卑下しにけれ」と思ったとあるごとく、その謙退忍従の性格は子の親であることを主張させないためである。産んだ娘は紫の上に譲り、中宮となった姫君の親としての権利も栄誉もすべて紫の上のものとなった（工藤重矩・二〇〇一）。

明石の君の世間的立場はあくまでも源家の女房、源氏の召人という立場である。いわゆる六条院の女楽に裳《も》を着けて出席したのは、その目にみえる女房としての姿である。明石の姫君の入内に世話役の女房として随行するのも同じである。源氏は明石の君に対して世間的には女房以上の扱いを決してしようとしなかった。むしろ明石の君の存在を隠そうとさえした。姫君にも実の母が誰であるか知らせなかった。もし妾なみの扱いをすれば、紫の上と同じ立場になる。そうすれば、子を持っ方が優位になる。それでは紫の上の立場がなくなる。明石の君には女房（召人）で我慢させる以外にない。しかし、将来は中宮の実母となる女性であるから、その中宮のために明石の君の血統を源氏の従姉妹と設定したのである。

幸福と不幸の構造

紫の上を護るためとはいえ、紫式部はなんとも面倒な、ある意味では分かりやすい設定を考えたものだ。そしてそれを読む者に不自然と感じさせない構想力と筆力には感嘆せざるをえない。ただ、『源氏物語』を読み、そこから平安時代の男女関係のあり様を知ろうとするときには、『源氏物語』は作者の明確な構想にもとづいた「そらごと」なのだということを意識しておかなければならない。すなわち、「妻」ではない紫の上が妻に等しい世間的幸福を得るにいたる物語をその構想の枠組としていること、それにもとづいて「妻」でない紫の上を源氏のただ一人の理想的存在として護りつづける工夫が施されていること、そのために他の女性は不幸になるのだということを。

「若菜下」の巻、紫の上が危篤におちいり、死去したと噂されたとき、上達部《かんだちめ》たちは「かかる人のいとど世にながらへて、世の楽しびを尽くさば、かたはらの人苦しからん」云々とささやきあっている。紫の上が楽しくあるためには、傍にいる女たちは苦しまねばならぬ、という第一部から続く物語の本質的構造は紫式部としてもよく自覚していたのであろう。あるいは作者としてそのことに対する後ろめたさが、上達部のこのような発言に反映しているのかもしれない。

四　王朝貴族の生と死

五島邦治

1　死者への哀惜

物語の中の死と漢文日記の中の死

『源氏物語』には多くの死の場面が描かれる。光源氏の母桐壺《きりつぼ》の更衣《こうい》の死からはじまって、六条の某院で六条御息所《ろくじょうのみやすどころ》の霊にとりつかれた夕顔《ゆうがお》の死、同じく六条御息所の霊に苦しみ、若君の誕生と引き替えに亡くなった葵《あおい》の上の死、父桐壺帝の崩御、光源氏とのあやまちを犯して悩み苦しんだ義母藤《ふじ》壺《つぼ》の宮の死、そして源氏の正妻女三《おんなさん》の宮《みや》との不倫に悶死した柏木《かしわぎ》の死。そのあともさまざまな死を繰り広げながら、物語はその因果のなかで展開し、やがて紫《むらさき》の上が死に、光源氏も死んだあと、次の世代にまでその因果は引きつづく。そうした死の原因は、老齢や病気といった自然の要因はあるものの、罪に苦しんだり、産後の衰弱に霊がとりついたり、自分の心の悩みだったりと、心に関わるものが多いのは、もちろん物語のテーマとその展開上での必要によっている。

しかしそれらの死は、内面は深刻であっても、事件性はないという意味で、少なくとも表面上は静かで人びとに看取られた臨終を迎えることになる。ただひとつの例外は、夕顔の突然の死である。彼女は源氏とともに六条の某院に一夜をともにするなかで、六条御息所の霊によって、いわば殺されるかたちで死ぬからである。

いっぽう物語の作者、紫式部の同時代には、多くの男性の手によって漢文の日記が書かれた。紫式部の仕える中宮彰子《しょうし》の父で、紫式部とも交流のあった時の権力者である摂政藤原道長の『御堂関白記《みどうかんぱくき》』、右大臣藤原実資《さねすけ》の『小右記《しょうゆうき》』、道長のもとで恪勤《かくごん》の働きをした権中納言藤原行成《ゆきなり》の『権記《ごんき》』、蔵人頭《くろうどのとう》から参議になった源経頼《つねより》の『左経記《さけいき》』、そしてこれ以降も実に多くの日記が、あるいは原本のままで、あるいは写本になって残されたのは、歴史と文学を愛する者にとって、まことに幸せともいうべきだろう。それら日記の目的は、のちのちの先例となることを想定して書き留められた、いわば「覚え」であったが、ときとしてあまりの理不尽に不満をぶちまけたり、悲嘆にくれて筆をもちつづけることができずに途中で終わったり、客観的な姿勢のなかにも自己の主張がみえて、そんなところが日記の魅力になっている。

そうした日記のなかにも、当然死を扱ったところがある。そこでの死は、物語のそれとはあまりに違う。もちろん身内の死もあるのだが、何の前後の脈絡もない、周囲で起こった不幸な死、あるいは奇怪な死も取り扱われている。

『小右記』からの例である。万寿《まんじゅ》元年（一〇二四）十二月、花山《かざん》院の女王で中宮彰子に仕えていた女性が、路頭で盗人に殺害され、犬に食われた死体でみつかった。しかしその後どうも盗人ではなく、道に引き出されて殺害されたらしいということになった。しばらくたって、検非違使《けびいし》により犯人が芋蔓式に捕まったが、その自白によると背後の張本人は左中将の藤原道雅《みちまさ》ということであった。彼は粗暴の癖があって、いつも評判が悪いのであるが、『小右記』の記主実資は「虚実知りがたし。何様行わるべきや。なお一家の余殃《よおう》（災いがあとに残ること）か。悲しむべし。悲しむべし」と書いている。「一家の余殃」とは、彼の父伊周《これちか》が、あやまって花山法皇を弓で射て、大宰権帥《だざいのごんのそち》に左遷されたことをいっているのであろう。

もうひとつ、時代は少し下がるが、左大臣源俊房《としふさ》の日記『水左記《すいさき》』の承暦《じょうりゃく》元年（一〇七七）九月十日の条をあげよう。待賢門《たいけんもん》南堀川西一町の参議中将の源師忠《もろただ》の邸宅から火が出て火災になった。主人師忠の母は、この四、五日病気がちで、ふだん住んでいる南殿《なんでん》の釣殿《つりどの》からこの出火した建物に移っていたのだが、昨日より霍乱《かくらん》（急性の腸炎）で前後不覚になっていたところにこの火災である。火が燃えさかる騒動のなか、車に乗せて近辺の小屋に降ろしたが、やがてそのまま息絶えてしまった。記主俊房は「まことにこれ希有《けう》の事なり」と憐れんでいる。女王が道路の真ん中で犬に食われて死んでいたり、重態に陥った貴族の母親が火事で燃えさかる中を運び出されてそのまま死んでしまったり、物語と違って現実はさすがにすさまじいことが起こる。やっぱり物語はフィクションで、日記などの記録のほうが事実としては確かなものを伝えている、といちおうはいえるのかもしれない。

遺体への執着

しかし、漢文日記が物語よりも人間が営んできた生活の真実を伝えているのかというとかならずし

15　放置された遺体（『九相詩絵巻』第7図）

もそうではない。日記が伝える死は、記主の縁者については別としても、おおむね冷静である。たとえば万寿二年（一〇二五）八月五日、道長の娘で春宮《とうぐう》后藤原嬉子《きし》が皇子出産の後死去したことを記した『左経記』では、「天下道俗男女首を挙げて歎息す」と書き、あるいは霊気のせいではないか、あるいは産後の疲れによるのか、あるいは邪気のせいではないかと疑ったあとは、翌日遺体を法興院に移すのに従った人びとの名を記し、九日後の山送りには道長以下は参列したが、兄の関白頼通は衰日のため出席しなかったと、むしろ参列者を気にしているようにさえみえる。要するに記録である日記は、儀式としての葬送がどのような日程で、どのようなメンバーで、どのようにして行われたか、ということを記すのが第一の目的なのである。

その点、物語が描く死は、その性格上ある意味当然であろうが、死についての想いが濃厚である。というより、とくに『源氏物語』では、死そのものよりも、むしろその死後についての関心のほうが大きい。当時の人びとの死に対する考えは、記録よりなおいっそう物語に反映されているといえよう。

まず注目すべきは、死直後の遺体に対する愛着である。典型的なのは葵の上の死である。葵の上が六条御息所の生霊にとりつかれ、男子出生後まもなく死んだことは前にも述べたが、その死は「殿のうち人ずくなにしめやかなる程に、にはかに例の御胸をせきあげて、いといたう惑ひ給ふ。うちに御消息聞え給ふ程もなく、絶え入り給ひぬ」といともあっけない。しかしその遺体は、物怪《もののけ》が立ち替わりとりついた事情も考えて、蘇生の可能性が想われたのであろう、枕をそのままに、二、三日ようすがみられるのである。そして「やうやう変はり給ふ事どものあれば、限りとおぼし果つる」とあるように、遺体の腐敗が進んでもうしかたがない、と誰しもが思うようになってから、葬儀になったのである。臨終の描写より、死骸の描写のほうがはるかに詳細なのが特徴である。

それによく似た遺体に対する想いは、物語のあちこちの場面で出会うことができる。桐壺の更衣の死では「かぎりあれば、れいの作法にをさめ奉る」（傍点筆者）と記すし、夕顔が死んだときも、いったん二条院へ帰った光源氏が名残を惜しんで、鳥部野《とりべの》へ出かけて夕顔の亡骸《なきがら》をみる。それは恐ろしいようすもなく、美しくて「まだいさゝか変りたる所なし」というありさまであった。これは『源氏物語』だけの態度ではない。歴史の事実を文学として扱った『栄花物語《えいがものがたり》』でも同じである。たとえば醍《だい》醐《ご》天皇皇后安子《あんし》の崩御は、「かくてのみやはおはしまさんとて」（このままでいることもできないと）、ようやく二日後に葬儀の準備がはじめられる（月の宴）。道長の娘で春宮敦良《あつなが》親王（のちの後朱雀天皇）の后である嬉子は、皇子出産後まもなく薨去するが、その遺体についての描写も、たしかに美しいけれども、われわれには少し異様にさえ感じる。

御殿油を取り寄せて、近うかかげて見たてまつらせたまへば、いささかなき人ともおぼえさせたまはず、白き御衣《ぞ》の薄らかなる一襲《ひとかさね》奉りて、まだ御帯《おび》もせさせたまへり。御乳《ち》はいとうつくしげにおはしますが、いたう硬《こは》るまで膨《は》らせたまへれば、白う丸に、をかしげにて臥《ふ》させたまへるに、御髪《みぐし》のいとこちたう多かるを、いと緩《ゆる》にひき結はせたまひて、御枕上《まくらがみ》にうち置かれたるほど、いとおどろおどろしう、寝させたまへるやうなるを、殿の御前、上の御前、今ぞ泣かせたまふ。

（燈火を取り寄せて、亡骸をご覧になると、まったく亡くなった人とも思えない。白い衣の薄いのをお召しになって、腹帯もされたままである。乳房はかわいいさまであるが、たいそう硬くなって膨っておられるので、白くまるまるとして美しいようすで臥しておられる。そのうえ髪の毛がたいへん多いのを緩やかに束ねて、枕元に置かれていらっしゃるので、そのさまは人を驚かすように、まるでお休みになっていらっしゃるようで、それを見て父の殿〈道長〉も母の上〈倫子〉もお泣きになる）　（楚王のゆめ）

遺体の乳房が丸く膨って美しかった、と記すこの詳細な描写は、やはり平安時代の人びとの遺体に対する独自の愛着からきているのであろう。

往生者の遺骸

『源氏物語』が執筆された時代は、また浄土教が広まった時代でもあることは、たとえば宇治十帖の浮舟《うきふね》の出家にみられるように、物語自身に色濃く反映されていることからもわかる。極楽浄土が日本人の死生観にほとんど抵抗なく受け入れられたことの理由は、あとに述べることになるが、ここでは同時代人によって書かれた多くの往生伝のなかの、往生者の死骸の描かれ方について言及したい。

往生伝は、極楽往生を願ってそれを成し遂げた人びと、つまり往生者の伝記を集めたもので、在世中の功徳、往生の仕方、往生したことの証などが挙げられている。日本では、『往生要集《おうじょうようしゅう》』を著して日本浄土教の方向を形づくった源信《げんしん》の門下、慶滋保胤《よししげのやすたね》が寛和《かんな》年間（九八五〜九八七）に書いた『日本往生極楽記』が最初で、その後大江匡房《おおえのまさふさ》の『続本朝往生伝』、三善為康《みよしためやす》の『拾遺往生伝』『後拾遺往生伝』、蓮禅《れんぜん》の『三外往生記』などが続けて書かれた。また鎮源《ちんげん》が長久《ちょうきゅう》年間（一〇四〇〜四四）に著した『大日本国法華経験記』は法華経信者を扱っているが、内容的には往生伝の影響を大きく受けている。

そうした往生伝での往生者は、臨終に際してその遺骸を残さない場合もあるのだが、死骸のことを記した場合には、生前と変わらない、ということをことさらに強調する傾向がある。たとえば『日本往生極楽記』（三三）の宮内卿高階真人良臣は、天元《てんげん》三年（九八〇）七月五日に死んだのだが、夏の暑さにもかかわらず、その遺体は数日を経ても「身爛壊《らんえ》せず、存生の時の如《ごと》し」という状態であった。『拾遺往生伝』（一六）によると、西山良峰寺を開いた源算は、百十七歳の高齢で端座入滅したが、数日を経ても「臭気あるなし、結跏《けっか》旧の如く、容顔変わらず」という状態であった。『後拾遺往生伝』（七）に記された侍従所監藤原忠季は天永《てんえい》二年（一一一一）十一月十七日に、自ら沐浴ののち、端座念仏して往生するが、遺体は死より七日を経ても「顔色変わらず、身体爛《ただ》れず」のさまであった。

遺体が損壊せず生前のままであったというのは、もちろん往生者の信仰の強さによるものだ、と往生伝の作者はいいたいわけであるが、その背景には、遺体が死後も変わらずそのままであってほしい、というこの時代の人びとに共通した、死者に対する思いがあったのであろう。生前に親しい者の魂が宿っていた軀《むくろ》に対するそうした愛着は、死者に対する哀惜と礼儀そのものにほかならなかったわけである。

2　葬送にみる死生観

葬地に対する無関心

こうした遺体に対する愛着という視点で、再度日記を読みなおしてみると、いくつかの記事をみつけることができる。たとえば、『権記』寛弘《かんこう》八年（一〇一一）七月十一日条には、記主の藤原行成が、洛北の松前寺（松ヶ崎寺・円明寺）に安置された亡母とその父故源中納言保光（つまりは行成の祖父）の骸骨を改葬することがみえる。それによると、事情は以下のようであった。この時を去ること十六年前の長徳《ちょうとく》元年（九九五）正月二十五日、行成母が亡くなった。折しもこの年は疫病が流行し、多くの貴賤が相ついで死んだ。ところが、その父源保光は、娘の火葬を許さず、寺垣の西外に玉殿を造って遺体を安置したというのである。そして、その後間もないこの年の五月九日に、その保光自身も同じ疫病で亡くなってしまう。さらにその遺体は、その遺言に従って娘と同様に火葬することなく、娘の遺骸と並べて同じ玉殿に置かれたのである。行成は陰陽師《おんようじ》とも諮って、この際この両人の遺骸を火葬し、場所を改めて葬ることにした。

この記事とよく似た話が『栄花物語』（ころものたま）にみえる。中納言藤原長家《ながいえ》妻の場合である。

長家妻の父は大納言藤原斉信であるが、万寿二年（一〇二五）八月二十九日にこの愛娘が亡くなったとき、火葬するのがあまりにいたわしかったので、土葬にすることにした。法住寺の北の大門の近くに周囲を築地で囲んだ「檜皮葺《ひわだぶき》の屋《や》」を造り、その中に遺体を納めたのであるが、それは斉信が法住寺に参詣したときにも、忘れないようにするためであったという。『権記』の場合も、保光が火葬を嫌って「玉殿に安んず」という葬法をとった背景には、娘の死に対する哀惜のあまり、殯《もがり》のようなかたちで遺骸をそのままにしておきたい、という想いがあったに違いない。

しかし、平安時代の人びとの遺体についてのこうした執拗ともいえる愛着ぶりに比べると、いったん葬られたあとの遺体や遺骨についてはほとんど無頓着ともいえる扱いぶりで、その対応は際立っている。疫病が流行すると多くの死者が出、平安京内の道路には多くの死体が放置された。『日本紀略』によると、長保《ちょうほう》三年（一〇〇一）もそんな年で、「道路の死骸はその数を知らず」と記したあと、「況《いわ》んや斂葬《れんそう》の輩においては、幾万人を知らず」と述べているので、道路に放置されるのはあくまで例外であったのだろうが、身寄りや財産のない者はそうした放置もやむをえなかったのだろう。しかし葬地に葬られた遺体が丁重な扱いを受けたかというとけっしてそんなことはない。平安遷都後間もない延暦《えんりやく》十六年（七九七）の勅には、死者を家の側に葬る慣習を禁じているので、当時から葬送方法と葬地については一通りではなかったようであるが、大同《だいどう》元年（八〇六）閏八月に出された太政官符で政府が平安京の住民のために設定した葬送地域は、平安京の西南に接する鴨川と桂川の合流しようとする河原地であった。川が洪水で氾濫すると遺骸はそのまま流されてしまうことが想定された葬地である。遺棄に近いこうした葬送は、葬られたあとの遺体についての無関心さによっているといわれる（田中久夫・一九九二）。

『拾遺往生伝』によると、京内左京陶化坊に住んで漁猟を生業としていた下道重武は、永長《えいちょう》二年（一〇九七）二月に病を得ると念仏に専心し、財産も身寄りもない自分の遺骸を拾って葬ってくれる（収斂）人はないとして、近隣の人びとに見送られる中、みずから八条河原の荒れ地に赴き、西に向かって座し、弥陀を口称してそのまま亡くなった。当時の人にとって葬送後の遺骸が葬地にそのまま放置されるのはそれほど不自然なことではなく、遺骨を墓に納めるのはむしろ後世にできた新しい慣習だったことを想像させる。

広き野の葬地

政府が鴨川と桂川の合流する河原に設定した葬地は、その後の平安京が東北部に人口を集中させたこともあって、あまり使われず、むしろ五条大路末以南の鴨川の河原や、さらに川を越した東山の麓、平安京北部の丘陵地などの葬地がもっぱらとなる。貴族の場合はさすがに河原という例はないが、東山の鳥部野、その北の大谷、平安京東北部では岩陰《いわかげ》、宇多野《うだの》といったところが中心であろう。

ところで、そうした遺体を葬る場所が「野」といわれたことは注目される。とくに『源氏物語』には「広き野」という言葉が出てくる。たとえば葵の上が鳥部野に葬られる情景は、「こなたかなたの御送りの人ども、寺々の念仏僧など、そこら広き野に所もなし」と述べられている（葵上）。紫の上が亡くなった場面では、「はるばると広き野の、所もなく立ち込みて、限りなくいかめしき作法なれ

16　現在の鳥部野墓地

ど、いとはかなき煙にて、はかなくのぼりたまひぬるも、例のことなれどあへなくいみじ」(御法)とある。歴史物語の『栄花物語』でも、藤原道長の娘妍子《けんし》が亡くなった際、その葬地について陰陽師守道は「祇園の東、大谷と申して広き野はべり。其方になんおはしますべきなり」と勘申《かんしん》している。確かに火葬にするには広い土地が適当なのかもしれないが、物語が共通してことさら「広き野」を強調するのは、葬送の意識のうえでなんらか意味があるのではないか。

　長岡京時代のことであるが、延暦十二年(七九三)八月、政府は長岡京周辺の諸山に埋葬すること、および樹木を伐ることを禁止している。埋葬することと樹木を伐ることを同時に禁止しているのは、埋葬が樹木を伐ることとともなって行われる、つまりは「野」にする必要があったためではないか。同じ葬地として考えられた河原は、氾濫とともに海に遺骨を流す、という意味合いもあったろうが、山麓の野の葬地との共通点から考えると、直接空を見渡せることができる、という点であろう。

鬱蒼とした森の中の墓所

子孫が参詣するために墓が設けられることは後世の風習で、この時代はかならずしも一般的ではなかった。しかしそうした遺骸や遺骨が埋められた墓のほうは、葬地の「広き野」とは対照的に、鬱蒼とした森や林の中にあった。

『源氏物語』では、朧月夜《おぼろづきよ》との密会が露顕したことで、京にいずらくなった光源氏がみずから須磨《すま》におもむく直前に、別れを述べるために、父桐壺帝の墓所を詣でる場面がある。月の照らす夜中を、北山にある陵に出かけるのだが、「御墓は、道の草茂くなりて、分け入り給ふ程いとゞ露けきに、月も雲隠れて、森の木立木深く心すごし」というありさまであった（須磨）。しばしば指摘されることであるが、この場面は『栄花物語』のなかで、内大臣藤原伊周が大宰権帥に左遷されることになった際に、父道隆の木幡《こばた》の墓に参詣する情景ときわめてよく似ている。「月明けれど、このところはいみじう木暗ければ、そのほどぞかしと推しはかりおはしまいて、かの山近にてはおりさせたまひて、くれぐれと分け入らせたまふに、木の間より漏り出でたる月をしるべにて」、ようやく父の墓を探し当てたのである（浦々の別れ）。

「森の木立木深く」といい、「木の間より漏り出でたる月をしるべ」といい、墓所が鬱蒼とした森の中にあったことは、神を祀る社殿と類似する。すなわち亡者を祀り、参詣する意図のために設けられたのである。遺骸を放置して魂をこの地からあの世に遣るという意味で、葬地が「広き野」をよしとされたのとは対照的である。

それにしても、貴族が実際に墓所に参詣することはめったにない。高取正男氏が指摘したように、近親が亡くなったときも葬地にまでは遺体にともなって赴くが、遺骸や遺骨を墓所へ納めるのに同道することはまずない（高取正男・一九七九）。道長の愛娘嬉子が亡くなったとき、道長と妻倫子の両親はこれを惜しんで、陰陽師に魂呼《たまよば》いの呪法までさせてこの死を悲しんだ。しかし、船岡《ふなおか》西野での火葬には赴いた道長も、その遺骨を木幡の墓地にまで送ろうとしたものの、そこまですることはないという周囲の意見を聞いてこれをとり止めている。

『栄花物語』のなかで藤原伊周が木幡の父の墓所に参ったとき、卒《そ》塔婆《とうば》や釘貫《くぎぬき》などがたくさんあるなかに、去年亡くなられたのであるから新しいもの、ということを手がかりに探し尋ねた、と述べるくらいだから、よほどのことがない限り参詣しないのである。藤原師輔《もろすけ》は父忠平《ただひら》が、兄の時平《ときひら》が自分の遺骨を父の基経《もとつね》の墓の近くに埋めてほしいと遺言したことを語った後、その墓所の場所を「たしかにその所を知らず」といった、と日記『九暦』に書いている。それほど、平安時代の人びとにとっては墓所に無関心であって、藤原伊周や物語の光源氏が詣でたのは、罪科を得て都をしばらく離れなければならない、あるいは不本意な罪を訴える、といったあくまで例外的な理由によるものであった。

藤原道長が、先祖の墓所木幡に寺院を建立してその菩提を弔おうと考えたのは、寛弘元年（一〇〇四）のことで、翌年には三昧堂《さんまいどう》が完成した。そのとき、大江正衡《まさひら》が書いた願文が残っているが、それによると、道長がこの地を訪れてみると「古塚は累々とし、幽遂寂々たり」というありさまで、仏儀はみえず、法音は聞こえず、ただ自然の情景の移りゆくままであった、そこでそれを悲しんで、寺院の建立を志した、という。道長はその荒廃に哀惜の念を催して涙したのであろうが、そうした墓所のありさまは実は古来からのごくふつうのあり方であって、むしろ道長を取り巻く時代こそが、墓所を丁重に扱う風潮へと進もうとしていたのである。

3　死の世界との交信

生から死への一方通行

『源氏物語』には、藤壺の宮がその死後、光源氏の夢のなかに出現する場面がある（朝顔）。宮が恨み顔で、「漏らさじと宣《のたま》ひしかど、うき名の隠れなかりければ、はづかしう、苦しき目をみるにつけても、つらくなむ」（約束に反して犯した過ちの世に顕れたことが恥ずかしく、苦しい）というかとみえて夢が覚めたあと、源氏は「何わざをして、しる人なき世界におはすらむを、とぶらひ聞えにまうでて、罪にもかはり聞えばや」（何とかして、知らない人ばかりの世にいらっしゃるのを探し出して罪を代ってさしあげたい）と、あの世にある彼女を思い遣るのである。死者の世界は、現世の人間にとってはまったくの想像するしかない世界であってそこに赴くことはできない。しかし死者のほうからは、現世に生きる人間に、こうした夢やあるいは人の託言によって意思や思いを伝えることができた。

死後の世界が現実感をもって存在するのに対して、人が生まれくる以前の世界については、現世の人にとって甚だおぼろげである。その世界はおそらく人には永久にわからないのであって、いま現実に生を受けている人間からすれば、人の誕生は与えられた現実以上の問題ではなかったようである。

それは、成人の場合の臨終・葬送の儀式と、出生後まもなく死んでしまった子供の遺体の扱いとの違いからみても明らかである。寛弘五年（一〇〇八）八月二十八日、藤原行成は、誕生後まもなく死んでしまったわが子の遺体を「乙方東河原」に捨てさせた。『権記』には「児を棄つ」とあるから、文字どおり遺棄したのであろう。このように新生児が死ぬと、捨てられるのが一般的であったようであるが、その処置は成人の死者の場合と比べてはるかに疎略である。それは新生児が、まだ意志的な人格を形成せず、社会的な人間関係をつくっていないことによるのだろう。つまり人間の生は、突然この世に生を受けたところからはじまり、現世での人間関係を引きずったまま、死後の世界に赴き、かのところでもその思いをもちつづけるのである。

日本で浄土教がすみやかに受け入れられたのは、仏教本来の輪廻の思想にはない極楽往生という、行ったきりのあの世観、そしてときには、あの世の人からこの世の人に浄土のすばらしさを知らせることもある、というこの教義が、古来からの日本人の死生観と合致したためであろう。

御霊の出現

死者はこの世でもった人間関係を維持したまま、あの世からも現世の人びとに対して影響を与える。その意志の発信は、日常的にも近親・友人の夢や、巫女などの託言を通じて行われるが、そのもっとも強力なのが御霊《ごりょう》の祟りである。

光源氏が須磨に流謫《りゅうたく》の生活を送ったときのことである。暴風雨が静まったあと、源氏の夢に父桐壺帝の姿が現れる。そして「などかくあやしき所にはものするぞ」といって手を差し伸べ、住吉の神の導きに従ってこの浦を船出せよ、という告げを発する。それとほぼ同じころの京都で、しかもこのたびは雷雨の中、桐壺帝が今上の朱雀帝の夢の中にも出現することになる。しかし、その表情は、光源氏のときとはうって変わって「御気色《けしき》いとあしうて睨み聞こえさせ給ふ」という憤怒の形相であった。その怒りは源氏を須磨に追いやったことによるものであった（明石）。

こうした桐壺帝の夢のなかの出現の仕方に、御霊のさまを連想させることはけっしてまちがいではないだろう。それは、この年が「おほやけに、物のさとし頻りて、物騒がしきこと多かり」という状況であったことからもわかる。「物のさとし」というのは死者のこの世に対する意志の表徴、「祟り」をいうのであろう。大江篤氏によると、本来「祟り」とは人に対して害をもたらすことそのものをいうのではなく、神や霊が、自然災害や動物の異常行動などを通じて意思を示す表徴であるという（大江・二〇〇七）。次の「物騒がしきこと」は、疫病が流行したことをいうのであるが、いずれも神や霊が自分の意志を伝えるためにこの世に目にみえるかたちで表した現象であった。そしてそのあと、夢告や神祇官人の占い、陰陽師の勘申などで、その原因が諮られ、祟りの主体である神や霊が特定されることになる。ここでは、朱雀帝が桐壺帝の夢をみることで、それが特定されたのである。

平安時代前期の政治は、その政権の争奪のなかで、桓武天皇の弟早良《さわら》親王からはじまって橘逸勢《たちばなのはやなり》や菅原道真《すがわらのみちざね》にいたる多くの人びとを失意のうちに失脚させ、その結果として多くの御霊という災い

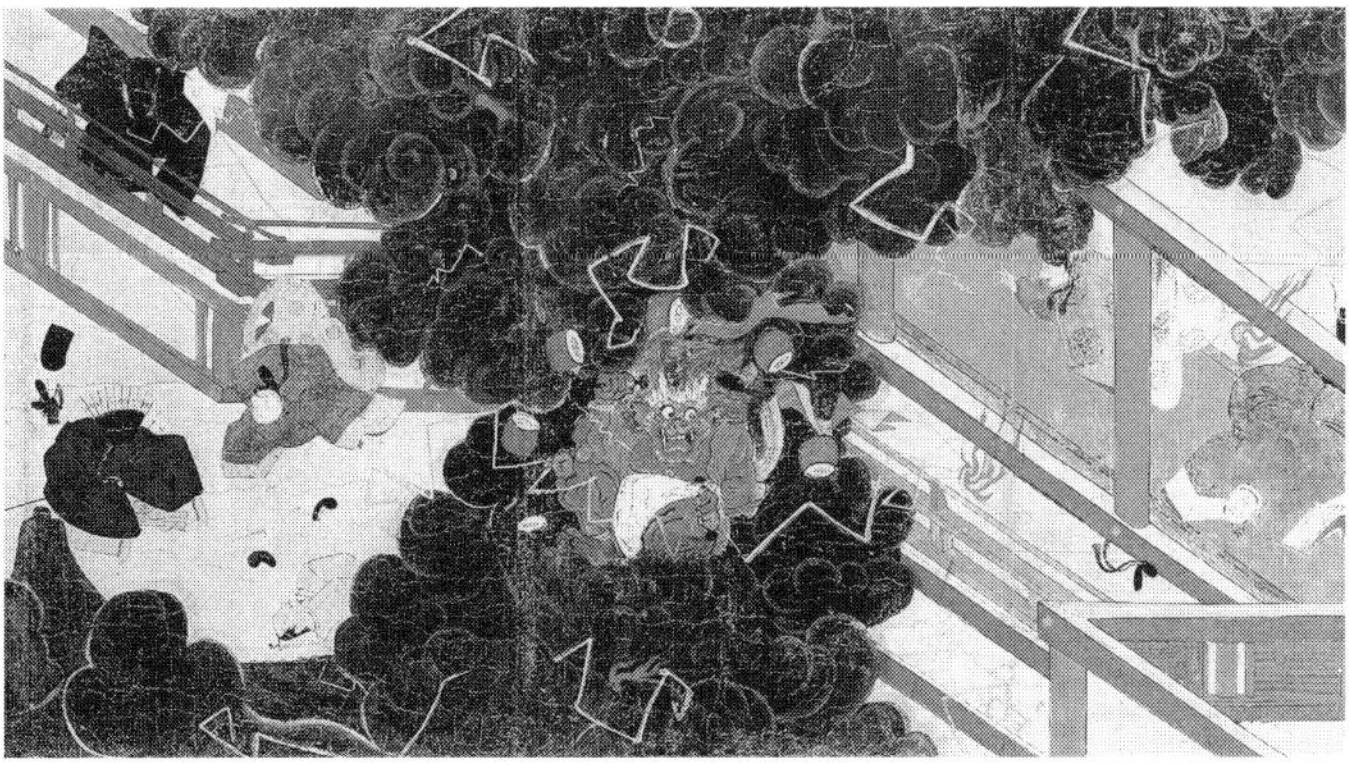

17　雷神は菅原道真の御霊と考えられた（『北野天神縁起絵巻』）

をなす亡魂をつくってきた。そして疫病の流行は、そうした御霊によるものと考えられ、その疫病を鎮めるために、御霊を慰撫する仏事と芸能を特徴とする祭祀、御霊会《ごりょうえ》が生み出された。歴史学では、御霊会の発生はおよそそのように理解されているが、その典拠とする歴史書の記録には、御霊会の経緯があまりにも一般化され、結果としての御霊会の実施しか記されないので、恨みをもった個々の御霊と一般的な疫病との関係など、人びとの心のなかでどのようなメカニズムが動いているのか、といった事情がいまひとつよくわからない。物語は、そうした問題を、人びとの精神世界のレベルでよく説明してくれる。

『源氏物語』の桐壺帝の御霊の現れ方には、光源氏と朱雀帝との間で大きな差がある。光源氏に対しては穏やかで慈父の態度であるのに、朱雀帝に対しては恐ろしい厳神の様相である。御霊は、その意志の表徴として一般の人びとに疫病の苦しみを与えたのとは別に、現世での恨みと親しみの念に応じて、それぞれ関係した個々の人間に、神となった絶大な力をもって処罰と守護の行為を分けて下すのである。藤原種継《たねつぐ》暗殺事件で早良親王が罪されたときに連座された春原五百枝《はるはらのいおえ》の子にあたる元賢を、早良親王らの御霊を祀る御霊神社の社務としたり、天神となって猛威を振るった菅原道真の御霊を北野社に祀るのに、道真の孫文時に関与させたのは、現世での近親や近臣という御霊の個人的な親しい人間関係を利用して、御霊の慰撫に勤めたのであろう。

こうした御霊の現世に対する好悪感は、個人だけでなく具体的な場所にも反映されることになる。菅原道真の御霊が、右京七条に住んでいた童女多治比奇子《たじひのあやこ》に託宣して、平安京北郊の右近の馬場に祀るように述べたのは、生前道真がこの地に遊んだことがあり、御霊となって後もここに到ると「胸の炎を少し薄く」するからであった。反対に御霊が人に危害を加えるに適わしい場所もある。『源氏物語』では、夕顔が六条御息所の生霊に遭う六条の某院は、源融《とおる》の大邸宅でその死後は彼の亡霊が出る鬼所として知られた河原院をイメージしている。関白藤原頼通は、長元《ちょうげん》二年（一〇二九）九月に前因幡守道成宅に家移りをしたが、藤原実資はその日記のなかで、邸宅の南院は父道長の政敵道隆が亡くなった場所なのに、その「一家怨敵」を忘れてそんなところに住むのは不思議だと非難している。死後の霊は、生前に縁のある場所を介して出現するのである。

物語はそうした死者に対する平安時代の人びとの考え方を、具体的に私たちに示してくれる。その意味で『源氏物語』は一級の文学作品であると同時に、また一級の歴史史料でもあるといえよう。

Ⅱ　源氏物語の世界

18　壮麗な六条院
邸内は4つの町に分けられ，東南(春の町)が源氏と紫の上の住まい．

一　検証・平安京とその周辺

梶川敏夫

遺跡発掘調査成果と源氏物語

平安時代中期に紫式部によって編まれた『源氏物語』に関しては、これまで永年にわたる国文学や歴史学の研究成果とともに注釈書や出版図書も多く、細部にわたり研究し尽くされているといっても過言でない。物語の内容はフィクションでありながら、おもに平安京を舞台として、天皇を中心とした宮廷内の儀式や祭礼、貴族や女房たちの生活や男女の情を織り混ぜた人間関係をふくめ、平安王朝貴族の織りなすさまざまな出来事のほか、平安京および周辺の施設、地方や国際交流に関係する事柄など、平安時代の人びとの生活や文化、人生観や宗教などをふくめた実態をあまねく描き出している。

いっぽう、考古学は実証主義的立場から、土中に埋まって残された建物跡や園池跡などを、発掘調査によって現在の空間に甦らせて調査し、出土遺物の型式分類や型式編年を通して時代の前後関係を明らかにすることを目的としている。つまり、その時代の人びとの暮らしぶりや、生活様式をはじめとした人類の進歩や歴史を、土中から検出されるあらゆるモノを対象にして、客観的な立場で解き明かす学問である。

『源氏物語』は、紫式部が住んだ平安時代中期の平安京を、女性の視点からみた当時の世相や世界観をふくめて記述しており、物語の内容は、発掘調査で検出される当時の遺構や遺物を理解し、また解き明かすためのさまざまな情報を包含している。また逆に発掘調査で検出される遺構や遺物は、『源氏物語』に記載された当時の実態を知る具体的な物的証拠として、極めて有益な情報源といっても過言ではない。

遺跡、すなわち周知の埋蔵文化財包蔵地である平安京跡のほか、京都市内に点在する遺跡の調査・研究は、一九七三年に京都市が初めて『京都市遺跡地図』を発行、それにともなって法的な行政指導が行われるようになり大きく前進することになった。つまり、遺跡内で行われる各種土木工事などについて届出が義務付けられ、工事中の立会調査や遺跡の有無を確認する試掘調査、その結果を受けての発掘調査など、行政指導が徹底されるにしたがい、それまで地中に永年眠っていた遺構や遺物に関するさまざまな情報が次々と明らかになってきたのである。

ここでは、一九七〇年代以後めざましく進展した京都市域内での埋蔵文化財の発掘調査成果を通して、あらためて『源氏物語』における平安京およびその周辺で明らかになったことを、考古学というフィルターを通して検証してみたい。

平　安　京

紫式部は、十世紀後半から十一世紀初めの平安時代中期、いわゆる摂関時代を生きた女性である。

彼女が生活していた平安京は、桓武《かんむ》天皇により延暦《えんりやく》十三年（七九四）に長岡京から現在の京都盆地の

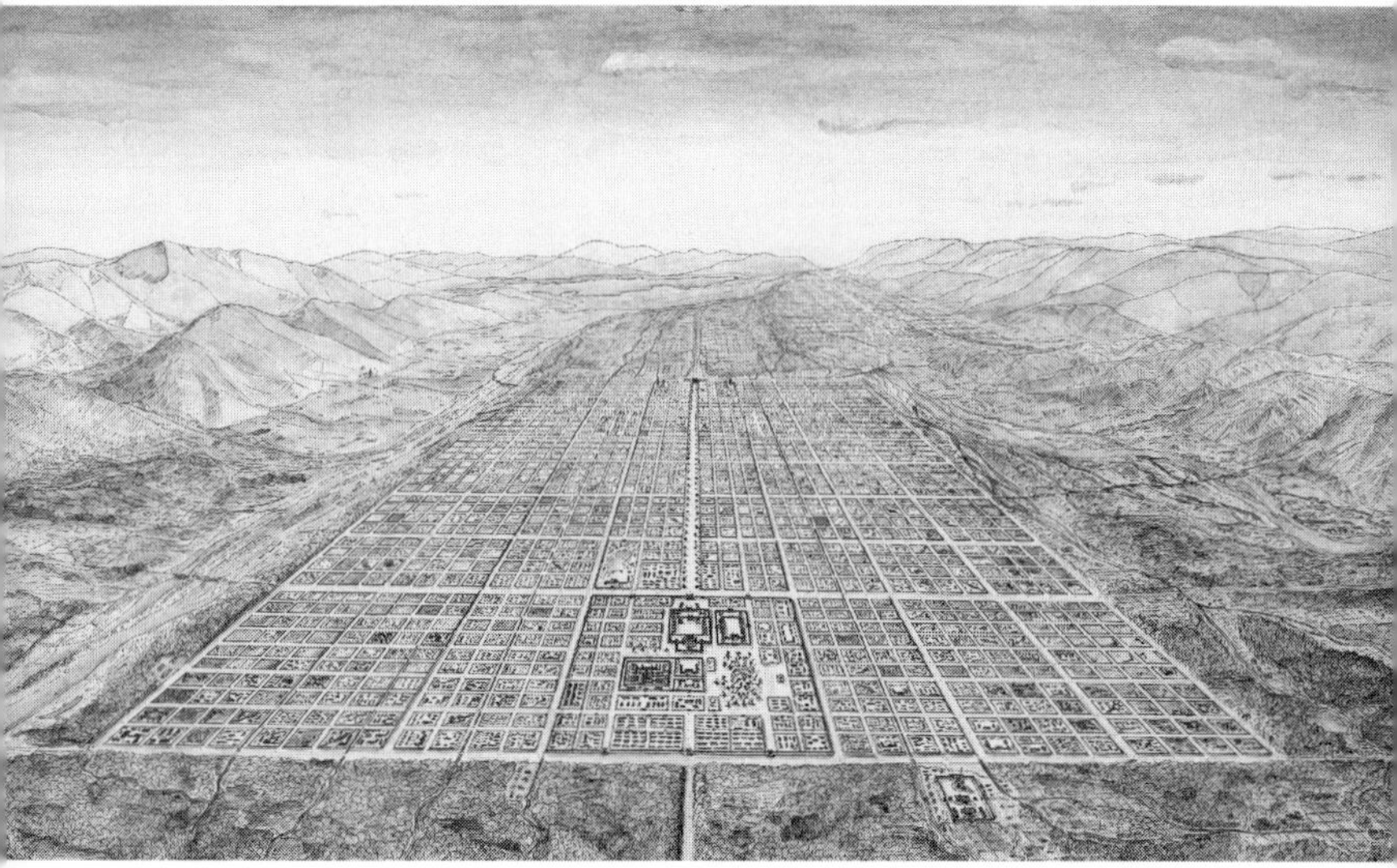

19　平安京復原イラスト（北から）

ほぼ中央に、わが国の律令国家の都城として遷都され、結果的には飛鳥時代からの宮都変遷最後の定都として明治維新までの千年余りの間、栄枯盛衰を繰り返しながらも、国家の政治・文化・経済・宗教の中心地として存在しつづけた古代における巨大な都市であった(図19)。

唐の長安《ちょうあん》城をモデルに建都された平安京の規模は、十世紀代に成立した『延喜《えんぎ》式《しき》』左右京職京程によると、東西一五〇八丈(約四・五キロ)、南北一七五三丈(約五・二キロ)とされ、現在の通り名では、北は一条通り、南は九条通り、東は寺町通り、西は葛野《かどの》大路《おおじ》付近となる。

京内は、条坊制により大路・小路を碁盤目状に直交させて区画整理され、平安京南限の九条大路南面に設けられた羅城門《らじょうもん》から北の平安宮正門である朱雀門《すざくもん》まで、メインストリートである幅二八丈の朱雀大路（東・西の築地《ついじ》間約八四㍍）が通って、左京と右京が分けられていた。

朱雀大路に面しては、七条大路北に東・西鴻臚館《こうろかん》、四条大路北の右京には退位した天皇の後院《ごいん》である朱雀院などがあった。そのほか、京内には禁苑である神泉苑《しんせんえん》や官営の公設市場である東・西市、淳和院《じゅんないん》・冷然《れいぜい》(泉)院《いん》などの後院、宇多院《うだいん》・堀河院《ほりかわいん》・高陽院《かやのいん》・東三条殿《ひがしさんじょうでん》・高松殿など高級貴族の大邸宅から一般庶民の家屋までさまざまな住居が建ち並び、人口は推定で十万から二十万人の都市市民が住んでいたとされる（井上満郎・一九九二、山田邦和・一九九四）。

平安京の条坊制とその精度

平安京は、条坊制と呼ばれる南北を条、東西を坊とする大路・小路に区画された一町、つまり四〇丈（一二〇㍍）四方のブロックを集積して構成され、南北四町、東西四町の十六町で坊（四町で「保《ほ》」ともいう）と呼び、さらに四行八門制と呼ばれる一町内に小径を設けて東西を四分、南北を八分した三二区画に分割された東西一〇丈（三〇㍍）、南北五丈（一五㍍）の一戸主《へぬし》と呼ばれる四五〇平方㍍（約一三六坪）を最小単位として、遷都にともなって都に住む人びとへの宅地班給が行われた。

平安時代の宅地班給制度に関する記録は残っていないが、たとえば『日本書紀』持統《じとう》五年（六九一）十二月八日条による藤原京・難波《なにわ》京の宅地班給をみると、藤原京では右大臣が四町、四位に相当する直廣弐《じきこうに》以上が二町、五位に相当する大参《だいさん》以下が一町、六位に相当する勤《ごん》以下無位にいたるまでは戸口の人数に応じて一町、二分の一町、四分の一町とされ、難波京では三位以上一町以下、五(四)位以上半町以下、六位以下四分一町一以下と、身分によって班給される土地の面積に差があった。平安京でも同様に、三位以上の公卿《くぎょう》は一町（一万四四〇〇平方メートル、ただし、皇族・摂関家の中には二町、四町を占有する場合もある）、四・五位は二分の一町（七二〇〇平方メートル）、六位以下は四分の一町（三六〇〇平方メートル）以下で、最小面積は一戸主となり、それぞれ身分によってかなりの格差があったことになる。

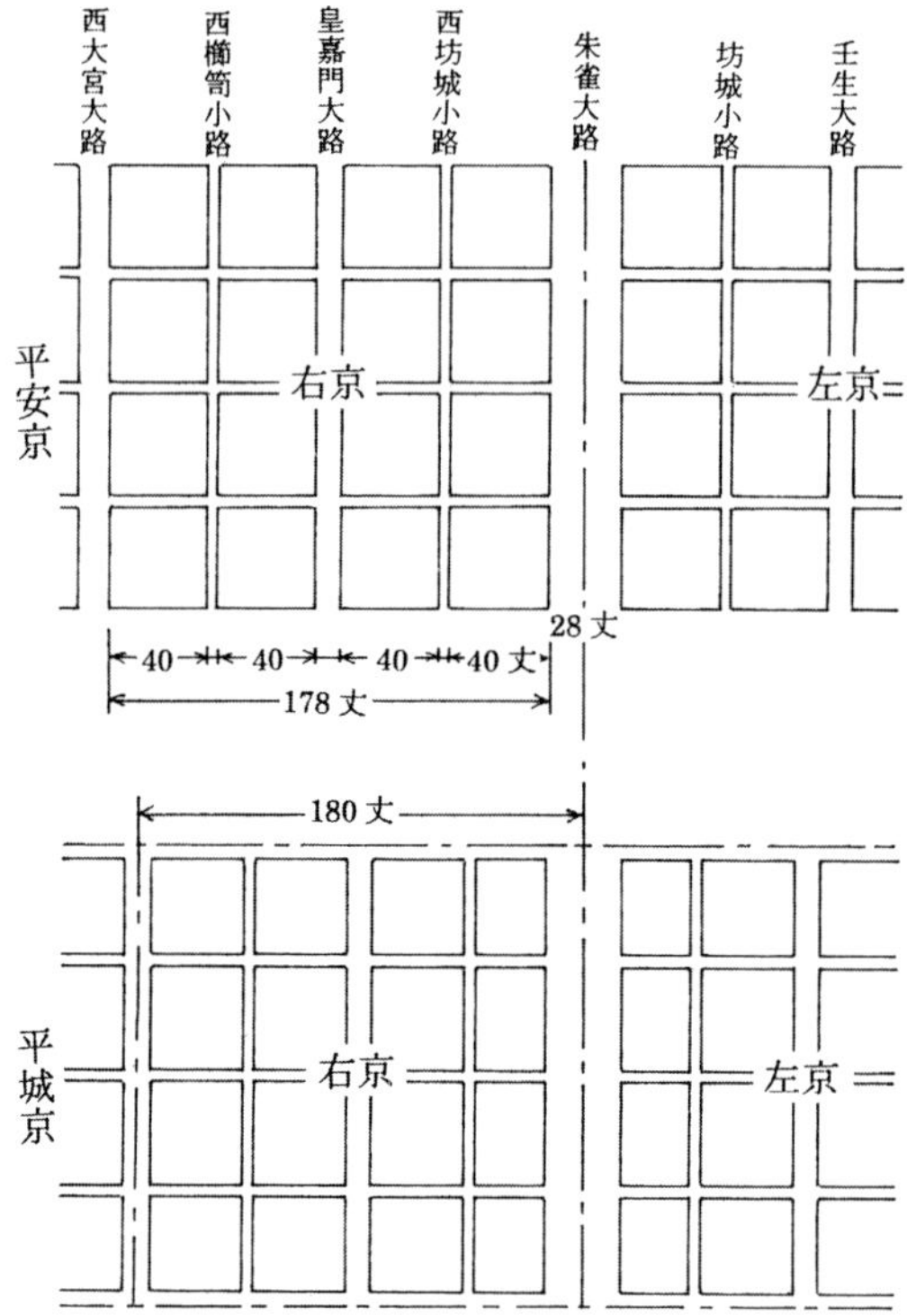

20　平安京と平城京との条坊の違い

この条坊については、先の平城京の場合は、条坊を一八〇丈（約五四〇㍍）の区画線を基準に大路・小路を割り付けた分割型と呼ぶ方法が採用され、大路に面する宅地は必然的に宅地面積が小さくなり、場所によっては班給される土地にかなりの差がでることになった。

いっぽう、平安京ではこの格差を解消するため、方四〇丈の一町を基本単位として大路・小路を割り付ける集積型と呼ばれる区画方法が採用され、不平等な宅地班給は解消されている（図20）。

この時に施工された平安京条坊の測量精度は、京都市が一九七七・七八年に平安京跡を中心に学校校舎屋上などに「京都市遺跡発掘調査基準点（一級基準点）」を三五点設置し、発掘調査はすべて近くにある基準点から測量することによる成果の統一によって明らかになった（田中琢ほか・一九七七）。

その結果、平安京の造営尺は一尺が二九・八四四五㌢、南北の造営方位は北が西へ一四分二三秒傾くことが明らかになり、さらに現在では、発掘調査前段階の測量で、約一・一九㍍の誤差範囲のなかで条坊遺構を予測、検出できるようになっている。これは逆に、条坊施工の際に行われた遷都時の測量技術の精度が極めて高かったことを物語っている（辻純一・一九九四。なお、現在の発掘調査の測量方法は、さらに精度の高い衛星からの信号を使ったＧＰＳ測量が主流となっている）。

平安宮と内裏

平安王朝の宮殿官衙《かんが》があった平安宮（大内裏）跡は、現在の京都市上京区と中京区にまたがり、通り名では、北限は一条通り、南限は二条通り、東限は大宮通り、西限は御前通《おんまえどお》りで、その規模は『延喜式』左右京職京程と京都市遺跡発掘調査基準点からの測量成果から、東西三八四丈（約一一五二㍍）、

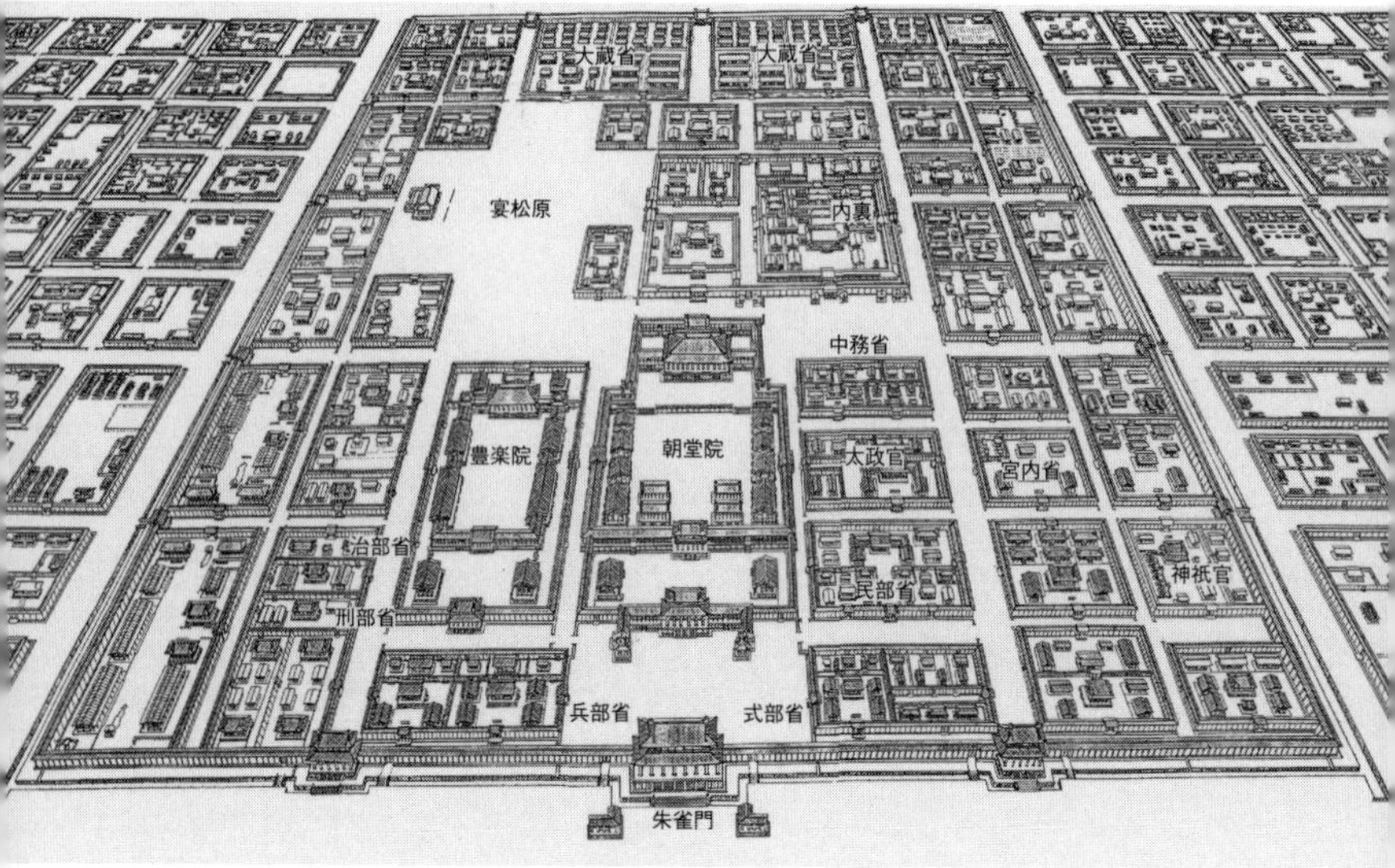

21　平安宮復原イラスト（南から）

南北四六〇丈（約一三八〇㍍）、面積は約一五七万三〇〇〇平方㍍（四七万六〇〇〇坪）であることが明らかになっている（図21）。

　この平安宮には、天皇の住まいである内裏や、国家政治のセレモニーの場である朝堂院《ちょうどういん》、饗宴施設である豊楽院《ぶらくいん》のほか、二官八省などの官衙が建ちならび、律令国家の政治機構が集中した場所であった。しかし平安時代末期以後、公家政治から幕府政治へ実権が移行する時代を迎えるとともに衰退を余儀なくされ、いつしか内野《うちの》と呼ばれる荒野となり、歴史の表舞台から消え去ることになった。

　現在の平安宮跡は住宅が密集した市街地と化し、周知の埋蔵文化財包蔵地（重要遺跡）として広く知られるものの、地上には平安王朝の遺構を伝えるものは何も残っておらず、一部の地名、たとえば中務《なかつかさ》町・主税《しゅぜい》町・左《さ》馬寮町《まりょう》・右馬寮町《うまりょう》などのほか、遺跡内で実施される埋蔵文化財の発掘調査などで検出される遺構・遺物から、この地が平安王朝の中心地であったことを物語っているにすぎない。

「いづれの御時にか、女御《にょうご》、更衣《こうい》あまたさぶらひたまひけるなかに、いとやむごとなき際にはあらぬが、すぐれて時めきたまふありけり」から始まる『源氏物語』、光源氏が七歳までの幼少期を過ごしたとするのは内裏である。

この内裏は、平安京遷都にともなっていち早く造営され、『日本紀略』によると桓武天皇は、延暦十三年（七九四）十月二十二日には内裏に遷御しており、そのころまでには内裏がある程度完成していたと考えられている。その後、内裏は、天徳《てんとく》四年（九六〇）に起きた最初の火災で全焼し、それ以後、再建途中に焼失した安貞《あんてい》元年（一二二七）までの二百六十七年間に十四回も焼失再建を繰り返しており、紫式部の生きた時代でも四回もの火災が発生している（表2）。

天皇は、たびたび起こる内裏の火災のたびに藤原摂関家など京内の邸宅へ遷御し、そこを内裏とせざるをえず、それが里内裏《さとだいり》を生む要因ともなったが、内裏跡の発掘調査では炭化した木片や高熱を受けて変形した土器片や瓦片なども出土し、火災のあった史実をよく物語っている。

内裏は、さまざまな儀式や行事が行われる場所であり、天皇およびその一族、女御更衣たちが日々生活を営んでいた居住区でもある。その構造は、陽明文庫「内裏図」などの残された資料によると、外郭築地と内郭回廊の二重構造で厳重に区画され、内郭が東西五七丈（約一七一㍍）、南北七二丈（約二一六㍍）で、築地に囲まれた外郭は東西七三丈（約二一九㍍）、南北一〇〇丈（約三〇〇㍍）の規模を

表2　紫式部の生きた時代の天皇遷御と内裏焼亡及び御所一覧表（西暦九八四〜一〇一六）

移動日	在位天皇	皇居	邸宅主
永観二年（九八四）　八月二七日	花山天皇	内裏	
寛和二年（九八六）　六月二三日	一条天皇	内裏	
長保元年（九九九）　六月一六日		一条院	詮子（東三条院）御所　一〇〇六年六月一四日、内裏焼亡
二年（一〇〇〇）一〇月一一日		内裏	内裏新造落成
三年（一〇〇一）一一月二二日		一条院	詮子（東三条院）御所　一〇〇一年一一月一八日、内裏焼亡
五年（一〇〇三）一〇月　八日		内裏	内裏新造落成
寛弘二年（一〇〇五）一一月二七日		東三条殿	彰子里邸…道長邸　一〇〇五年一一月一五日、内裏焼亡
三年（一〇〇六）　三月　四日		一条院	御所　修造竣工
六年（一〇〇九）一〇月一九日		枇杷殿	妍子用里邸…道長邸　一〇一〇年一〇月五日、一条院焼亡
七年（一〇一〇）一一月二八日		一条院	御所　新造竣工
寛弘八年（一〇一一）　六月一三日	三条天皇	東三条殿	彰子邸　道長邸
八年（一〇一一）　八月一一日		内裏	一〇一〇年に内裏新造落成済
長和三年（一〇一四）　四月　九日		枇杷殿	妍子里邸…道長邸　一〇〇二年二月九日、内裏焼亡
四年（一〇一五）　九月二〇日		内裏	内裏新造落成
四年（一〇一五）一一月一九日		枇杷殿	
長和五年（一〇一六）　一月二九日	後一条天皇	上東門第	彰子…道長邸＝京極院＝土御門殿
六年（一〇一六）　六月　二日		一条院	御所

有していた。

内郭には、南半に紫宸殿《ししんでん》・仁寿殿《じじゅうでん》・承香殿《じょうきょうでん》・清涼殿《せいりょうでん》などのハレの場があり、北半分は後宮と呼ばれる天皇の私的空間で、『源氏物語』に著された弘徽殿《こきでん》・昭陽舎《しょうようしゃ》（梨壺）・淑景舎《しげいしゃ》（桐壺）・飛香舎《ひぎょうしゃ》（藤

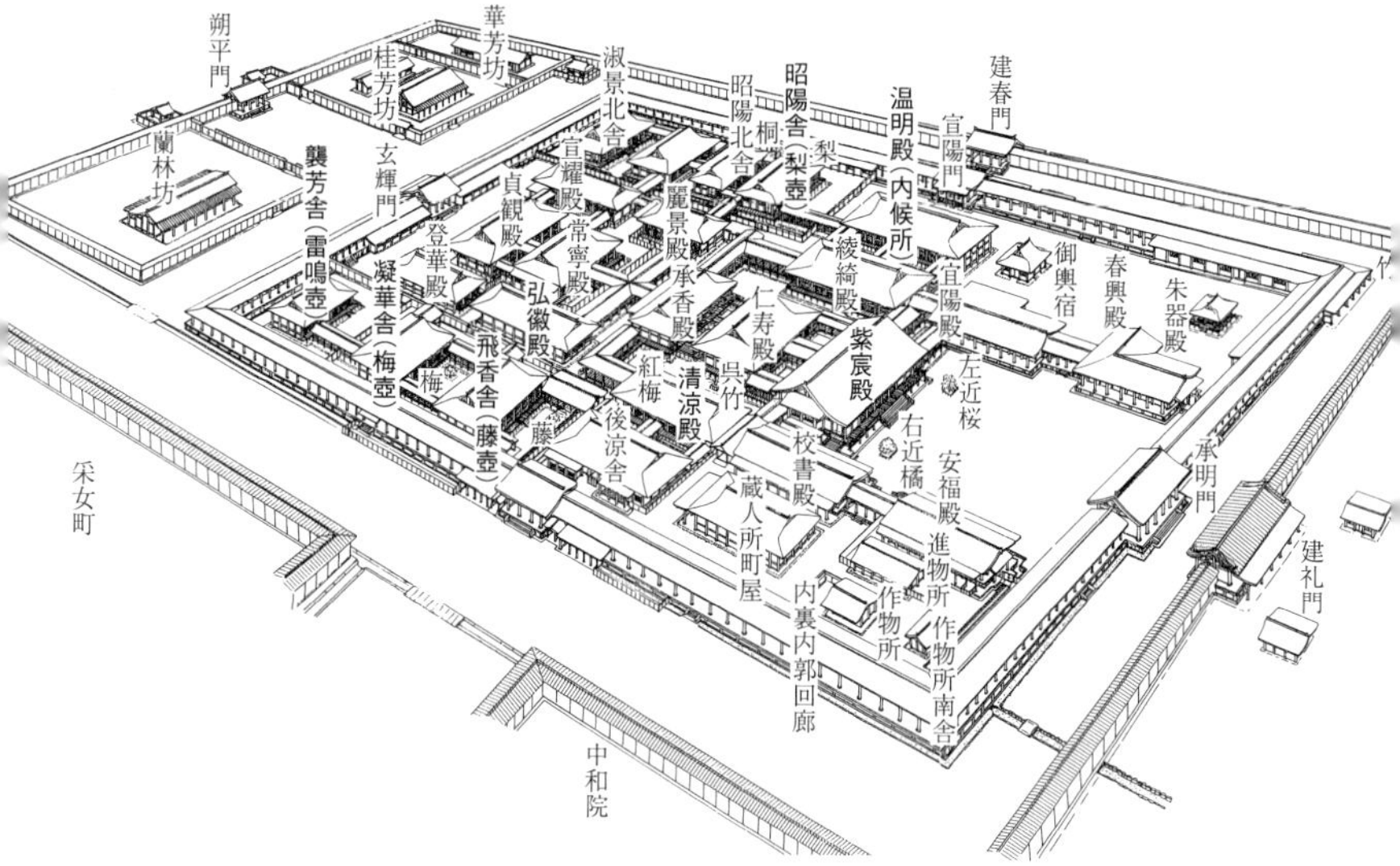

22　平安宮内裏

壺）・凝華舎《ぎようかしや》（梅壺）・襲芳舎《しゆうほうしや》（雷鳴壺《かみなりのつぼ》）などの建物群が軒を並べ、それぞれの建物は回廊や透渡廊《すきわたろう》などで繫がり、平安王朝の雅な宮廷生活がここで繰り広げられていた。さらに内裏の北方西側に蘭林坊《らんりんぼう》、東側に桂芳坊《けいほうぼう》、内裏西方の南半は中和院《ちゆうわいん》・木工内候《もくないこう》、その北方に内膳司《ないぜんし》・采女《うねめ》町・糸所《いとどころ》などがあった（図22）。

次に、内裏跡の発掘調査により確認された主な遺構は、西側内郭回廊基《ないかくかいろうき》壇《だん》西・東面跡と雨落溝跡、承明門《じようめいもん》跡、外郭西面築地跡、蔵人町屋東・南雨落溝跡、蘭林坊溝跡などで、内裏後宮部分の大半は、織豊期の天正十四年（一五八六）に豊臣秀吉が築城を命じた聚楽第《じゆらくだい》の南外堀跡に当たり、大きく開削を受けて遺構はよく残っていない。

内裏跡の発掘調査成果で注目すべきは、内裏西側の内郭回廊跡の発見である（図23）。

23　内裏内郭回廊跡（北から）

内郭回廊とは、外郭築地の内側に設けられた築地の両側に廊をもつ回廊で、これまで四ヵ所余りから遺構がみつかり、内裏の位置確定に重要な成果となっている。

内裏内郭回廊の幅は三・五丈（約一〇・五㍍）で、さらにその南方でも底に石を敷き、両側に凝灰岩の板石を立てた内郭回廊南面基壇の下を潜る暗渠とみられる遺構も検出されている（京都市埋蔵文化財研究所・一九九五）。

次に一九八六年、下立売《しもだちうり》通り南側のビル建設に先だって行われた発掘調査では、承明門《じょうめいもん》北側の雨落溝跡がみつかり、そのすぐ北側から南北に四ヵ所の土坑を検出、それぞれ九世紀中頃と十一世紀中頃から後半にかけて内裏南方鎮所《ちんしょ》で行われた地鎮め遺構であることが判明した。その一つの土坑からは、天台密教法具の輪宝《りんぼう》と橛《けつ》のほか、金粉・銀切板・琥珀《こはく》・ガラスなどの埋納宝物が出土し、文献との照合から延久《えんきゅう》三年（一〇七二）に内裏南方鎮所で地鎮修法された場所であることが判明、埋納時期の分かる極めて重要な発見であるとともに、その地点が承明門の中心、すなわち内裏南北中心ラインであり、内裏を復元する上で重要なポイントを得たことになった（梅川光隆・一九八六）。さらにこの調査場所が儀式空間としてのハレの場である紫宸殿南庭にあたり、そこからは白砂化粧土（花崗岩・チャート・砂岩の粗砂）が二層確認され、紫宸殿前面広場は白砂で整地されていたことも明らかになっている。

次に内裏内南西にあった蔵人町屋《くろうど》は、弘仁《こうにん》元年（八一〇）「薬子《くすこ》の変」の反省から、朝廷側の秘密保持のために創設された役所で、天皇直属の重職として調度、文書および勅旨の伝宣を掌った。一九八七年九月に店舗住宅の建替工事にともなう事前調査が推定地で行われ、内裏の南西部にあった推定蔵人町屋建物基壇跡の南東角部がみつかり、石敷底と二列の側石を河原石で構築した東西雨落溝跡を約五㍍検出、東端は北へ折れ曲がっているのが確認された。この雨落溝内からは九世紀前半の土師器《はじき》・須恵器《すえき》・緑釉陶器などが出土し、火災の焼土層が二面確認されている。また、内裏北域の蘭林坊跡では、一九七四年に平安博物館による発掘調査で、坊の南面築地にともなうとみられる東西溝跡もみつかっており、さらに一九七五年には内裏の西側にあった中和院跡発掘調査では、平安時代前期の土坑から大量の土器片や緑釉瓦片などとともに、平安宮跡で初めて針金状金線の破片がみつかっている。

このように、内裏の復元は、『延喜式』左右京職京程の京・宮域の寸法を元に、陽明文庫「宮城図・内裏図」や、「伴大納言絵詞」「年中行事絵巻」などの古絵図のほか、裏松固禅の『大内裏図考証』などを拠り所にして内裏跡の発掘調査を進めた結果、定点となるいくつかの遺構が検出され、さらに基準点測量の成果を合わせることにより、現在では平安宮内宮殿官衙の推定場所を地形図に落とすことが可能となっている（角田文衞・一九九四）。

平安京右京の邸宅（平安京右京三条二坊十六町の推定斎宮邸跡）

次に平安京内に目を向けよう。『源氏物語』「賢木《さかき》」の巻では、六条《ろくじょうの》御息所《みやすどころ》の姫君（後の秋好中宮《あきこのむ》）が斎宮《さいぐう》に卜定《ぼくじょう》され、母娘が伊勢下向を決心、精進潔斎のために滞在していた野宮《ののみや》を、光源氏が訪ねる場面が記述されている。

斎宮とは「大御神《おおみかみ》の御杖代《みつえしろ》」として、即位した天皇に代わって伊勢の皇祖天照大神《あまてらすおおみかみ》に奉斎する未婚の内親王または女王のことで、『延喜式』によると、天皇が即位すると卜定によって斎宮（伊勢斎王）が選ばれ、平安宮内の便所《びんしょ》に設けられた初斎院を経て、宮外の野宮で精進潔斎を終えた三年目の九月、大極殿《だいごくでん》で天皇から別れの御櫛をいただき、斎宮のある伊勢へと群行《ぐんこう》した。帰京が許されたのは、天皇の崩御、譲位、本人または身内の不幸など、限られた条件だけであった。そのほか、平安時代前期の嵯峨天皇（八一〇年の有智子内親王）の代からは賀茂神社の祭祀に仕えるため、未婚の内親王か女王を卜定して斎王として奉斎する斎院《さいいん》（賀茂斎王）が、平安宮北方の船岡山《ふなおかやま》南麓の紫野《むらさきの》に設けられていた（角田文衞・一九七二）。

この斎宮（伊勢斎王）の邸宅跡とみられる遺構が、二〇〇〇年に平安京跡で初めて発見された。場所は平安京右京三条二坊十六町跡に当たる京都市中京区西ノ京東中合町の京都市立西京高校北側グランド内で、校舎建設に先行する発掘調査によって十六町の北方西側から園池跡がみつかり、そのほか邸宅内からは多くの建物跡が検出された。

池の規模は、南北約四〇㍍、東西約一五㍍、平均深さ五〇㌢程で、北側にある泉と池底の二ヵ所か

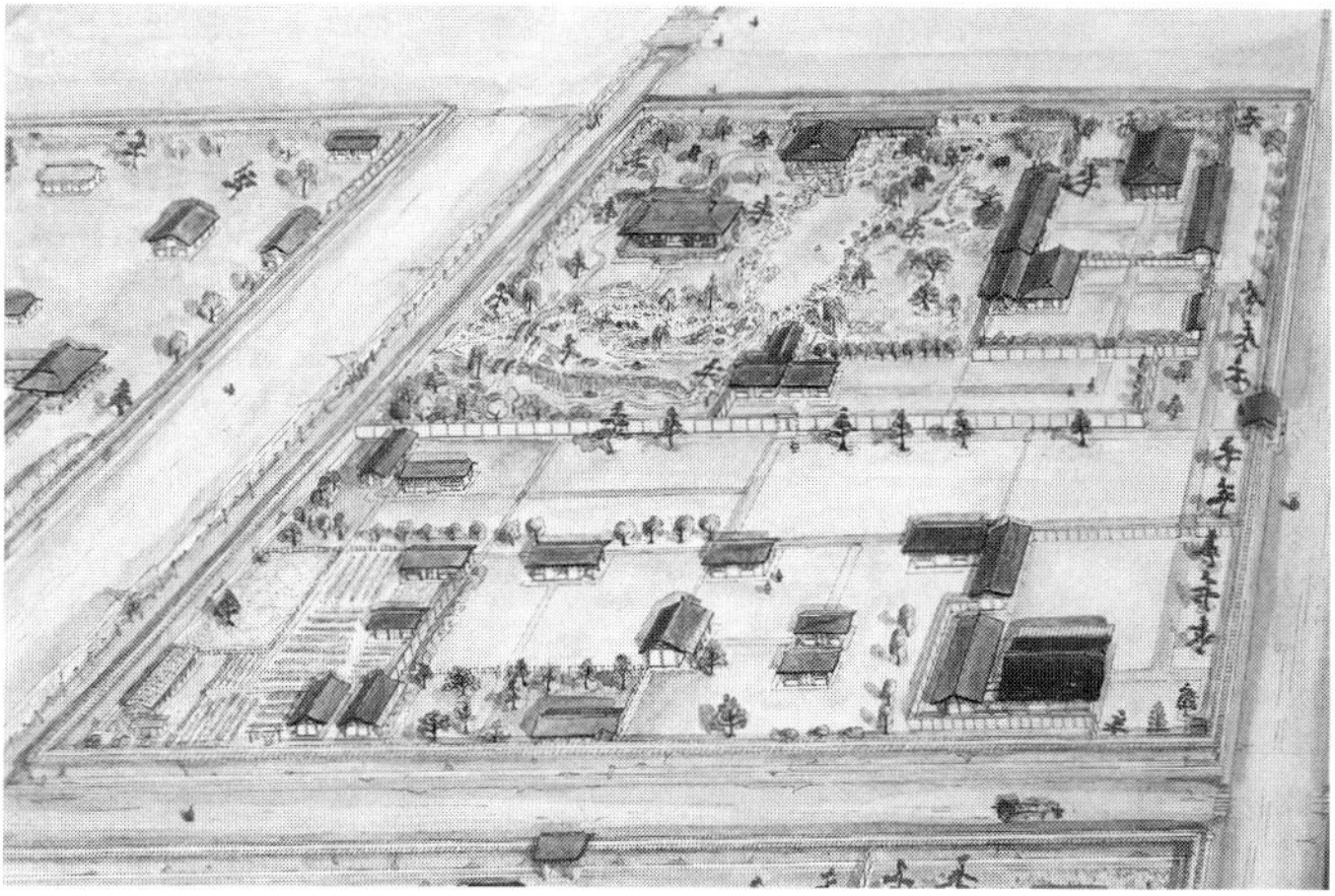

24　平安京右京三条二坊十六町（推定斎宮邸）復原イラスト（南から）

ら湧き出す水を利用して北から南西方向に流れる構造をもち、池内からは中国製の高級陶磁器のほか、緑釉陶器、灰釉陶器など大量の土器が出土した。その中に灰釉陶器底外面に「齋宮」「齋雑所」と墨書したものをふくむ多数の墨書土器《ぼくしょどき》が出土したことから、九世紀後半代から十世紀初頭にかけて存続した、一町規模を有する斎宮に関係した皇女の邸宅跡であることが判明した（網伸也ほか・二〇〇二）。

この邸宅は平安宮に近く、北を二条大路、西を道祖大路、南を押小路、東を野寺小路が通り、東側の野寺小路に面して門跡が確認され、邸内は園池を中心に十三棟余りの建物跡のほか、柵列跡・井戸跡などの遺構も検出されている。

主要建物は、園池北西に池に張りだす泉殿《いずみどの》あるいは釣殿《つりどの》とみられる二×三間に三面庇《ひさし》つき掘立柱建物跡、池の西側にも南北四間規模の掘立柱建物跡、池を少し離れた東側にも南北十一間の廊風建物が付属する南北五間三面庇の建物跡もみつかり、そのほか池北方の木板枠組の泉跡からは、平安京跡出土で最大級の長さ六五チセン、幅七チセン、厚さ〇・七チセンの人形代《ひとかたしろ》が三つ折りの状態で出土している。

検出遺構は一町の北半に主要建物が、南半は家政をつかさどる雑舎的な建物とみられることから、園池を中心とする北半をハレ、南半のケの場と機能分化された邸宅とみられている（図24）。

「斎宮」の墨書土器は、伊勢神宮の祭祀を司る斎王が住んでいた場所、あるいは斎王そのものをさす言葉であり、この邸宅は卜定されてから初斎院に入るまでの自邸（『延喜式』では「斎宮家」）か、あるいは初斎院を経て斎宮が入る京内の野宮ではないかと考えられ、調査では西暦九〇〇年ころにこの邸宅が整備されている状況から、そのころに斎宮に卜定された皇女の住まいである可能性が高い。いずれにしても文徳朝から朱雀朝（九世紀後半から十世紀初頭）までの斎宮は十人前後おり、平安京の中に存在した野宮あるいは斎宮家が初めて確認された稀有な例とともに、「賢木」の巻にある野宮というものの実態の一部が考古学的に明らかになった意義は極めて大きい。

平安京左京の邸宅（平安京左京二条二坊の高陽院跡）

現在の丸太町通りと堀川通り交差点の東側に、かつて平安京左京二条二坊九・十・十五・十六町の四町という広大な土地を占有していたのが高陽院（賀陽院）である。

高陽院は、宇治平等院を建立したことで知られる関白藤原頼通《よりみち》の平安京内邸宅で、累代藤原摂関家の邸宅（桓武天皇皇子賀陽《かや》親王旧邸）であったものを、頼通が拡張して方二町の大規模な邸宅造営に着手し、『小右記《しょうゆうき》』によると治安《じあん》元年（一〇二一）には落成している。万寿《まんじゅ》元年（一〇二四）九月十九日に後一条天皇・上東門院彰子《じょうとうもんいんしょうし》・東宮敦良《あつなが》親王らを招いて競馬《くらべうま》が催され、その情景を活写した「駒競《こまくらべ》行幸絵巻《ぎょうこうえまき》」(和泉市久保惣記念美術館蔵、十三世紀後半?)には、奏者を乗せた龍頭鷁首《りゅうとうげきす》の船を池に浮ばせ、さまざまなしつらえがされた邸宅内の様子が鮮やかに描かれている。高陽院はその後、火災、再建を繰り返しながらも、後冷泉・後三条・白河・堀河・鳥羽の五代天皇の里内裏となっている。

この邸第について『栄華物語《えいがものがたり》』巻二十三には「この世のことと見えず、海龍王の御殿……寝殿の北・南・西・東などには皆池あり、中島《なかじま》には釣殿……」とあり、邸内寝殿の四周に池を巡らせて中島や釣殿、水閣《すいかく》が設けられた豪壮華麗なものであったとみられ、光源氏の六条院のモデルにふさわしい邸宅である。

25 高陽院園池南岸洲浜跡(北から)

高陽院跡では、一九八一年の発掘調査で初めて池北岸の洲浜跡がみつかり、これまで八次にわたる発掘調査や試掘・立会調査で園池跡や建物跡などがみつかっている。

二〇〇五年夏の高陽院跡南西部の発掘では、高陽院南限の大炊御門《おおいみかど》大路の路面と北側溝、築地および邸宅内溝のほか園池南岸洲浜跡などの遺構が検出(図25)された。南岸洲浜は一九八一年に検出された北岸洲浜跡と同一水位レベルであることから同じ池と考えられ、その護岸距離が南北約一四〇㍍もあることから、邸内南西域には広大な池が存在していたことが判明、さらに南岸洲浜と南築地の間隔が一五㍍程と狭く、南西域の主要建物はその北方または東方にあると推定されている（平尾政幸・二〇〇五）。

そのほか、一九八八年に邸宅跡の中央付近で検出された池の水位が、先に検出されている池と約八〇㌢の差があり、邸内には少なくとも水位の異なる池が二つは存在することは明らかで、『栄華物語』巻三十六の「山はまことの奥山と見え、滝木暗き中より落ち……」の記述が注目される。

発掘調査では、高陽院の存続期である平安時代中期から後期にかけて四時期の洲浜が確認され、火災などで再建改修が行われていた実態も明らかとなっているほか、池は鎌倉時代に人為的に埋め戻されていることから、そのころに廃絶したものと考えられる。

この累代藤原氏の邸宅高陽院は、四町規模を有する広大な邸宅であり、歴代天皇の里内裏として栄華を極め『源氏物語』六条院の邸宅モデルとしてふさわしいものであるが、その造営は一〇一九年以降に開始されており、紫式部は寛弘《かんこう》二年（一〇〇五）十二月二十九日より、一条天皇の中宮彰子（道長の長女で上東門院）の女房兼家庭教師役として仕え、一条院に同八年（一〇一一）ころまで奉仕しつづけたとみられ、紫式部が高陽院をみて物語を著したとは考えにくい。道長を通じて頼通や側近からこのような大規模邸宅を作ることを紫式部が聞きおよび四町規模を有する六条院のモデルになったか、あるいは逆に頼通が六条院をモデルに高陽院を造営した可能性もあり、興味は尽きないとともに発掘調査により高陽院の実態が今後さらに解明されることを期待したい。

平安京鴻臚館跡（高麗の相人）

『源氏物語』「桐壺《きりつぼ》」の巻に、源氏の父帝である桐壺院が、高麗人に優れた人相見がいることを知り、七歳となった光源氏を鴻臚館に遣わし、人相見をさせたことが記されている。

『拾芥抄《しゅうがいしょう》』によると鴻臚館は、平安京のメインストリートである朱雀大路の七条一坊三・四町の東西に設けられた迎賓施設で、来朝した賓客のほとんどは渤海使《ぼっかいし》であった。

平城京に都のあった神亀《じんき》四年（七二七）から延喜八年（九〇八）まで三十三回も来朝し、平安京での接遇はこの東・西鴻臚館が充てられた。東鴻臚館は、先に廃止（『続日本後紀』承和六年〈八三九〉八月十二日条）されており、紫式部の時代（十世紀後半から十一世紀初め）は、鎌倉時代まで存続したとされる西鴻臚館をさすものと考えられる。

鴻臚館跡では、一九八二・八三年に京都市中央卸売市場第一市場建設にともなう発掘調査（平田泰ほか・一九八四）で、朱雀大路西側溝跡（幅七〜八メートル、深さ〇・五〜一メートル）が南北一四〇メートルにわたって検出された例がある。朱雀大路の二・三町に面する側溝は後世に大量の遺瓦をふくむ砂礫で整地されており、西鴻臚館の区画に関係する三町北東の側溝からは、難波宮・平城宮・長岡宮の再利用瓦が大量に出土した。これは、平安遷都にあたって、突然の渤海使の来朝を想定し、いち早く鴻臚館を整備する必要があることから、旧都からの瓦を再利用して建築が進められたものと考えられている（角田文衞・一九九〇）。

平安京周辺部における発掘調査の成果（雲林院跡）

『源氏物語』「賢木」の巻に源氏が桐壺更衣の兄律師が籠る雲林院《うりんいん》に詣でたことを記述している。

雲林院跡は、平安京一条大路の大宮大路末より北へ約一・五㌔、現在の大宮通りと北大路通りの交差する辺りの方二町（約二四〇㍍四方）の範囲と考えられる。

二〇〇〇年に、その推定地内東側で京都府京都文化博物館による発掘調査が行われ、雲林院跡で初めて平安時代に遡る園池や建物跡、井戸跡などが発見された。成果は同館の鈴木忠司氏らにより詳細な報告書が刊行されている（鈴木・二〇〇二）。

大正十年測量、昭和十一年再測の都市計画図をみると、船岡山の東方にあった雲林院跡推定地のほぼ全域が現在の雲林院町にあたり、大宮大路北延長末には南門が設けられ、その道沿西側には紫野斎宮があったと推定される。推定寺域の東側は、北方の別雷《わけいかずち》（上賀茂）神社前の御薗橋付近の加茂川に端を発する小川《こかわ》筋の流路が接しており、古来より園池を営むのに好都合の場所であったことは容易に想像がつく。

遺構は、東南に広がる池に臨んで南北約一四㍍、東西約九㍍の範囲に、掘立柱建物の柱据付穴など十三ヵ所を検出し、精査の結果、時期差のある建物が南北に接して建てられていたことが判明した。建物は柱を埋めた柱穴が極めて大きく、中には長径一・六㍍、短径一・三五㍍、深さ一・八五㍍、底に大きな礫を詰められていたものもあった（図26）。

建物は、東方の池に突き出た岬状およびその北側の湾状の園池上に建てられた釣殿風のもので、時期差のある平面回字形のプランを持つ方一間四面庇の掘立柱建物が検出された。側柱は約三三センチの角柱とみられ、南建物は側柱間が東西八・四メートル、南北七・一メートル、北建物が東西八・四メートル、南北六・五メートルの規模を有し、南建物が先行し、のちに同じプランの北建物に建替えられたと考えられている。池内からはおびただしい土器類が出土し、建物から土器類を投棄して何らかの祭祀が行われていたことが判明した。さらに、東北に井戸をともなう南建物は八四〇～八七〇年、北建物が九〇〇～九三〇年ころとされ、仁明《にんみょう》天皇の離宮時代から常康《つねやす》親王の邸宅時代ころまで使用されていたものと考えられている。

26　掘立柱建物跡の柱穴底の礫敷き

雲林院は、『日本後紀』『日本三代実録』『中右記《ちゅうゆうき》』などの文献によると、平安京北方の紫野に設けられた淳和天皇の離宮で、当初は紫野院と呼ばれ、天長《てんちょう》九年（八三二）に雲林亭と改称、承和《じょうわ》十一年（八四四）以降には雲林院と呼ばれるようになった。その後、仁明天皇から常康親王（第七皇子）に伝領、父仁明天皇崩御に際して出家した常康親王はここで余生を過ごしている。その後、貞観《じょうがん》十一年（八六九）二月十六日に父帝の菩提を弔う寺とするため、仁明天皇の従兄弟に当たる僧遍昭に付属し、元慶《がんぎょう》八年（八八四）九月十日に遍昭の奏上で山科の元慶寺の別院となった。つづく宇多朝では、寛平《かんぴょう》八年（八九六）閏正月に、遍昭の子、由性らの住む雲林院への行幸があり、村上朝では天暦《てんりやく》七年（九五三）二月十八日に天皇御願の多宝塔の仏像が、天徳四年（九六〇）二月二十四日には新たに御願塔の心柱が建てられ、応和《おうわ》三年（九六三）三月十九日にこの塔が完成、落慶供養には天皇の行幸があった。寛和《かんわ》年間（九八五〜九八六）には、院内に念仏寺が建てられ、これ以降に『大鏡《おおかがみ》』の昔語りで有名な「菩提講」が盛んとなり、藤原道長や実資《さねすけ》のような高級貴族から庶民にいたるまで尊崇を集め、平安時代後期にも村上源氏らを中心に院内にいくつもの堂舎が営まれたが、その後に衰微し、十四世紀に入って大徳寺に施入された。現在では、旧境内の一画に江戸時代に建てられた大徳寺の塔頭《たっちゅう》が雲林院（うんりんいん）の寺名を伝えているにすぎない。また『河海抄《かかいしょう》』には、もと雲林院末寺の白毫院《びゃくごういん》の南に紫式部の墓があったと注しており、堀川北大路の南に今もその伝承地が残る。

大堰の邸宅

『源氏物語』「松風」の巻には、明石《あかし》の君が源氏の子である姫君や母の尼君とともに、明石から平安京西方の大堰川《おおいがわ》あたりの山荘に居を移し、源氏の訪問を待ちながら暮らすことが語られている。明石の君の祖父である中務宮《なかつかさ》の大堰川の渡りにあった旧邸が、上洛の場所として選ばれたのである。そのほか同巻によると嵯峨野《さがの》には「この春のころより、内の大殿の造らせたまふ……いかめしき御堂ども建てて」とあり、源氏は三十一歳の春に着手した荘厳な御堂を建立する。それは「大覚寺の南にあたりて、滝殿の心ばへなど劣らずおもしろき寺なり」とあることから、現在の清涼寺《せいりようじ》付近（源融《とおる》の別業棲霞観《せいかかん》の推定地）ではないかとされている。また明石の君が移り住んだ邸宅は文中に「海づらに通ひたる」「川面で」「山里のあはれ」とあることから、現在の嵐山にある大堰川の辺りにその邸宅を想定しているものと思われる。

古来、京都盆地西方の嵯峨野一帯は、渡来系氏族である秦氏《はた》が根拠地とした場所であり、桂川（大堰川または大井川、保津川とも呼ぶ）に大堰を築いて治水に成功したとされ、付近には天塚古墳や蛇塚古墳など古墳時代後期（六世紀後半から七世紀）の前方後円墳や群集墳のほか、太秦《うずまさ》の広隆寺などの古刹が存在し、また平安時代には平安京西方の鄙な土地にある嵯峨野や嵐山は、風光明媚な場所として皇族や貴族たちの別業が設けられ、遊覧の地として船遊びなども行われた。

その代表的なものとして大堰離宮がある。桓武天皇はこの離宮へ十四回も行幸（『日本紀略』延暦十四年六月条から『日本後紀』延暦二十三年九月条まで）している。そのほか、大沢池畔に神野《かみの》親王（嵯峨天皇）の嵯峨山荘が造営され、その離宮嵯峨院を皇女である淳和天皇皇后正子が九世紀後半に寺院とした大覚寺、その南方近傍に嵯峨天皇皇后 橘 嘉智子《たちばなのかちこ》発願の檀林寺、さらに『日本三代実録』元慶四年（八八〇）に記載のある左大臣源融の山荘棲霞観（現在の清凉寺付近）などが点在し、十世紀後半には、花山天皇の勅願で宇多法皇の孫に当たる僧寛朝が、広沢池西および西北畔に開創した遍照寺《へんじょうじ》などがよく知られる。

このなかで嵐山付近の埋蔵文化財調査で確認された平安時代の遺構としては、一九八八年に史跡名勝嵐山の現状変更にともなって大堰川左岸の渡月橋《とげつきょう》北西（右京区嵯峨天龍寺芒ノ馬場町三三）で行われた発掘調査で平安時代前期に遡る園池がみつかり、洲浜や景石の抜き取り穴などが検出された。

池跡は、南北幅が約八㍍、東西約三七㍍、中央部で南に屈曲して平面形状は雲形を呈して東方から徐々に深くなり、中央部やや西寄りが最も深くて二・二㍍程ある。この園池は、調査区西方では旧河道と思われる地山（元の地盤）の砂礫層が大きく窪んだ地形（縄文土器をふくむ砂泥層が堆積）を生かして設けられていた。底部は砂礫層を切り込んで粘土に拳大の礫を貼り付けており、池の肩部は黄褐色泥土で造作され、池の東肩部と北方が比較的大規模な地業（造成）が行われていることから、池に面した調査区外の北側に建物を想定している（木下保明・一九九三）。

園池の東肩部に設けられた洲浜は、山石と川原石を乱雑に敷き詰めたもので、外縁部に比較的大きな石を点々と配し、幅は平均三・五㍍、全長一六㍍が確認された。また部分的に石の間隔が短く、直線もしくは円弧を描いて並べられ、園池の東北隅では景石の抜き取り穴を数ヵ所検出、この景石の据付け穴と洲浜は地業（地盤改良）された上に造られていた。

出土遺物は、二彩の壺、蓋、緑釉陶器（水注）、壺、盤、陰刻花紋を施した黒色土器の小型風字硯、『旨』銘唐草文軒平瓦など九世紀前半を中心とした遺物や難波宮式重孤文軒平瓦などの遺物が出土している。

発見場所は、亀岡盆地を流れる保津川が、山間域を流れ下る嵐峡（保津峡）を経て嵯峨野平野に一気に流れだす小倉山東麓辺、大きく西に振れる葛野郡の条里では、一条櫟原西里二十三坪に当たる。南方には大堰川の流れと松尾山を臨む嵐山の景勝地で、はるか東方は比叡山から稲荷山（東山の峰々）を遠望できる場所であり、平安京二条大路末を西にまっすぐ進めば、この大堰川北岸に到達する。

この遺跡をふくむ、北側の天龍寺《てんりゅうじ》と大堰川に挟まれたこの一帯からは、下水道工事にともなう広域立会調査でも九世紀初頭に遡る遺物がみつかり、天龍寺下層遺跡と呼称されており、先述の園池をふくむこの遺跡は、南限を大堰川とする東西約二四〇㍍、南北約二四〇㍍の二町四方を四至とする桓武天皇が頻繁に行幸した大堰離宮跡ではないかと推定されている（平田泰ほか・一九九七）。

この嵐山の景観は、のちに宇治川が山間部を越えて一気に流れだす辺りに藤原頼通が造営した宇治平等院の立地と同様な環境にあり、園池をふくむ邸宅の存続期間がいつまでかが大きな問題となるが、天龍寺付近からは平安時代中期の軒先瓦もみつかっており、紫式部がこの付近にあったこの邸宅をふくむ情景を実際にみて物語を編んだ可能性は否定できない。

考古学成果への期待

これまで述べてきたとおり、『源氏物語』を解き明かす新たな手段として、最近では文献や絵画資料以外に、遺跡発掘調査成果が大きくクローズアップされるようになってきた。

永年地中に埋没して遺された遺構や出土遺物は、断片的ながらその時代の人びとが営んだ生活文化や創造物をわれわれに直接伝えてくれるタイムカプセルであり、第一級の資料でもある。

最近では、平安京跡およびその周辺で行われる多くの発掘調査により、建物跡や園池跡などさまざまな遺構が相次いで検出され、その実態が次々と明らかになってきている。さらに律令時代の土器（おもに土師器《はじき》）の型式分類および編年の資料研究が進んで四半世紀単位での編年も可能となり、検出遺構の年代決定のための物差として活用されている。

地中から検出される多くの遺構・遺物を調査研究対象とした考古学というフィルターを通して『源氏物語』を再見し、永きにわたる文献史学や国文学などの研究成果に、新たに考古学成果が加わることで、よりいっそう大きく具体性のある研究成果となる可能性を秘めているわけである。

今後も土の中から発見される数多くのモノから、『源氏物語』を紐解く新たな鍵がみつかることを期待したい。

二　王朝貴族と源氏物語

朧　谷　寿

1　貴族階級と源氏物語の世界

摂関盛期の社会

『源氏物語』が描く世界は延喜《えんぎ》・天暦《てんりやく》時代（十世紀の前半）を、とりわけ故実などの点で規範としているといわれるが、都の様子などは作者が見聞し生活した十世紀後半から十一世紀前半の姿が投影されていると考えてよいであろう。そこに登場する人びとは皇族や貴族階級が主流で、官人や僧侶なども登場するけれど庶民たちはほとんど顔を出さない。

庶民ということでは、「夕顔《ゆうがお》」の巻での一文が連想される。五条辺りの小さくて今にも倒れそうな粗末な家が並ぶ、むさくるしい界隈にある夕顔の住まい。八月十五夜の満月のあかりが隙間の多い板屋のあちこちから漏れてくる、その家で一夜を過ごした光源氏は床中で、隣近所の身分の卑しい男たちが夜明け時分に起き出して「おお、ひどく寒い、今年の農作物の実りも期待できず心細い」などと交わす会話を聞き、女どもが粉をひく唐臼《からうす》や布を打つ砧《きぬた》の音を耳にする。

庶民の朝のせわしい暮らし向きを伝える一齣であるが、「都のうちといへど、はかばかしき人の住みたるわたりにもあらず」（玉鬘）という九条辺の状況とともに作者の見聞にもとづくものであり、作者が生きた時代の実相であろう。殷賑《いんしん》を極めた平安京の左京も、四条辺りから北は有力者の大きな屋敷が多く、いっぽう南は長屋など庶民的な家が密集するといった住み分けができていたことは、慶《よし》滋保胤《しげのやすたね》の『池亭記《ちていき》』（十世紀末）の描写から知られ、その傾向は諸日記などからも傍証される。さらには建都千二百年を記念して制作された平安京模型（一〇〇〇分の一）からも、その姿は観取される。

当時にあっては、皇族・貴族たちが庶民と同所にあって顔を合わせるということはほとんどなかった。かりに道行く人びとを思い描いてみると、皇族・貴族らは乗り物で移動したし、徒歩の庶民たちと向きあうことはない。それに皇族・貴族同士でも、女性が男性に素顔をみせるということは夫婦や家族といった親しい間柄でもないかぎり少なかった。女性は常に扇を所持していて、男性と行き会ったり対峙する時にはそれで顔を覆った。その様子を藤原道長と紫式部の出あいの場面でみてみよう（『紫式部日記』）。

時は寛弘《かんこう》五年（一〇〇八）の初秋、場所は藤原道長の土御門第《つちみかどてい》で寝殿《しんでん》と東の対《たい》を結ぶ北側の渡殿《わたどの》に設けられた紫式部の居所。一条天皇中宮となっていた娘の彰子《しょうし》は、出産を控えて実家の土御門第に里下がりしていた。そんなある日のことである。

渡殿の戸ぐちの局《つぼね》に見いだせば、ほのうち霧りたる朝《あした》の露もまだ落ちぬに、殿ありかせ給ひて、御随身《ずいじん》召して、遣水《やりみず》はらはせたまふ。橋の南なる女郎花《おみなえし》のいみじうさかりなるを、一枝折らせた

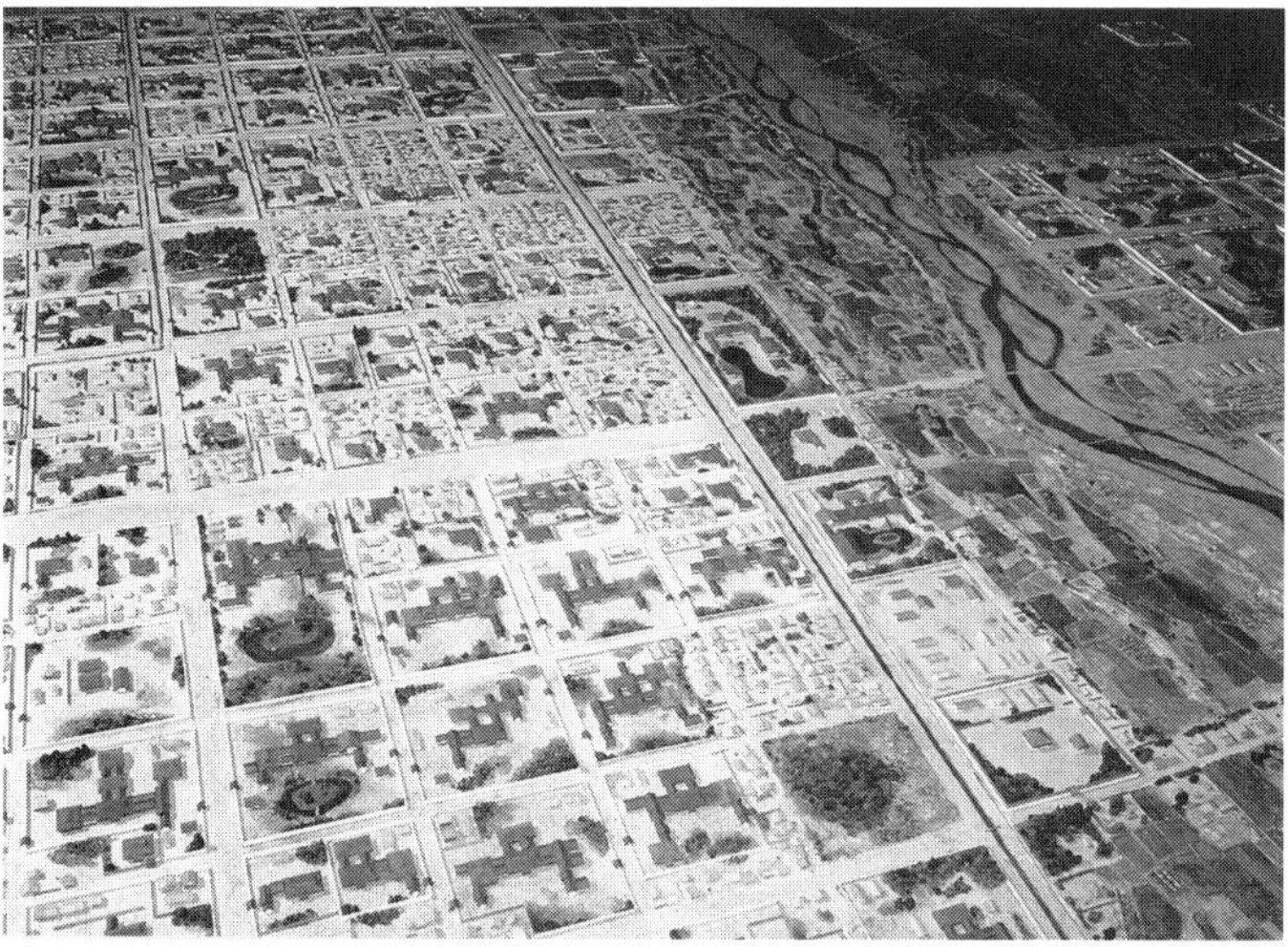

27　平安京1000分の1模型
左京二条あたりの豪邸(上)と，五条あたりのしもた屋の様子(下)

まひて、几帳《きちよう》の上よりさしのぞかせ給へる御さまの、いとはづかしげなるに、わが朝顔の思ひ知らるれば、「これおそくてはわろからむ」とのたまはするにことつけて、硯《すずり》のもとに寄りぬ。

女郎花さかりの色を見るからに露のわきける身こそしらるれ

「あな、疾《と》」と、ほほゑみて硯召し出づ。

白露はわきてもおかじ女郎花心からにや色の染むらむ

一日も早い外孫の誕生を待ちわびる道長はおちおちと寝てもいられず、暗いうちから起きだして随身たちに命じて庭の手入れをしている。そこで花ぶりのよい女郎花を一枝折って紫式部の局の几帳越しに差し入れて一首を所望した。出会いは微妙な描写となっているが、面と向きあうことはなく、彼女は扇をかざしていたはずである。

そして九月に皇子、敦成《あつひら》親王（後一条天皇）が誕生した。その五十日《いか》の祝いが盛大に行われたのが十一月一日。その日の『紫式部日記』に『源氏物語』「若紫」の存在を示す一文があり、二〇〇八年はちょうど千年目に当たる。

貴族階級

作者は貴族社会に身をおいていたので、庶民の暮らし向きの内奥を知り得ない。圧倒的多数を占めた庶民の動向がほとんど伝わらないのは、庶民の識字率の低さによる。当時の書き手の中心は貴族たちであった。

そもそも貴族という名辞は最盛期の平安時代には記録などに出典せず、その早い例は十四世紀後半の『太平記《たいへいき》』の「承久《じょうきゅう》ヨリ以来、儲王《ちょおう》摂家ノ間ニ、理世安民ノ器ニ相当リ給ヘル貴族ヲ一人、鎌倉へ申下奉テ、征夷将軍ト仰デ、武臣皆拝趨《はいすう》ノ礼ヲ事トス」であろう。ここにいう貴族とは、鎌倉幕府の三代将軍源実朝《さねとも》の暗殺後に二歳で鎌倉に迎えられ、のちに四代将軍となった藤原(九条)頼経《よりつね》を指しており、父は関白道家《みちいえ》であるからトップクラスの貴族ということになる。

承久元年(一二一九)の三代将軍源実朝暗殺事件の後、鎌倉幕府の弱体を認知した後鳥羽《ごとば》上皇は、上皇と貴族を中心とする政治の復権をめざして幕府の討伐を企てるが失敗に終わり(一二二一年の承久の乱)、皇室および公家(武家に対して貴族のことを公家と呼ぶようになるのは中世以降)の弱体化と武家の勢力増進を招く結果となった。この五年後に四代将軍となったのが藤原頼経である。なお貴族の名辞がよく使われるようになったのは、明治期に設置された貴族院が強く意識されて以降のことである。それでは貴族とはいかなる階層を指し、どのような特権を有していたのであろうか。

この時代の律令官人は位階制によって序列づけられ、それは正一位から少初位《しょい》下までの三十階に分かれていた(ほかに外位《げい》が二十階)。その構成は、一〜三位は正・従の各二階、四〜八位は正・従に上・下の各四階、初位は大・少に上・下の四階であった。このうちの五位以上を貴族と称し、位に応じて位封《いふ》(給料)などが与えられた。おおよその算定にとどまるが、摂関盛期の貴族は二百名前後で家族を入れても千人ほどの人数である。平安京の人口が十数万というからその一パーセントにもならず、特別な地位であることが理解できよう。

彼ら貴族にはさまざまな特権があったが、何よりも大きいのはスタートラインにおける叙位の恩典で、『令義解《りょうのぎげ》』(選叙令)には次のようにある(皇親は省略)。

凡《およ》そ位を授くは、皆年二十五以上を限れ。……唯《ただ》し蔭を以て出身せむは、皆年二十一以上を限れ。……凡そ五位以上の子の出身せむは、一位の嫡子に従五位下、庶子に正六位上、二位の嫡子に正六位下、庶子及び三位の嫡子に従六以上、庶子に従六位下、正四位の嫡子に正七位下、庶子及び従四位の嫡子に従七位上、庶子に従七位下、正五位の嫡子に正八位下、庶子及び従五位の嫡子に従八位上、庶子に従八位下。三位以上は蔭孫に及ぼせ。子に一等を降せ。謂う、嫡孫は嫡子に降し、庶孫は庶子に降すなり。

律令官人の叙位は二十五歳以上からであるが、三位以上の子と孫、四・五位の子つまり貴族には二十一歳から蔭位《おんい》制《せい》と称する恩典が与えられた。これに対して六位以下の官人の子弟は大学の課程を終え、官吏登用試験に合格して仕官した場合でも最上で正八位上であり、それも二十五歳からであった。位階における五位と六位のあいだには厚い壁があったのである。

ここで想起されるのが、清少納言が「いやしげなるもの(下品なもの)」として「式部丞《しきぶじょう》の笏《しゃく》」を挙げていることである(『枕草子』)。式部丞は六位相当官であるが、縹色《はなだいろ》の束帯に身を包んだ彼らが笏を持って朝廷の儀礼に従事している姿は、彼女の目には卑しくみえたのであろう。また、紫式部は「何ばかりの数にしもあらぬ五位ども(何ほどの人数にもはいらぬ五位ども)」と、五位もたいしたことがないと述べている(『紫式部日記』)。

そういう彼女たちも五位クラスの家格にすぎないのに、この階層を「たいしたこともない」と言いきるのは、宮仕え生活を体験したことで天皇家や摂関家の暮らし向きに馴染んでしまった結果による発言であろうか。

ところで蔭位制のほかに貴族たらしめる要素を挙げると、居住域の広狭・服装の色目・路頭での礼・乗り物・刑の軽減・家訓の所持などが思いつく。

邸宅の広狭ということでは、平安京を構成する基本の一町は一二〇㍍四方からなり、面積は約四三〇〇坪余となるが、ここに居住を許されるのは三位以上であり、四・五位は二分の一町、六位は四分の一町と位階が下がるにしたがって狭小となる。そして三十二分の一町（約一三〇坪ほど）を一戸主《へぬし》と称して庶民の家地の広さの基本とした。しかし土地売券《ばいけん》などをみると、一戸主以下の土地の売買も行われているから、現実にはそれ以下の家地も存在したのである。その一方で平安中期あたりから財力のある受領《ずりょう》（四位〜六位）たちが一町家を構え、「四分の一宅を過ぐべからざるに近来、多く一町家を造営」（『日本紀略』長元三年四月二十三日条）と記述されるようになる。

服装の色目や文様などでも位階の区別があった。男子の正装である束帯の一番上に着る位袍《いほう》の色が位階によって異なり、平安時代以降は四位以上が黒、五位は緋《ひ》（朱色）、六位以下は縹（薄藍色・深緑色）、無位は黄というように色別されていた。次に路頭での礼については次のようにある（『延喜式』巻四十一）。

凡そ三位已下《いか》路に於《おい》て親王に遇うは、馬を下りて立つ。但し大臣は馬を斂《おさ》め側に立つ。凡そ四位以下一位に逢う、五位已下三位已上に逢う、六位已下四位已上に逢う、七位已下五位已上に逢う、皆馬を下る。余致敬に応ずるは、皆下りず。其れ下りざるは、馬を斂め側に立つ。下るに応ずるは、乗車及陪従下りず。

中宮、東宮陪従此に准ず。

家訓については『九条殿遺誡《くじょうどののゆいかい》』が参考となろう。これは右大臣藤原師輔《もろすけ》(九〇八〜九六〇)が子孫のために書き残した訓戒の書で、日常の振る舞いや心構えを詳細に指示している。

さらに貴族は「貴」と「通貴」に分けられる。「貴」は三位以上(四位の参議を含む)の上級官人を指し、公卿《くぎょう》・上達部《かんだちべ》・卿相《けいしょう》・月卿《げっけい》と呼ばれた。そして公卿の「公」は大臣をいうが、大臣を兼官しない摂政・関白も指した。「卿」は納言と参議を指す。摂関盛期の公卿数は十五人前後といったところである。いっぽう「通貴」は四・五位の中級官人をいい、殿上人《てんじょうびと》・雲客《うんかく》などの呼称がある。このように貴族は律令官人としては上位層を占め、この下に貴族身分に属さない地下人《じげにん》と呼ばれる多くの中・下級官人が存在した。

ちなみに光源氏のモデルに挙げられる左大臣源高明《たかあきら》は位の頂点を極めた人だが、彼は醍醐《だいご》天皇を父にもつ賜姓皇族の出自で、貴種ゆえの左大臣であり光源氏を彷彿とさせる。

2　受領の世界

女流作家の環境

『源氏物語』「玉鬘《たまかずら》」の巻には、夕顔の忘れ形見《かたみ》の玉鬘が乳母《めのと》夫婦の任地である筑紫《つくし》で育って二十歳ぐらいの時、肥後《ひご》国の豪族から強引な求婚に遭って京に逃げ帰り、開運を祈って長谷寺《はせでら》へ参詣するという描写がある。その豪族は従五位の大宰府の大監《だいげん》（少弐《しょうに》の下）というからそこそこの地位ではあるが、土着の豪族ゆえ、言葉づかいも訛っていたので卑性とみられたのであろう。都生まれの娘の結婚対象とはなりえず、「あが姫君、大弐《だいに》の北の方ならずは、当国（大和）の受領の北の方になしたてまつらむ」（大事な姫君を大宰大弐の北の方か、さもなければ大和守の北の方にしてあげたい）が理想であった。紫式部の伯父の藤原為頼《ためより》が孫娘誕生のおりに「后《きさき》がねもししからずば良き国の若き受領の妻がねならし」と詠んだのも、『枕草子』の「受領の北の方にて国へ下るをこそは、よろしき人の幸の際と思ひて、めでうらやむめれ」の文言も、同根であろう。

『源氏物語』では筑紫の人たちを「田舎じみた目」とか「呆れるほど田舎じみた住まい」と評し（玉鬘）、上達部の家柄であった常陸介《ひたちのすけ》（親王任国ゆえ実質の守）は長年の東国生活で田舎臭さが染み付いて「いとあさましく鄙《ひな》びたる守」と蔑まれ、言葉の訛は「賤しき東国声《あずまごえ》」と作者はいう（東屋）。五十例におよぶ「田舎びたる」「鄙びたる」という表現には「卑しい」「風情がない」「品がない」という用いられかたで、なんとなく蔑視感が漂う。

いっぽう『枕草子』には「地方からの手紙には贈り物がついてないと興ざめだが、京の便りには知りたいことが色々書いてあるのでそれだけでよい」という意味の一文があり、都は情報、地方は物といわんばかりである。『枕草子』を通覧すると、「ひなび、あやしき下衆」をはじめ田舎の語を用いて蔑視したような言い回しが多い。かの菅原道真《すがわらのみちざね》は九世紀末に讃岐守《さぬきのかみ》として赴任した時、田舎暮らしの身の上が恨めしく悲しいと嘆き、「辺地の生生《しょうじょう》は常に下賤なり」とこぼす（『菅家文草』）。

彼女たち王朝文学の書き手の多くが高い教養を身につけた受領層の家筋であるのに、何ゆえに地方を蔑視するような思考になるのだろうか。それは宮仕えをとおして摂関家や皇族の暮らし向きを知ったことによりもたらされるものであろう。そうした高級社会を知得することで、そこを舞台とする作品を物することが可能となったのである。

受領への道

ひとくちに受領といっても、国によって異なるものの四位から六位の位階であったから、彼らは中・下級貴族に属した。そもそも律令官人は内官（中央の京官）と外官《げ》（地方官）からなっており、受領は後者である。ちなみに受領とは任国におもむいて政務を執った現任国守のことである。そもそも全国六十八ヵ国が同一条件下にあるはずがなく、熟国か否かで大国十三、上国三十五、中国十一、下国九の四等級に分かれており、構成人員、位階、収入ほかすべての点で格差があった。さらに平安京からの距離によって近国、中国、遠国に分類されていた。その任期は平安前期ころには四年に定着していた。したがって近国の大国ともなれば格別であるが誰もが叶うわけではない。

国司の補任を県召除目《あがためしのじもく》といい、春（とりわけ正月が多い）の三夜を慣例としたので春の除目とも呼ばれた。このほか任期中の死去や病による辞去などをうけての臨時の除目（小除目）もあった。いっぽう中央の京官の除目は司召《つかさめし》と呼ばれ、秋に行われることが多かった。除目とは旧官をのぞいて新官を授け目録に記すという意味で、『年中行事絵巻』にみられるような儀式をともなう任官を表わす語として用いられるようになったのは平安時代以降という。除目で大きな関心を呼んだのが県召除目で、任官を希望する最大の目的は任期中の蓄財にあった。文化的なことの少ない退屈な地方生活に耐えても、それを補って余りあるものがあった。その実態をみてみよう。

除目に先だち闕国《けっこく》といって、秩満《ちつまん》（任期満了）ないし病気や死去などにより欠員となった国の一覧が提示されるが、それを大間書《おおまがき》といった。今に伝わる数点を通覧すると、いずれも京官、ついで地方官の記載となっており、最古の長徳《ちょうとく》二年（九九六）正月二十五日の年紀をもつ大間書（除目は正月二十三日〜二十五日、『日本紀略』）も京官につづいて六十六ヵ国二島、そしてまた京官の配列となっている（『続群書類従』巻二百六十七）。

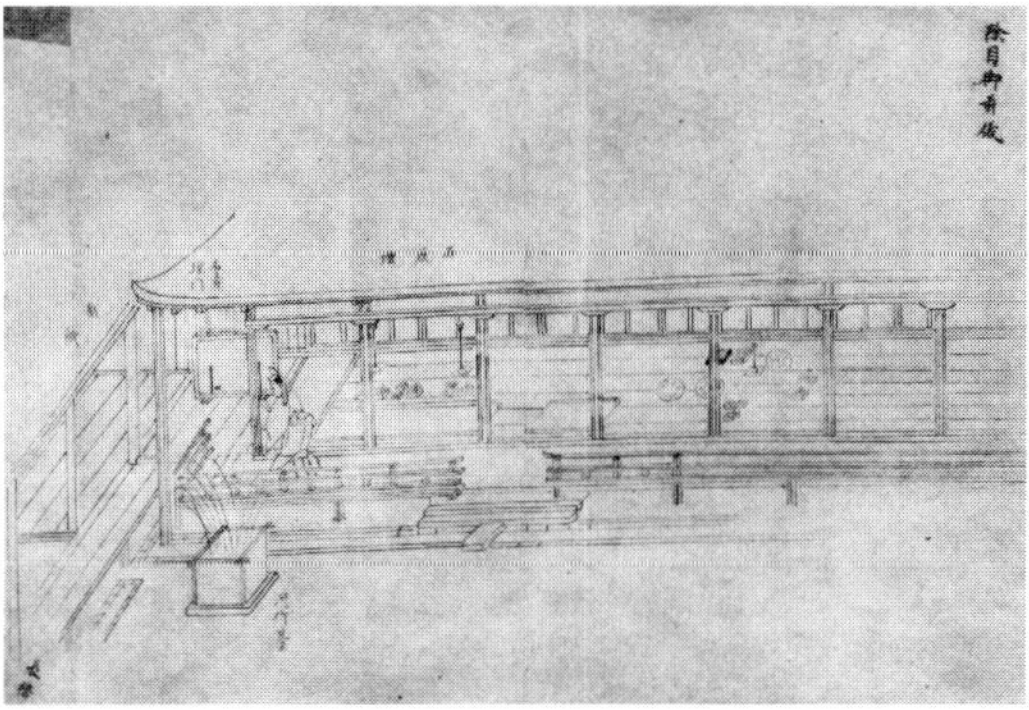

28　除　　目（『年中行事絵巻』）

この大間書で注目されるのは、淡路《あわじ》国守のところに「従五位下藤原朝臣為時《ためとき》」の記載があり、そして越前国守のところには「従四位上源朝臣国盛《くにもり》」の名を記す。そして『日本紀略』長徳二年（九九六）正月二十八日条に「右大臣（道長）内に参る。俄《にわか》に越前守国盛を停め、淡路守為時を以《もっ》て之に任ず」とある。つまり正月の除目で源国盛は越前守（大国）に任ぜられた。ところが淡路守（下国）となった紫式部の父、藤原為時は意に満たない旨の漢詩を一条天皇に送り、道長の配慮で越前守にしてもらったという経緯がある。泣きをみた国盛（道長と乳兄弟）は、その秋の除目で播磨守（大国）となるけれど赴任を前に病死してしまう（『今昔物語集』巻第二十四、『古事談』一）。除目には常に悲喜が交錯したのである。

任官希望者は闕国のなかで可能性の高い分相応の所望国に対して申文《もうしぶみ》（自己推薦文）を提出する。ちなみに国守の官位相当は大国が従五位上、上国が従五位下、中国が正六位上、下国が従六位下である。申文には過去における業績を並べたて、自分がいかに適任者であるかを売りこむ。そのさい旧吏（前任官）と任中（現任官）は、従前の国司としての実績がものをいい、その勤務評定を受領功過（考課）定と呼び、公卿会議での重要資料とされた。

悲喜交々の除目

申文は『本朝文粋《ほんちょうもんずい》』（巻第六）や『朝野群載《ちょうやぐんさい》』（巻第九）などに四十通ほど伝わるが、切々と訴える哀願調や業績を誇張する自慢型などさまざまである。集まった申文は役人による書類審査があり、日付や名前の失念など不備なものや偽書は除外され、残ったものが公卿会議に回されて決定をみるという段取りである。最終的には天皇の裁定を仰ぐが、決定に際して重みをもつのが摂関の意向である。

長徳二年正月十五日付けの大江匡衡《おおえのまさひら》の申文がある（『本朝文粋』）。彼は藤原道長の文教担当として願文《がんもん》などの作成に関わることが多かった。時に四十五歳であった匡衡は、「正五位下行式部権少輔兼文章博士大江朝臣匡衡誠惶誠恐謹言」の書き出しで、文章博士で受領となった人を列挙し、自らの業績を書き連ね、文章博士となって七年のあいだに兼官もなく、後輩の検非違使《けびいし》が八人も先に受領となったことなどを述べるなどして、越前（大国）もしくは尾張（上国）の国守を所望する、とある。願いは聞き届けられず、三ヵ月後の四月二日付けで備中介を所望する申文も提出している。文中に「夫《そ》れ儒者の受領に任ずるは、往聖（昔の聖人）道を重んずるの時の例なり。儒者の受領に任ぜざるは、近代文を軽んずる時の例なり」とあり、遠く中国の蘇州刺史《そしゅうし し》となった白楽天《はくらくてん》や会稽《かいけい》大守となった朱買臣《しゅばいしん》を例に引くなど儒者の面目躍如といったところがあるし、後世の聖代視の規範となる延喜のそれを例示しているところなど匡衡らしい。これも認められなかったようで、任官（尾張守）が叶うのは五年後である。

長徳二年秋の除目で播磨守に九人が申文を出したが、薩摩守は前壱岐守の高橋忠信一人であった。播磨国が近国で大国であるのに対して薩摩国は遠国で中国とあっては無理もない。この十人の中から公卿の審議によって六人に絞られ、蔵人頭《くろうどのとう》藤原行成《ゆきなり》をして一条天皇に奏上され、左大臣藤原道長も召されて最終決定となった。六人の中に忠信の名もあったにもかかわらず薩摩守になったのは、申文も出さずに花山上皇の「懇切奏給」（強い推挙）による源兼業《かねなり》であった。そして播磨守には六人の中から源時明が選任された。この補任について藤原実資《さねすけ》は「道理に非ず。讃岐に任じ第三年に辞退し、今年、得替年に当る。余定の間、此由を陳ぶ」と記している（『小右記』九月四日条）。時明は一条天皇生母の藤原詮子《せんし》に仕え、皇太后宮大進や東三条院別当をつとめており、東三条院御給で讃岐介（守か）となったりしているので（『小右記』正暦元年七月四日、同三年正月二十日、同四年六月十九日条）、詮子の推挙によるのであろう。しかし時明は、播磨守を二週間後には辞退し、藤原信理に代わっているが、「事頗る意に任す」という実資の嘆きもわかる（『小右記』九月十九日条）。このように、当人の能力外の要素で決められることが多かったのも、この時代の除目の実態である。

それゆえに猟官運動も活発であった。『枕草子』では、春の除目を控えて任官希望者たちが雪の降る氷が張った寒い日に、つてを求めて女房に取り次ぎを頼むべく申文を持って走りまわる描写がある。そして「この度の人事異動では主人の任官まちがいなしと、多くの縁者が主人の家に集ってきて前祝いをしている。それなのに任官されなかったのはまことに興ざめだ」ということも書いている し、除目で「一の国得たる人」の得意満面の悦びと、「司《つかさ》得ぬ人」一家の悲哀の描写もある。清少納言にとってこれらは他人事ではなく、父やその同僚たちを通して見聞したことによるものであろう。父の清原元輔《きよはらのもとすけ》には、いつの時か明らかではないが次のような歌がある。

つかさ給はらで除目の又の日内命婦《うちのみようぶ》につかはして侍《はべ》りし

年ごとに沈む涙やつもりつついとど深くは身を沈むらむ

このように任官が叶わなかったことを嘆く歌が元輔には数首あるが、除目のたびにこういった悲哀を味わった人は多かった。彼らが持ち歩く申文こそ任官のための第一歩であった。

元輔は還暦をすぎて周防守《すおうのかみ》となり、十歳前後の清少納言は父とともに四年間の地方生活を体験している。その父は八十三歳という高齢で赴任地の肥後国で他界している。紫式部も越前国で一年余を過ごした体験をもつ。清少納言や紫式部が語る田舎が具体的な場所を指称しているわけではなかろうが、認識の下地は生活したことのある父の赴任地と考えてよい。

貪欲なる受領と愁訴

「受領は倒るる所に土をつかめ」の文言とともに貪欲な受領として『今昔物語集《こんじやくものがたりしゅう》』（巻第二十八）に登場する信濃守《しなののかみ》藤原陳忠《のぶただ》は、実在の人で天元《てんげん》五年（九八二）三月十一日の『小右記』に信濃守の現任官として名のみえる、摂関盛期の受領であった。きっと任国にあって陳忠は苛斂誅求《かれんちゅうきゅう》に精を出したことであろうし、現にそのような受領が多かった。これに対して多くは泣き寝入りであったが、上京して朝廷に訴え出る勇気ある民百姓もいた。その象徴が尾張国であろう。

今に伝わる永延《えいえん》二年（九八八）十一月八日付の「尾張国郡司百姓等解《おわりのくにぐんじひゃくせいらげ》」をみると、三年間にわたって苛斂誅求のかぎりをつくした尾張守藤原元命《もとなが》は、郡司・百姓らから三十一ヵ条におよぶ非法を書き立てられて中央に訴えられた。これを受けて朝廷では、翌年の四月五日の除目で元命を停任し、新たに藤原文信を任命した（『小右記』）。しかし、この程度の処罰で彼の政治生命が左右されることはなかった。ここに摂関の体質に関わる限界がうかがえる。

29 尾張国衙跡の碑

元命は典型的な悪徳受領ということになるが、加賀守源政職《まさもと》のごときは非法三十二ヵ条、丹波守藤原頼任《よりとう》は二十四ヵ条をもって訴えられている。このほか苛政・非法で愁訴《しゅうそ》された例として淡路守藤原扶範《すけのり》、大和守源孝道《たかみち》、尾張守藤原経《つね》国《くに》、伊勢守藤原親任《ちかとう》らを挙げうる。愁訴も畿内およびその周辺国といった都に近い国ならば可能性も高いが、遠く隔たった国となると経済上かつ行動の面からも実現は難しい。また、丹波国氷上郡の百姓たちのように、陽明門《ようめいもん》の外までやって来て直訴におよぶ直前で、丹波守藤原頼任の命を受けた弓箭《きゆうせん》の者（武士）に追い散らされて潰されることもあった（『小右記』寛仁三年六・七月条）。

愁訴のほか襲撃されたり、殺害された受領もいるし、郡司・百姓らが京都の受領邸を襲撃するといった例も多かった。丹波守藤原資業《すけなり》の中御門《なかみかど》宅放火事件はその一例である（『小右記』治安三年十二月二十三日条）。資業の「苛酷極まり無し」の政治に怒った国人は「凶党の類」と称して資業第を襲った。この一件を、資業の家人《けにん》たちはことさらに失火と称しているが、その理由は真相を明らかにすれば苛政の事実が露顕し、その後の国守としての務めの妨げになるからであるという。非を認めながら身を守る術はたいしたものだ。

こういった愁訴が圧倒的に多いのは十世紀から十一世紀中頃までであり、十一世紀後半以降はほとんどみられず、その時期が摂関盛期という点に注目すべきである。

なお悪徳受領ばかりがいたわけではなく、平安初期の良吏として著名な藤原保則《やすのり》のような人が、この時期にもいた。郡司・百姓からしたわれ、延任《えんにん》・重任《ちようにん》を要請された美濃守源遠資《とおすけ》（『日本紀略』永延元年七月二十六日条）や伊勢守藤原孝忠《たかただ》（『左経記』寛仁元年十一月十二日条）らはその一人であろう。

摂関家詣で

こうした受領たちの非法・苛政を重ねてまでの私財の蓄積が自家の繁栄にあったことはいうまでも

なく、他面では、より良き任国確保のための摂関家への奉仕を可能にする蓄財にあった。とくに訴えられるほどの苛斂誅求をせずとも、実入りのよい受領を数国も歴任すれば大きな財力を身につけることができた。そのことは、寛徳《かんとく》年間（一〇四四〜四五）に但馬守であった源章任《あきとう》について「美作・丹波・伊予・但馬（いずれも上国）の四か国の受領を歴任することによって、家はおおいに豪富となり、財貨は蔵に満ち、米穀地に敷き、庄園・家地は天下に布満す」（大江匡房『続本朝往生伝』）の一事をもって推測することができよう。受領が富豪となったことを示す例は枚挙に遑《いとま》がなく、その裏で百姓たちの忍従の生活があったことを察するべきである。

受領たちは摂関家に対して「志《こころざし》」と称する贈物を競いあい、それには任国の名産をはじめ馬・牛に及ぶこともしばしばである。彼らは赴任（このとき餞《はなむけ》として道長から馬などを貰うことが多い）や帰京の挨拶のほか往還の際にも手土産を携えて道長をはじめとする有力者の邸宅を訪ねている。道長は『御堂関白記《みどうかんぱくき》』に「志…」というぐあいに品物と献上者の名を実に几帳面に記している。受領たちの奉仕はそれに止まらず、邸宅・寺院の造進にも及ぶことがあった。その一例を道長の土御門第でみてみよう。

長和《ちょうわ》五年（一〇一六）七月の深夜、西隣の家司《けいし》、藤原惟憲《これのり》宅から出た火は五百余家をなめ尽くし、道長の土御門第も全焼してしまった（『御堂関白記』七月二十一日条）。翌日に公卿らが見舞いに駆けつけ、数日中には受領たちも任国から続々と上京して道長を見舞っている。そして土御門第の再建に取りかかっているが、造作の費用や人夫は受領たちの分担請負である。主要殿舎の寝殿については一間ずつを新旧受領に割り当て、「国々の守、屋一つづゝ当りて、夜を昼に急ぎ」（『栄花物語』巻第十二）すすめられた工事も、二年後の六月には完成をみている。源頼光《よりみつ》は必要な家具調度品一式を献上、大勢の人夫を使って道長の家に運び込んでいるが、それを見物するもの列をなし、「未《いま》だかくの如きことを聞かず」と人びとを驚かせた（『小右記』寛仁二年六月二十日条）。道長は頼光のけた外れの奉仕に「悦気《えつき》殊に甚し」かったという。こうして焼失前よりも豪華な邸宅が出現したが、道長の権勢のしからしむるところであろう。

源頼光は寛仁《かんにん》二年（一〇一八）の時点で伊予守であったが、それまでに備前・但馬・美濃などの国守を歴任してかなりの財力を蓄えていた。過去に藤原兼家《かねいえ》の二条京極第新造の際には馬三十頭を賓客に贈った話（『日本紀略』永延二年九月十六日条）や京内の一等地に一条邸を構えて女婿の藤原道綱《みちつな》を住まわすなど、彼の財力を彷彿とさせる一話であろう。道長と臣従関係にあった頼光は摂関家に追従する典型的な受領といえよう。道長が土御門第の東に晩年に造った法成寺も、受領一人に一間ずつを割り当てている。こうした経済的な奉仕を成功《じょうごう》と呼んだが、受領たちはそれを通して摂関家に名を売り、より有利な国への補任を期待したのであった。

道長、除目を制す

その頂点にあったのが道長である。前摂津守 橘 為義《たちばなのためよし》の受領功過定の際には、彼が寺院との間で悶着を起こしていたのに諸卿たちは沈黙して意見を述べなかった。それは、家司《けいし》の為義を庇護した道長の威を懼《おそ》れてのことであったらしく、「ただ過なき由を注し了《おわ》んぬ」で片付けられている（『小右記』

長和三年正月六日条）。

ある時は死闕にともなう長門《ながと》守の小除目において、申文を出した七人を陣定《じんのさだめ》（公卿会議）で三人に絞り込んだのを道長の意向で、数ヵ月前に肥前守に任官したばかりの高階業敏《たかしなのなりとし》を充て、肥前守には絞り込んだ三人のうちの源聞を任じた。こうなると何のための申文かわからず、実資の「意に任すに似るは如何か」も宜《うべ》なるかなである（『小右記』長和五年四月二十八日条）。長門守となった業敏は二年余り後に同国の管轄下にある鋳銭所《じゆせんじよ》の判官土師為元《はじのためもと》と争乱を起して国守を罷免され、替わりに藤原文隆《ふみたか》が任じられた。それも公卿定や法家《ほうけ》勘申《かんじん》を経ずに為元の一方的な主張による処分というが、その理由がふるっている（『小右記』寛仁二年十二月七日条）。

件《くだん》の為元、これ大殿に毎年牛を献上する者なり。……業敏は故業遠《なりとお》朝臣の子、業遠は大殿無双の者なり。死後子の官を解却《げきやく》せらる。万人言うところある歟《か》。但し先年、為元の父朝兼《あさかね》、守良道の為に非常の事を致す。仍《より》て左衛門府に召し候せられ、推訊せられんとするの間、業遠横申し免ぜられ了《おわ》んぬ。彼の間、天下云う、公事《くじ》無きが如《ごと》しと。国々司膝を抱え天を仰ぐ。

両者ともに父が絡んでおり、くわえて「大殿」こと道長とは格別の結びつきをもっているだけに事情は複雑だ。以前に土師朝兼《あさかね》・為元父子は元長門守藤原良道の郎等《ろうとう》を殺害する事件を起している（『小右記』寛弘五年七月二十六日条）。

長門守となった藤原文隆は、二日後に実資邸を訪れて慶賀を申し、その折に「除目の案内を知らず。随《したが》って亦申文を奉らず、ただ暗に成される所なり。これ神力なり」と語っているから何をかいわんやである。
練りにねって認《したた》めた申文も、権力者の後援を得た輩には歯が立たないといった状況だが、稀有な例とはいえ、申文なしでの任官が罷り通るようではいかんともしがたい。受領にかぎらず京官においても除目には悲喜がつきものであった。

30　山中をいく国司の列
（式部越前下向千年祭）

　なお摂関家と受領ということでいえば、道長の祖父の師輔は受領の娘を妻とし（武蔵守藤原経邦の娘盛子）、そこに摂関となった伊尹《これまさ》・兼通《かねみち》・兼家兄弟が生まれており、兼家の子の道隆《みちたか》・道兼《みちかね》・道長兄弟（いずれも摂関）の母もやはり受領の娘（摂津守藤原中正の娘時姫）であった。さらに一条天皇の中宮となった定子《ていし》や伊周《これちか》・隆家《たかいえ》らの母、高階貴子《たかしなのきし》も受領の娘であった。摂関家がこのような受領の娘を妻とする例は道長以降にはみられないことで、道長の場合は二人の妻ともに賜姓源氏の娘である。ここに結婚に対する考え方の一つの変化を読みとることができる。

　清少納言や紫式部をはじめ『更級日記《さらしなにっき》』の作者の父、菅原孝標《すがわらのたかすえ》も受領で、この父にともなわれて作者は十歳ごろに遠く上総《かずさ》国での四年間の地方生活を体験している。また『蜻蛉《かげろう》日記』の作者は任国生活の経験はないが、受領の娘であり、『栄花物語』の著者の赤染衛門《あかぞめえもん》は、夫の大江匡衡と尾張・丹波国での生活を送っている。

このように都育ちの彼女たちは家族とともに地方生活を体験し、そのことで作品の幅を大きくしている。その意味でも受領の活躍は広範囲に及んでおり、平安時代の社会において大きな役割を果たしたといえよう。

三　描かれた源氏物語

佐野みどり

1　源氏物語の享受

憧れの古典古代

『源氏物語』に追随した数多くのつくり物語、あるいはさまざまなかたちでの翻案、そして歌語への取り込み。『源氏物語』は、中近世を通じて、イメージの源泉、型どりの枠組みとして機能する偉大な文化装置でありつづけた。いったいこれほど長い間、影響力を失わなかった物語は他に例をみない。たしかに『伊勢物語《いせものがたり》』もまた後世の文芸に多くのモチーフを提供したし、『平家物語』もまたさまざまな転生を産出する〈語り〉の力を持っていた。だがしかし、それらは『源氏物語』ほどには〈絵画化〉されてはいない。

恋愛譚を人間存在の深奥へと向かわせた物語世界の深さ、主題の普遍性とその重み。主題に対する共感こそが『源氏物語』の愛好を支えるものであったことは、まず首肯されるべきことだ。しかし中近世の読者にあっては、その共感は景趣や制度といった物語世界を輪郭付ける後景にも及ぶのであり、ものの見方・感じ方の規範とすべき例《ためし》の探求、故実への関心を射程に含むものであった。『源氏物語』の絵画、すなわち源氏絵の、盛んな制作あるいは愛好は、それが平安期の儀礼や風俗、生活様式の視像として期待・活用できたことと無縁ではなく、またそれゆえに源氏絵の所有もポリティクスとして有効に機能したのであった。

『源氏物語』には、さまざまな典拠をベースにした膨大な引用、イメージの仮借がみられる。まさしく平安の教養の集大成というべきものだ。注意深くまた巧みに撚り合わされ精緻に織りあげられた引用の織物としての『源氏物語』は、後代の人びとにとって美意識の拠りどころであっただけでなく、虚構の小説でありながら、王朝の儀礼や故実を伝えるドキュメントそのものでもあったのだ。『源氏物語』の享受は、その文学世界に対する愛着のみならず、いわば憧れの古典古代への探求、そしてその価値の再配置という側面を含むものであった。

源氏物語の絵画化

『源氏物語』の絵画化は、物語成立後まもなくして始められたと推測されており、十二世紀の「徳川・五島本源氏物語絵巻」を現存最古の作例として、以後中近世にわたってさまざまな形態の源氏絵が数多く制作されている。物語本文と挿絵という関係を示す絵巻や冊子、物語の典型的情景を大画面に描く屏風、あるいはことばとイメージの組合せの類型を運ぶ色紙や扇面など、絵画化のありようは、さまざまであり、また金地金雲濃彩から白描《はくびょう》まで、その絵画スタイル、画家の出自も多様である。絵画のみならず、蒔絵《まきえ》や染織といった工芸意匠にも『源氏物語』のモチーフは取り込まれ流布している。

「世にもてなすことは」堀河《ほりかわ》天皇の康和《こうわ》のころ（一〇九九〜一一〇四）からと語る「弘安源氏論議《こうあんげんじろんぎ》」、あるいは『雪月抄《せつげつしょう》』での「堀河院の御時、匡房《まさふさ》卿しるし申されける旨ありときこゆ（堀河院の治世の頃に大江匡房卿が注釈をつけられた箇処があるそうだ）」など、すでに院政期には、『源氏物語』をより正しく読み解釈したいという研究的姿勢が現れているのであって、たとえば院政末期の能書家藤原伊行《これゆき》（一一三九？〜一一七五？）は、所持する本に典拠・引き歌の考証などを書き入れ、これが最初の注釈書『源氏釈《げんじしやく》』と成り上がっていく。本文書写に際しての絶え間ない校訂、深い理解のための注釈。源氏学の祖型はすでに十二世紀には形成されているのである。そして次第に読者の要求に応え、膨大な物語世界をダイジェストし、内容を平易に伝える梗概書もつくられ、主要登場人物の年立や人物間の関係などもまとめられるようになる。連歌《れんが》の流行、貴族階級や上級武士、僧侶といった特権的知識階級から上層町衆、そして町人層へと拡大する古典教養の浸透を背景に、『源氏物語』の享受は圧倒的な読者層の拡がりを有するようになるのである。

いっぽうで精緻さをます源氏学、他方で貴族趣味の平俗化とでも呼ぶべき享受。そして、江戸前期での出版メディアの発達。平易さや利便性、そしてなによりも手に入れやすさといった要求を満たすさまざまな源氏物語版本。簡便な梗概書、絵入本、そして先行の注釈や本文校訂の努力のうえに成りたつ大部の物語本文。これら版本の一方で、筆写本も盛んに作られ、蒔絵の箪笥入りといった豪華本も稀ではないし、貴顕の手になる詞書《ことばがき》に美しい彩色の絵という豪華絵巻も少なからず伝来する。「徳川・五島本源氏物語絵巻」や伝狩野永徳《かのうえいとく》筆「源氏物語図屛風」（三の丸尚蔵館）といった時代を

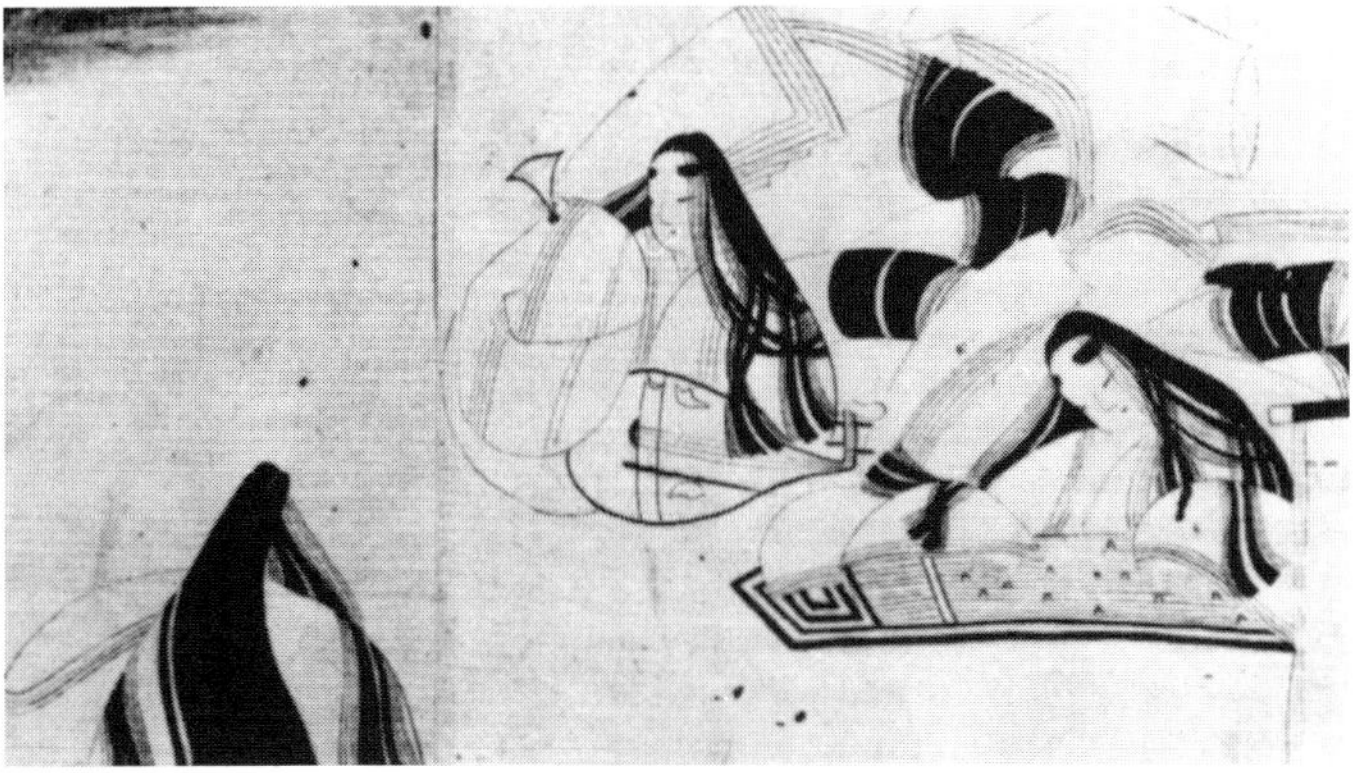

31　白描源氏物語絵巻

画するモニュメンタルな作例のいっぽうで、ニューヨーク・パブリックライブラリー所蔵の白描源氏物語絵巻（図31）など、室町期に数多くの作例をみる小絵《こえ》の源氏物語絵巻群。それらの多くは本格的な画技の訓練とは別の地平に立つ画家——たとえば染色下絵などを生業とする絵付け技能者を出自とする者かもしれない——、あるいは『源氏物語』を愛好し絵をよくする素人画家、の手になるものだ。素人絵であるならば、それは転写を重ねつつも同時に、制作のたびごとに絵と物語との対応を吟味し、図様の変更や追加も辞さないといった各自の〈読み〉の提示も稀ではなかっただろうし、下絵技能者であるならば、白描源氏物語小絵という定まった形式に期待される描くべき図様とスタイルを、もはや物語の内容への関心とは無縁に繰り返す、いわば仕込み絵の作成を行なったであろう。

2 源氏絵

『絵入源氏物語』と『源氏綱目』

江戸前期での出版メディアの発達が、『源氏物語』の広範な流布におおいに寄与したことは、あらためて言挙げするまでもない。先行の注釈や本文校訂の努力のうえに成り立ったこれら版本は、写本や伝授といった秘伝化・権威付けと無縁ではなかったそれまでの『源氏物語』享受に比べ、より広範でかつ啓蒙的な使命を担っていた。慶安《けいあん》三年（一六五〇）蒔絵師であり歌人でもあった山本春正《やまもとしゅんしょう》（初代）による『絵入《えいり》源氏物語』、また万治《まんじ》三年（一六六〇）の一華堂切臨《いっかどうせつりん》執筆の『源氏綱目《こうもく》』といった特色ある源氏関係の書物の版行《はんこう》は、こうした動向をよく物語っている。

前者は絵入りであること、濁点・読点をほどこし振り仮名を付した漢字表記を積極的に取り込むことなど、新機軸の、まさに画期的な『源氏物語』の版本であった。吉田幸一氏の研究によれば、この『絵入源氏物語』はまず私家版として慶安三年冬から翌年秋のあいだに春正自身によって開版され、その後承応三年（一六五四）の書肆八尾勘兵衛の版行以来、たびたび増刷され、また後続の源氏版本に多くの影響を与えたという（吉田幸一・一九八四）。春正は師松永貞徳《まつながていとく》の学統を受け継ぎつつも、「広く世に伝えたい」という明確な目的意識をもって、彼自身の解釈による『源氏物語』の読みを世に問うたのであり、出来事や情景を視覚的に説明する二百二十六図もの挿絵、読みやすさを旨とする本文といった有効な戦略によって、その意図は十全に果たされたといえよう。いや、『源氏物語』は、和歌を詠む者にとって必読の書であるという信念、和歌の道という志を同じくする人びとの手引きにも、という春正の歌人としての目論見以上に、読者層の開拓、『源氏物語』享受の新展開に道をつけることとなったと考えられ、とりわけ初めての絵入り版本であることの意義は大きい。

また後者は、物語本文をダイジェストし、連歌に用いるべき詞や歌、さらに絵にする場面の詞を抜き出し、一巻につき一図の挿絵をつけた梗概書である。伊井春樹氏は、本書の詳細な解説のなかで、切臨の序文に端的に示されている、(一) ダイジェスト、(二) 連歌の詞、(三) 場面の挿絵化、の三点がこの著作の主旨であるとし、「一巻の中をいくつかの内容に分割し、それぞれの筋をたどりながら簡略に説明する」梗概化の方法は、「場面を重視する」方法であって、「初心者には内容の把握がたやすくできる」「筋の進展が把握しやすい」方法であると説く。そして先行の『源氏小鏡《こかがみ》』が「ダイジェスト版ながら『源氏物語』の全体像をできるだけ詳細に伝え、その十全な理解の上で連歌に用いるべく源氏寄合《よりあい》を示」しているのに対して、「(場面の) 連続によって物語を提示し、むしろ連歌にすぐさま用いることができるように、数多くの寄合の詞を列挙していった」として、本書が「連歌人口の増大」にともなう、より平易なダイジェスト・手引きを目指していることを指摘する (伊井春樹・一九八三)。

源氏絵の制作

『絵入源氏物語』『源氏綱目』、いずれもその編集・執筆の主旨に、広い読者層を対象とする啓蒙、それゆえの格段の平易さ（既存の類書に比べ）を置いていたことは疑いを容れず、かつ物語理解に挿絵の機能を活用していることも言を俟《ま》たない。しかもその挿絵に対するスタンスは、「古来有絵図書中之趣者。今亦歌与辞之尤可留心之処。則付以臆見更増図画（古来より趣きある場面が描かれてきているが、このたびは歌と本文の心に留めおくべき場面を自分の考えで更に描き出し付けることとした」（『絵入源氏物語』跋文）、「むかしよりかける絵に人のよはひのほど装束の色しなあやまりおほし。さればゑにかくべき所の詞をのせ絵を入（昔から描かれてきた源氏絵には登場人物の年恰好や装束の色目など間違いが多いので、今回は新たに描くべき場面を選び、その本文を載せるとともに新しく描いた絵を入れた」（『源氏綱目』序文）とあるごとく、絵は解釈の反映であるとして、みずから考案し、あるいは指図するという自覚的なものであった。この点はとりわけ注目すべきことである。

ところで、春正や切臨が「古来」「むかしより」と、先行する図様を前提とし、また実際、院政期の「徳川・五島本源氏物語絵巻」をはじめ、十四世紀の「源氏物語絵巻」（天理図書館蔵、ニューヨークパブリックライブラリー蔵）、十五世紀末ころの「源氏物語図扇面貼交屏風」（浄土寺蔵）、十六世紀後半の土佐光吉《とさみつよし》他筆『源氏物語色紙画帖』（京都国立博物館蔵）など、室町、桃山期の源氏物語扇面や色紙、屏風絵など数多くの源氏絵作例が伝来しているように、そもそも『源氏物語』の享受は、言語テキストにのみ向かっていたのではなかった。物語は絵とともにあることでいっそうの楽しみを増す。すでに平安期の史料には、物語絵や絵物語に関する記述が散見し、当時、物語が絵とともに楽しまれている状況が窺われる。『源氏物語』のなかにも『在五《ざいご》が物語（伊勢物語）』や『住吉物語』『竹取物語』

『く(こ)まのの物語』『宇津保《うつほ》物語』などといった物語を絵画化して享受している様態が語られており、『源氏物語』もおそらく世に発表されるや、すぐさま絵画化されたと推測される。

文献で確認しうる例では、白河院《しらかわいん》・鳥羽《とば》中宮璋子《しょうし》を中心とする源氏絵の制作（『長秋記《ちょうしゅうき》』元永二年〈一一一九〉十一月二十七日条など）があり、また現存する作例では「徳川・五島本源氏物語絵巻」（十二世紀前半、半ばに近いころ）がある。少なくとも院政期には、『源氏物語』の絵画化がなされているのであり、以来、繰り返し記述してきたごとく、源氏絵は、時代時代の様式と『源氏物語』の読みとを反映しつつ、さまざまな媒体で制作されつづけているのだ。

描くべき場面

そのような源氏絵にとっての問題は、大きく分けて、膨大な物語のなかからどの場面を選び絵画化するかという場面選択と、それをどのように描くかという図様の創造（もしくは伝統）という二点であったといえよう。しかもそれは、常に事実主義と伝統主義の緊張をはらむものであった。『源氏秘《げんじひ》義抄《ぎしょう》』中の「源氏絵陳状《ちんじょう》」によって私たちは、鎌倉将軍宗尊《むねたか》親王のもとで制作された源氏物語色紙に関する議論を知るように（寺本直彦・一九七〇）、すでに鎌倉期においてすら、源氏絵の図様をめぐる論議が活発に交わされていることは驚きだ。そして、その議論が『源氏物語』の本文に照らして図様が妥当でないと論難する、いわばテクスト原理（事実主義）と、過去の権威ある作品に図様の正当性の根拠を求める故実原理（伝統主義）の闘いであったことは象徴的である。

ところで十四世紀には、どの場面をどのように描くかを解説し、その詞章《ししょう》として選ぶべき本文の抽出箇所を五十四帖全体にわたって指示する『源氏絵詞《えことば》』のような、懇切かつ網羅的な手引書が作られている。この『源氏絵詞』については、それまでの源氏絵の図様伝統を集大成したものという解釈と、その時点で新たに創案したものという二つの解釈が可能だが、いずれにせよその背景として、源氏絵制作の指針を欲する『源氏物語』の造形化にむけたエネルギーの高まりがあったことは疑いを容れない。

図様の定型化

しかしこのような造形化の手引書として、利便性の高い有効なレパートリーブックの流布は、図様の固定化を招きよせずにはいないだろう。室町後期になると、絵巻だけでなく源氏絵の媒体としてとりわけ色紙や扇面のセット物が盛行していることが知られる。それは梗概書による『源氏物語』享受とパラレルな関係にあるのだが、とくに絵画という視覚テクストである点、鑑賞の平易さや定型化と記号化の志向は、より強いものとして現れることとなろう。くわえて色紙や扇面の源氏絵は、セットとしても一枚ものとしても鑑賞可能であり、かつ物語の順、すなわち物語の因果律や時間軸を超越した取り合わせ（たとえば浄土寺本のように四季の順で屏風に貼り交ぜる）も可能であるという、物語の基本構造の解体を内包するものであった。『源氏物語』の絵画化は、色紙や扇面という作品形式の盛行によって新たな局面を迎えたといってよい。手引書の流布、そして贈り物や商品としての市場流通性を格段と強めた色紙や扇面の源氏絵盛行は、図様の定型化をいっそう推し進めることとなろう。事実、室町期から桃山期にかけての源氏絵遺品の多くは、小絵の絵巻という私的な作品をのぞくならば色紙や扇面であるが、図様の定型化は著しい。

中世末から近世初の源氏絵を特徴付ける、このような図様の定型化は、先の議論でいうならば、伝統主義の勝利である。しかもその定型化の実質が、一画面一画面に描く事物や出来事の徹底したインデックス化であることに注目しなければならない。それこそは、イメージをもっとも効率よく浸透させ、メッセージを端的に機能させる経済戦略としての記号化であった。だがこのような経済性は、究極、造形そのものの活力を低下させずにはいないだろう。

さて、先に挙げた『絵入源氏物語』や『源氏綱目』は、源氏絵の側でみるならば、このような定型化・記号化に対する事実主義からの反撃であったわけだが、これも版本のもつ流通性によって、またその啓蒙的意図からしても、これら自体がすぐさま定型と成り行くことも容易に想像されよう。俗に嫁入り本と呼ばれる十七世紀後半から十八世紀にかけての豪華な『源氏物語』写本セットは、そのほとんどが『絵入源氏物語』の挿絵をもとに肉筆彩色画の挿絵をもつものであるが、画家は『源氏物語』の何たるかも知らず複製再生産しているにすぎない。十七世紀の源氏絵は、大まかにいって、これら『絵入』や『綱目』を踏襲する無自覚な定型化か、狩野派、住吉派といった自らの出自を保証する自覚的な定型化かの二つの流れに収斂するのである。

3　U家本源氏物語色紙画帖

詞書筆者

さて、ここに紹介する「U家本源氏物語色紙画帖」は、もと六曲一双の屛風に貼り交ぜられていた源氏絵の色紙と詞書のセットである（図32）。絵は各一六・三チセン×一五・二チセン、詞は各一六・三チセン×一四・九チセンと、絵、詞ともほぼ正方形の小形料紙《りようし》で、絵は白描に金雲、詞は金泥《きんでい》の料紙下絵に和歌一首を記す。画家や詞書筆者らの添書《そえがき》は伝来していないが、朝倉茂入の古筆極《きわ》め貼紙十一葉がつき、十七世紀後半の堂上公家《とうしようけ》十一名が以下のごとく筆者として挙げられている。その当否は、確実な基準例に乏しくはっきりしないものも含まれるが、ほぼ妥当なものと考えてよいだろう。以下極めの文言と、それぞれの略歴を挙げておく。

大炊御門《おおいみかど》殿経光卿　桐壺《きりつぼ》　帚木《ははきぎ》

経孝男　従一位左大臣、宝永《ほうえい》元年九月六日没（一六三八〜一七〇四）

倉橋殿泰純朝臣　源氏物語　十枚哥《うた》

（のち泰房）、泰吉男、従四位下兵大輔・蔵人《くろうど》、延宝《えんぽう》元年十一月二十四日没（一六三八〜七三）

西郊殿實信朝臣　源氏物語ノ哥　十五枚

三条西実名男、備前守、左中将、従四位下、貞享五年（一六八八）九月二日没

庭田殿雅秀卿　源氏物語　哥十五枚
重定男、従五位上侍従、寛文《かんぶん》七年九月二十日没（一六四八～六七）
千種殿有維卿　夕霧《ゆうぎり》　御法《みのり》　さわらひ
有能男、従二位権大納言、元禄《げんろく》五年十一月二十九日没（一六三八～九二）
裏松殿資清卿　まほろし　あけまき
烏丸光賢男、参議正三位、寛文七年八月十四日没（一六二六～六七）

32　U家本源氏物語色紙画帖「夕顔」

裏辻殿實景朝臣　かほる
季福男（じつは万里小路《までのこうじ》綱房次男）、従三位、寛文八年五月二十一日没（一六三七〜六八）
四条殿隆音卿　紅梅　やとり木　あつまや
隆術男、参議従三位、寛文十年七月二十二日没（一六三七〜七〇）
山科《やましな》言行卿　たけかわ　夢のうきはし
言總男（じつは藤谷為賢三男）、参議左衛門督正三位、寛文五年四月二十四日没（一六三二〜六五）
勘解由小路《かげゆこうじ》殿資忠卿　しゐかもと　はしひめ　うきふね
烏丸《からすま》光弘次男、参議正三位、延宝七年一月十二日没（一六三二〜七九）
葉川殿基起朝臣　うきふね　かけらふ　手ならひ
（壬生）基起、園基音末子、従三位、延宝七年二月二十四日没（一六四六〜七九）

年齢差はほぼ二十歳、庭田雅秀、葉川（壬生）基起両名が若く、裏松資清が年長であるが、その他はほぼ同年代であり、家柄、年齢とも近似した集まりである。作期は、山科言行の没年、寛文五年（一六六五）が下限となろう。すると庭田雅秀は十七歳と若い書き手ではあるが、不可能ではない。なお、これら筆者のうち、大炊御門経光、勘解由小路資忠、裏松資清は、大英博物館蔵の住吉具慶《すみよしぐけい》筆「源氏物語画帖」の筆者でもあり、なかでも裏松資清は光則本「源氏物語画帖」にも参加している。その他の者も、大英本、東博本、光則本、根津本など、十七世紀後半の源氏画帖に染筆した公家たちの一族につらなっており、源氏絵色紙の筆写ネットワークの枠内にいたと考えられる（東京国立博物館蔵の「白描源氏物語色紙貼交屏風」の詞書筆者でもある)。

絵の様式

絵の様式としても、鉛筆画のような細勁な線による描写、半円を連続させた金泥の雲の装飾性など、独特なスタイルといえ、土佐、住吉、狩野いずれの派にも属さないことが注目される。細勁な線描で詳しく描くが、土佐光則《とさみつのり》のような浪漫的なスタイルとは異なり、むしろ『絵入源氏物語』の平易な解説性により傾斜しているといえるだろう。すなわちあらたに普及浸透しはじめた春正の『絵入』での図様解釈をいちはやく取り込みつつ、『絵詞』など〈古注〉に創造的敬意をはらい、かつ土佐派などに蓄積された図様伝統とも無縁ではない、という積極的な折衷主義がみて取れるのである。詞書筆者たちは、住吉派の華麗で繊細な源氏絵セットに筆を揮う公家ネットワークの延長にあるが、絵のスタイルや図様伝統は、土佐派、住吉派といった当時の中心的な動向を示すものではない。とはいえ素人絵ではなく、かなりの描写力を持った画家である。

十七世紀後半、源氏絵制作はピークに達した。かたや『絵入源氏物語』が先鞭をつけた平易な事実主義、かたや種々の媒体に展開する諸流派の伝統主義。都の貴顕が染筆した豪華な絵巻や画帖が流通し、権威化する。U家本は、それらを繋ぎつつ、独特なスタイルと土佐派源氏絵の図様伝統に収斂しなかった前代の源氏絵様相をも窺わせるという点で、きわめて興味深い作例である。

室町末から江戸初期にかけて、いわゆる本流の画家とは異なる、さまざまな出自の画家たちが源氏絵をさかんに制作した。それらの多くは小絵とよばれる白描の絵巻であるが、より市場流通性をもった色紙や扇面のセット物にも、U家本のような独特な作例がみられる。中世の白描の源氏絵は、その多くが小品であり、白描という画態はプライベートな鑑賞享受と結びつきナイーブな源氏絵を再生産してきた。いっぽうで中世末近世初では豪華な細密画《ミニアチュール》の源氏絵が特権的な贈答品、すなわちある種のステイタスシンボルとして盛んに制作される。そして十七世紀後半の絵入版本による、わかりやすく挿絵的な源氏絵図様の創出と普及。このような『源氏物語』の絵画化の流れにU家本を置くことによって、『源氏物語』受容の多層性や白描画態の創造性、私性の問題、そして源氏色紙染筆の公家ネットワークの実態などが見えてくるのである。

Ⅲ　現代に生きる王朝の遺産

33　ルネ・シフェールによる仏訳版(1988年に完訳刊行)源氏物語
2007年，千年紀を前にフランスで豪華本として出版された．なおルネ・シフェール氏は2004年に死去．

一　源氏物語以後　注釈書を中心に

藤本孝一

1　紫式部の創作と変様

『源氏物語』は紫式部によって創作された文学書である。紫式部の名は一条天皇の中宮藤原彰子《しょうし》に宮仕えをしていたときの女房名である。本名も生没年も不明。紫は『源氏物語』の女主人公紫の上にちなみ、式部の名は父為時《ためとき》が永観《えいかん》二年（九八四）に式部丞《しきぶのじょう》になり、寛和《かんわ》二年（九八六）二月から六月まで式部大丞に任じていたことによるという。『源氏物語』は寛弘《かんこう》五年（一〇〇八）前後に執筆されたという。その根拠は、『紫式部日記』のなかで藤原公任《きんとう》が「このわたりに、若紫やさぶらふ」と式部に呼びかけた記述があり、この年には『源氏物語』ができていたと想定されている。

寛弘五年から数えて平成二十年（二〇〇八）は一千年目にあたる。この永き年月にわたって、原文で読み伝えられてきたことは、世界文学においても稀有な現象である。

しかし、時代とともに社会変革にともなう文体や意味の変化があり、原文を理解することが困難になってくる。

この問題を解決するために、古人たちは『源氏物語』を研究し、その成果である注釈書を執筆してきた。ここではその過程を、文化史の側面から叙述しよう。

とくに注釈書の歴史は、時代の推移にともなって意味不明な語彙を解明することから、本文の主語や意味内容を理解させようとする流れがある。この分岐点になったのが一条兼良《いちじょうかねよし》の『花鳥余情《かちょうよじょう》』である。ここでは、このような面からも検討していく。

2 平安・鎌倉時代の本文と注釈

注釈書の登場

作者の正式な名前は伝わらないが、父は越前守藤原為時で、母は藤原為信女《ためのぶのむすめ》、藤原宣孝《のぶたか》と結婚し、娘に歌人として有名な藤三位《とうのさんみ》がいる。中宮彰子に仕えた。女房名は藤式部《とうのしきぶ》であろうが、『源氏物語』の女主人公「紫の上」から紫式部と呼ばれていた。

『源氏物語』は執筆当時から評判を呼び、愛読されていた。式部が亡くなった後も、流布していた様子が約五十年後に成立した菅原孝標女《すがわらのたかすえのむすめ》の『更級日記《さらしなにっき》』に描写されている。この物語は、上総《かずさ》国司であった筆者の父とともに国衙《こくが》で日々を過ごしていた時代から書きはじめられている。冒頭近くに、

世中に物語といふもののあんなるを、いかで見ばやと思ひつゝ、徒然なるひるま、よひゐなどに、姉、継母などやうの人々の、その物語、かの物語、光源氏のあるやうなど、ところどころ語るを

聞くに、いとゞゆかしさまされど、

と記述する。この意味は、「世の中には物語というものがあるという。どうかしてその物語を読みたいと、毎日のように思いはじめた。所在なく退屈なく昼間や宵などに、姉や継母ら人たちが、その物語、かの物語だの、さらに光源氏のありさまなどを、ところどころの語るのを聞いていると、たいへん物語を全巻聞きたい読みたい気持ちが募ってくるばかりであった」とある。孝標女の『源氏物語』を全巻を読みたい願望が伝わってくる。このころは、写本さえあれば誰でも読める現代小説として流行していた。

しかし、百五十年以上経つと不明な語彙がでてきたので、本格的な注釈書『源氏釈《げんじしやく》』が作られた。別名『伊行注』と呼ばれたように、三蹟《さんせき》の一人藤原行成《ゆきなり》の子孫で能書家の藤原伊行《これゆき》（?～一一七五）が本文の行間・附箋や欄外などに附け、注記をまとめたものである。編集は、伊行自身か後人かの二説があるが、定かでない。内容は、最初に巻名を挙げ、本文の一部を書出して講説する形態をとる。鎌倉時代の最古写本が、藤原俊成《しゅんぜい》・定家《ていか》父子を祖先にする冷泉家を財団法人にした冷泉家《れいぜいけ》時雨亭文庫《しぐれていぶんこ》に伝存する（冷泉家時雨亭叢書所収）。それによると三十九帖分を取り上げて解説している。

鎌倉時代に入ると、百人一首の撰者で高名な藤原定家（一一六二～一二四一）の『奥入《おくいり》』がある。定家が『源氏物語』の巻々の注記を巻末奥書《おくがき》に記入（書名の由来）していた部分を、自ら切り取って升《ます》形本《がたぼん》一帖に装訂したものが国宝に指定されている。各巻の最後の本文後に書かれていたために、その巻の最後の本文も一緒に切り取られ、定家書写本『源氏物語』の一部がわかる注釈史上、稀有な遺品である。内容は、『伊行注』を多く含んで、定家の注釈が書き加えられている。注釈書の形成史は、まったく新しい著述が生まれるのではなく、前の注釈を踏まえて増補訂正によって著書が作られる。注釈書は時代とともに生成発展していくのである。

このように注釈が作られだしたのは、本文があらわす意味が社会変化とともに徐々に変化し、ついには語彙が不明になってきたことによる。

校正本

『源氏物語』は多くの読者を獲得していたとはいえ、孝標女のように、読書のために本を所持することは困難であった。当時、中国で「宋版」(宋の時代名による)と呼ばれる版本が盛んに摺られていた。しかし、日本では仏書に一部版木があるのみで、版本は江戸時代に入らなければ普及しなかった。全巻五十四帖を読む場合は、譲られたり購入したりするか、本を借りて一帖一帖写さなければならなかった。

写本による流布は、写本を繰返すごとに、書写による間違いや自己流の解釈によって読みやすく書替えたり、増補訂正したりして、年月がたつほどに原本とは違う写本が多く生まれてくる。

さらに、複雑にしているのは紫式部側にも理由があった。中院通勝《なかのいんみちかつ》の注釈書『岷江入楚《みんごうにっそ》』(「諸本不同」項)に「一、草書、中書、清書あり、すなわち各差異あり」とある。作者は自著にいつまでも手を入れて完璧なものを作ろうとする。式部も藤原道長の命によって、手元にあった中書(いちおう完成しているが清書に至ってない書)の本を取上げられ、藤原行成が清書したことを『紫式部日記』に記載している。『源氏物語』には、式部が執筆していた当初から草稿本・中書本・清書本の三種類の親本があった。

『源氏物語』を評価の面からみると、式部から二百年の時代が経つと、古典化されてはいたが、当時の漢詩文尊重からみれば読み物であって、文学的立場は低かった。

藤原俊成が『六百番歌合《うたあわせ》』で「源氏見ざる歌詠みは遺恨の事なり」と発言したことを契機に、この物語は高い評価を獲得した。『千載和《せんざいわ》歌集《かしゅう》』の撰者で大歌人俊成の言葉である。俊成以降も、文学書として歌人や貴族たちに多大な影響を及ぼした。

しかし、鎌倉時代前期になると武家社会の誕生や文化の変化にともない、『源氏物語』をそのまま読むことがむずかしくなってきた。原因として、写本を繰返していくことにより意味不明な箇所が多く発生していた。ここで、校訂を志したのが、藤原定家と源光行《みつゆき》・親行《ちかゆき》父子である。定家の校訂した写本の表紙には、青色の料紙《りょうし》を用いていたことから「青表紙本《あおびょうしほん》」と通称され、光行は河内守であったことにより「河内《かわち》本《ぼん》」と呼ばれている。

同時代の校訂本を比較してみると、「桐壺」の巻の中頃で有名な箇所に、

青表紙本「大液の芙蓉、未央の柳もげに通ひたりしかたちを」

河内本「大液の芙蓉も、げに通ひたりしかたち」

と、「未央の柳」などがあるかないかの相違が現れている。青表紙本は、定家が善本《ぜんぽん》を選び、その本をそのまま写したところに特色がある。河内本は奥書から二十一種類の伝来の違う諸本を校合したと

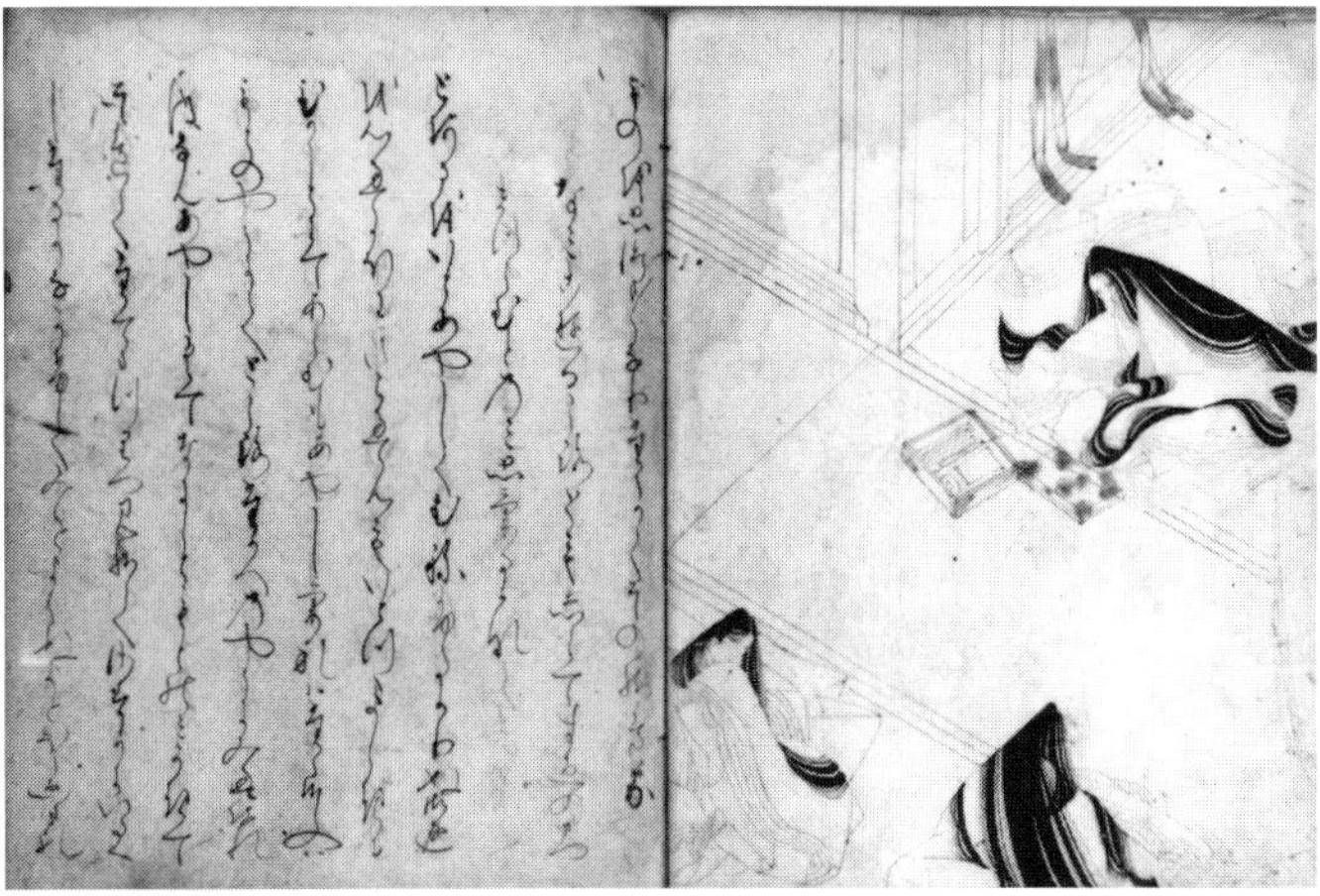

34　「青表紙本」

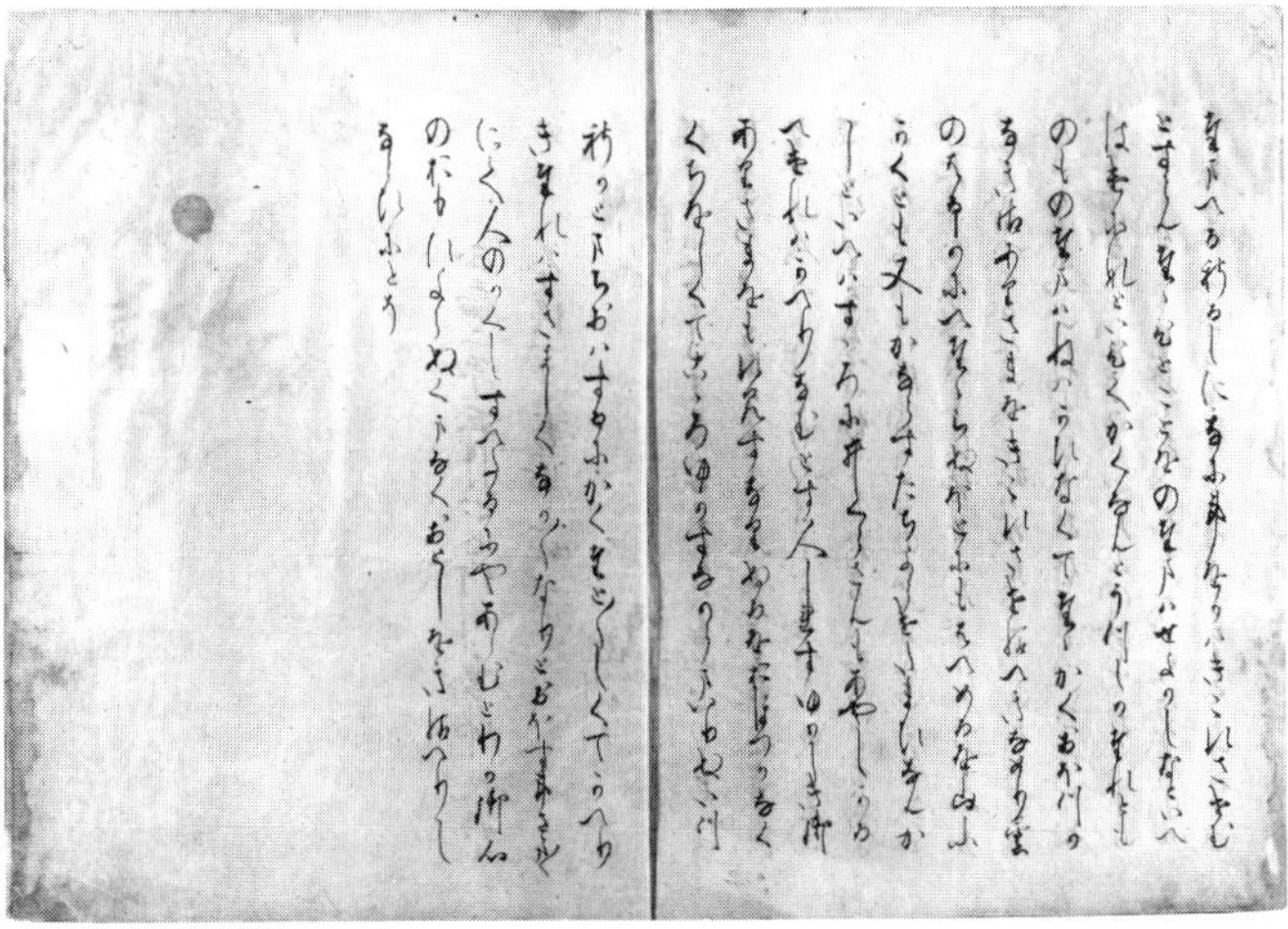

35　「河内本」

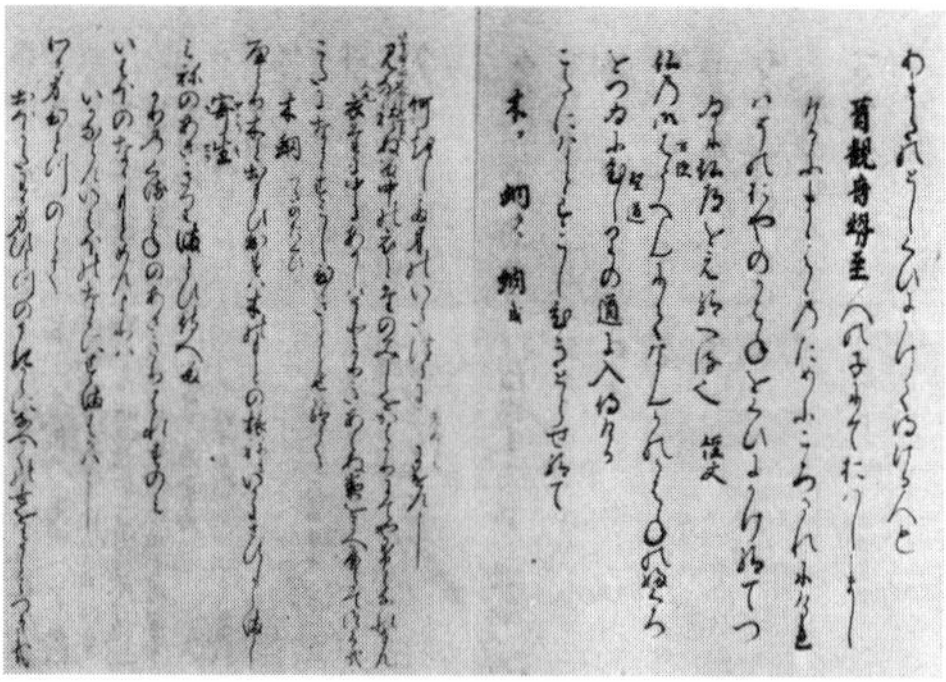

36 『河海抄』

ある。河内本は主語が明確だと思い込まれて、鎌倉時代には河内本がよく使われた。南北朝時代の武将で歌人の今川《いまがわ》了俊《りょうしゅん》（一三二六？〜一四二〇？）によると、青表紙本は絶えてしまった、と述べている状況であった。

注釈書

注釈書も本文を青表紙本系か河内本系かを採用することにより、自然に系統別に分かれていく。定家の『奥入』以後、河内本関係者による注釈が始まる。最初に書かれたのが源光行・親行父子による『水言抄《すいげんしょう》』である。書名は「源」の旁《つくり》と偏《へん》を分けたもので、光行が亡くなる寛元《かんげん》二年（一二四四）までには成立していたという。惜しくも現在伝えられていない本ではあるが、多くの注釈書に引用されているために、内容を推測することができる。

次に、『源中最秘抄《げんちゅうさいひしょう》』が作られた。書名は『水言抄』のなかの最秘の説を記したところに由来するという。親行は『水言抄』の完結後、さらに本書の編纂《へんさん》にかかり、子の聖覚《しょうかく》、孫の行阿《ぎょうあ》による加筆した河内本の集大成といえる注釈書である。

別に、光行の子息で親行の弟にあたる素寂《そじゃく》の『紫明抄《しめいしょう》』がある。書名は序文で「紫の色を増し、惑ひの闇をはるけんがためにこれをえらぶ。名づけて紫明抄といふ」とある。主な目的は式部の不明な箇所を明らかにしようと試みたもので、定本を河内本とするが、『源中最秘抄』とは違う『源氏釈』や『奥入』も取入れた、独自性を打ち出している。

また、鎌倉時代の注釈書を批判的に集大成した『河海抄《かかいしょう》』ができた。書名は「河海は細流をいとわず、故によくその深きことをなす」（史記・李斯列伝、和漢朗詠集四九九）による。著者の四辻善成が貞治《じょうじ》年間（一三六二〜六八）ころに二代室町将軍足利義詮《あしかがよしあきら》の命により撰述した。出典が豊富で、散逸書の引用文も多くみられる。河内本をもとにしているが、青表紙本も公平に扱っている。後世に影響した画期的な仕事であった。

3　室町時代から江戸時代

物語の地方伝播

守護大名や戦国大名が活躍する群雄割拠の時代である。それは、各地の独立化による生産力の向上でもあった。各地で都文化を取り入れようとする機運も盛り上がっていった。応仁の乱による都の荒廃と貴族たちの地方逃避による文化の拡散。地方都市による小京都の発生が文化面での顕著なあらわれである。文化の伝達者の役割をしたのが連歌師《れんがし》である。連歌の興行とともに、『源氏物語』を講釈したことが全国流布への一因でもあった。

講義の際に、大部な『源氏物語』を読み通すことができない場合が多い。そうかといって、興味がある古典である。そこで、鎌倉時代の終わりごろから梗概書が作られはじめてくる。代表的なものに『源氏小鏡《こかがみ》』があり、連歌師は教科書に用いることが多かった。『小鏡』は江戸時代まで利用され、絵画の場面をあらわすのも、この梗概された場面が選ばれたという。書物で勉強する一方で、講釈（講義）を聞く授業をうけた。

講　釈

『源氏物語』を講釈することは古くから行われていた。講義ノートが注釈書でもあり、聞く側のノートを「聞書《ききがき》」といった。

講釈の有名な記事に、飛鳥井雅有《あすかいまさあり》が定家の子息、為家《ためいえ》の嵯峨の別邸（正室の親、宇都宮頼綱の別邸）で、為家から『源氏物語』講義をうけた日々の様子を雅有の日記『嵯峨の通ひ路』に記録する。このころから、注釈書と平行して講釈が盛んになってくる。

講釈に用いる本文系統も、室町時代後半から歌聖、藤原定家尊重の気風が流布し、それにともない、青表紙本が用いられるようになった。三条西実隆《さんじょうにしさねたか》らの研究により、古い時代の本文に忠実とされる青表紙本が優勢となり、河内本は消滅したかの様相になった。しかし、三条西家系統の青表紙本は河内本の混入もみられる写本である。

『花鳥余情』の序文に『河海抄』の説明不足や誤りを正すことを目的とし、五年間をかけて文明《ぶんめい》四年（一四七二）に完成したという。底本には河内本が使用されている。関白で大学者であった兼良の注は有職故実《ゆうそくこじつ》や古記録類の博捜において一時代を画するものがある。また、従来の語彙の解釈とは異なり、長文を引いて文意をおもに説明する形式は画期的なもので、注釈史の分岐点となった書物である。

次に、『弄花抄《ろうかしょう》』は、連歌師の肖柏《しょうはく》（一四四三〜一五二七）が文明八年（一四七六）に兼良と宗祇《そうぎ》の源氏物語講釈をそれぞれ聞いて『源氏聞書』をまとめ、自説を追加して原型ができた。永正《えいしょう》元年（一五〇四）ころに三条西実隆は肖柏から『弄花抄』の原型本を借り、改訂増補を加えたのが現在の『弄花抄』である。本本文は青表紙本を用いている。本書以降、おもに青表紙本になる。構成は「光源氏年次」（巻名・年立）、つぎに「作者」「作為」「時代」「諸本不同」などの項目が附されているところが従来と違い、新しい型として、以後の注釈書の形式として継承されていく。肖柏は中院通淳《なかのいんみちあつ》の子息で、牡丹花《ぼたんか》・夢庵《むあん》・弄花軒《ろうかけん》などと号し、宗祇から古今伝授を受けた。

実隆には『細流抄《さいりゅうしょう》』がある。日記『実隆公記』永正八年（一五一一）六月八日条に、「朝間、桐壺《きりつぼ》の巻を読む、相公発起す、連々講ずべきなり、姉相公来聴す、亜相母儀禅尼・鷹司《たかつかさ》の女中ら来臨す」とある。朝から桐壺の講義が始まった。これから全巻にわたって授業が行われるので、姉・母・鷹司の女性らが集まったと記述する。「相公」は次男公条で、彼の発起により、実隆の講義が始まった。この講義ノートとして、完成したのが本書である。この書は、『湖月抄《こげつしょう》』の出版までの注釈書に多大な影響を及ぼし、三条西家の家学の中心書物として重要視され、次の二書のもとになった。

『孟津抄《もうしんしょう》』は関白九条稙通《くじょうたねみち》の著述。稙通は公条の講釈の聞書を作り、『河海抄』以来の説を取り入れ、天正《てんしょう》三年（一五七五）七月七日に完成した。

『岷江入楚』は、中院通勝が勅勘を被り、丹後に隠遁していたとき細川幽斎《ほそかわゆうさい》に出会ったおり、幽斎の古注一覧を集大成する希望を通勝に託されたことが契機となった。十年をかけて慶長《けいちょう》三年（一五九八）六月十九日に筆をおいた。中核をなす三条西家の源氏学集大成の観がある。

この時期の注釈書のありようは、講釈の聞書をまとめたものが主流である。実際の聞書の遺品として、弘治《こうじ》三年（一五五七）の『源氏物語聞書』（重要文化財）が冷泉家時雨亭文庫に多数伝存されている。また、慶長年間にも後陽成《ごようぜい》天皇が宮中で行なった講義を冷泉為満《ためみつ》が大福帳の原型である折紙《おりがみ》を束ねて大和綴《やまととじ》した帖にノートした聞書があり、講義内容を書きとめる姿を髣髴《ほうふつ》とさせる。

王朝文化の復興

この時代に、貴族たちが『源氏物語』の研究を深めていったのは「王朝ルネッサンス」の運動である。この用語は筆者が提案しているもので、桃山から江戸時代前期にかけて、京都で西洋のルネッサンスと同じ王朝文化の復興運動があり、その中心は『源氏物語』であった。

それは、応仁の乱で平安京は荒れ野となり、貴族たちは地方に逃避した。天下統一後に都に戻っても、一度断絶した有職故実を以前のままに再建することは困難であった。貴族たちは自分たちのよりどころを、平安時代の藤原道長を中心とした華やかな宮廷とし、復興を目指した。『延喜式』通りの位記《いき》や十二単の女房装束などの故実復元に励んだ。後陽成天皇や後水尾《ごみずのお》天皇を中心としてルネッサンスを意味する「復興」が盛んに行われた。葵祭《あおいまつり》の再興もその一例である。

このような復興の機運は、『源氏物語』を題材にして奈良絵本《ならえほん》や画帳類の絵画・工芸や能などの諸芸にわたり、『源氏物語』にちなんだ作品が多く生まれた。現在、王朝文化の都と謳われる京都は、貴族たちによる王朝ルネッサンスを通して再建された都市である。また、大坂城や聚楽第《じゅらくだい》の建造に代表される生産力の増大は、都市文化として桃山文化の花が開いた。

出版では朝鮮からもたらされた活字印刷や切支丹《きりしたん》版による西洋の印刷技術が輸入された。最初の活字本を「古活字本」と称している。『源氏物語』も慶長《けいちょう》から元和《げんな》・寛文《かんぶん》年間に出版された古活字本がある。

版　本

古活字から桜材などの一枚板を彫って摺る整版に移り、大量の読者を獲得することで、出版事業も盛んになった。写本と違い、本が出版物として発売される。好評を博したものは明治にいたるまで版を何度も繰り返して摺っている。

代表的な『源氏物語』の出版で注目されるのは、承応《じょうおう》三年（一六五四）版の『絵入源氏物語』が知られている。『絵入』は挿画二二四図を入れ、本文に読点濁点や漢字に振仮名をつけ、主語を示して、読みやすく配慮されている。

注釈書では、寛永《かんえい》十七年（一六四〇）に刊行された『首書《しゅしょ》源氏物語』が最初の本格的な版本であろう。本書は一竿斎《いっかんさい》の著述で『河海抄』以下の諸注を集めて頭注傍注を施したものである。これまでの注釈と違い、「首書」は「頭書」ともいい、本文の上欄に解釈や批評などが施され、文章の主人公た

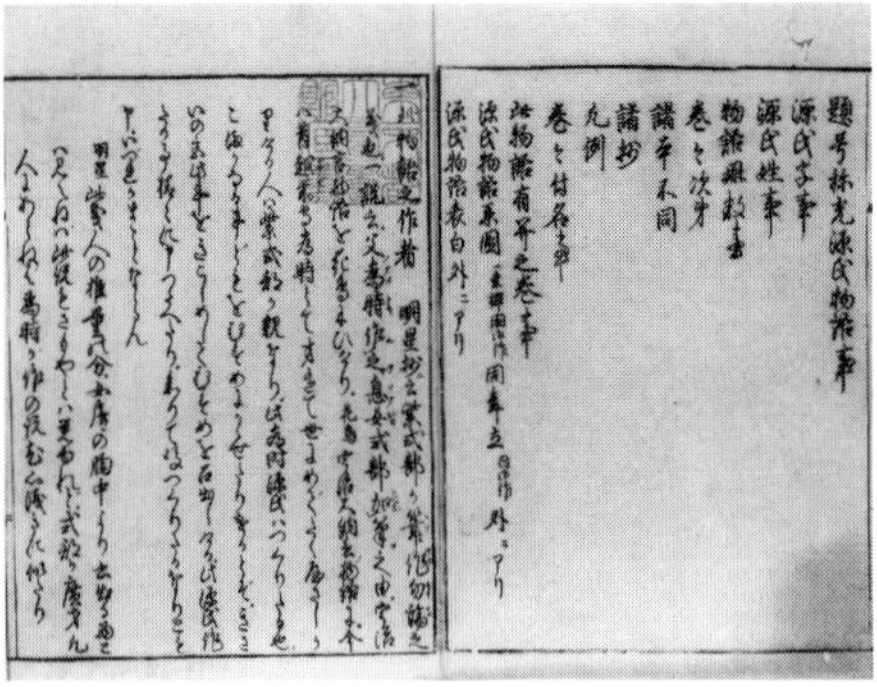

37　「源氏物語湖月抄」

ちの名前が注記されている。頁内の文章は脇注や頭注で、意味や主人公がすぐに理解できるように工夫されている。現代の古典出版に通じる形式で出版された、一大画期をなすものである。

賀《か》茂《もの》真《ま》淵《ぶち》は『源氏物語新釈』を著述して、物語の虚構性を主張。桐壺帝王権の正当性をとなえるなど、新解釈がみられる。

北村季《きたむらき》吟《ぎん》（一六二四～一七〇五）『湖月抄』（『源氏物語湖月抄』とも呼ぶ）の書名は、式部が石山寺参詣のおり、琵琶湖に映る月を眺めて「須磨」の巻を書いたとする伝説による。延宝《えんぽう》元年（一六七三）に完成し、同三年に刊行された。今までの注釈書を集大成したもので、『首書源氏物語』から継承した頭注・傍注を本文の紙面中に書き加えた方式は、本文理解のうえで最も有力な形式であった。江戸時代を通し、さらに明治に至るまで広く普及し、『源氏物語』の流布に多大な貢献をした。

『源註拾遺』は契沖《けいちゅう》の注釈書（契沖全集所収）で、元禄《げんろく》九年（一六九六）ころに成立。儒教的な教戒説を退け、本居宣長《もとおりのりなが》の説に繋がる。契沖学として徹底した用例主義で、文献から用例を博捜した、語の意味を定めたり、誤りを指摘したりするもので、旧来の注から実証的な新注の初期のものである。

本居宣長の『源氏物語玉《たま》の小櫛《こぐし》』はたんに『玉の小櫛』ともいう。石見《いわみ》国浜田藩主松平康定の依頼により、寛政《かんせい》八年（一七九六）に完成、同十一年に鈴屋から刊行された。門人たちに講義したノートを集めたもので、「もののあはれ」に代表される儒教的なものを離れて、日本的な解釈を打ち出した。近代源氏研究のさきがけとなった。

普　及

『源氏物語』が庶民にまで浸透していくには、寺子屋などによる教育の拡がりと、それにともなう教科書などの版本出版が必要である。

井原西鶴《いはらさいかく》『好色一代男《こうしょくいちだいおとこ》』は『源氏物語』に倣い、五十四章からなる浮世草子《うきよそうし》が天和《てんな》二年（一六八二）に創作された。室町時代に舞台を置き換えた柳亭種彦《りゅうていたねひこ》の『偐紫田舎源氏《にせむらさきいなかげんじ》』の絵草紙が文政《ぶんせい》十二年（一八二九）から天保《てんぽう》十三年（一八四二）にかけて、歌川国貞《うたがわくにさだ》の押絵を入れて出版された。評判を博してベストセラーになったが、惜しくも天保改革の弾圧により三十八冊で中断した。『源氏物語』を題材にした錦絵の「源氏絵」も摺られたり、歌舞伎化されたりして隆盛を誇った。『源氏物語』の翻案化は現代に至るまで続いている。

4　近　代―古写本の出現―

明治の近代化とともに、版木による出版から活版印刷の時代に一変した。『首書源氏物語』や『湖月抄』も活版となった。とくに、大正四年（一九一五）に有明堂文庫から『首書源氏物語』を底本にした『源氏物語』が出版され、誰でも廉価で購入できる時代が訪れた。

近代における最も注目すべき動向は古写本の公開である。

古写本の公開

近代化による社会変化にともない、それまで藩主や豪商・寺院の宝物として所有されてきた古写本が世に紹介され、文化財として公開が行われるようになった。青表紙本系や河内本系の写本など多くの古写本が発見され、学問的な比較研究が行われるようになった。

そのなかでも、文化財の価値が高いものとして、河内本では『尾州本源氏物語』（名古屋市蓬左文庫蔵）『平瀬家本源氏物語』（文化庁保管）が、青表紙本では『大島本源氏物語』（古代学協会蔵）『定家本源氏物語』（尊経閣文庫蔵・竹本泰一蔵）が、別本では陽明文庫蔵などが、重要文化財に指定されている。

特出すべき研究者に池田《いけだ》亀《き》鑑《かん》がいる。池田の研究は古写本を実際に一万冊以上調査し、写本系統を青表紙本系と河内本系に、それらに属さない写本を別本系にわけ、三類の系統に分類した。それまで、注釈書で言及されてはいたが、名称だけで、写本自体が類別されていなかった。実体の存在が判明したのは近代の古写本研究がなされてからである。

池田による本文校訂は『源氏物語大成』に結実した。とくに、昭和五・六年ころに佐渡の某家から出現したという大島本（池田校訂の当時の大島雅太郎所蔵による命名）により、青表紙本系の善本として底本に採用した。現在、出版物の多くは大島本を底本に用いている。たとえば、岩波書店による古典文学大系の『源氏物語』は宮内庁書陵部蔵三条西実隆本を底本に用いていたが、次に同書店で出版された新日本古典文学大系は大島本である。他に、新潮社・小学館・角川書店の大手出版社から大島本による『源氏物語』が出版された。

とくに、小学館の古典文学体系は、本文を挟んで、上欄に注釈、下段に現代訳が頁内に収められている造本である。現代の理解のためには口語訳が欠かせないものとなっている。

口　語　訳

文体も千年の時代の流れとともに時代時代で変化をする。大変革は近代の二葉亭四迷《ふたばていしめい》らによる「言文一致」の創作運動である。口語文の流布は、古典の原文からますます離れていってしまった。その結果、必然的に作家らによる口語訳が盛んになった。

本格的な現代語訳が始まるのは、歌人の与謝野晶子《よさのあきこ》『新訳源氏物語』が明治四十五年の刊行からである。現在も文庫本に収められて読み継がれている。与謝野源氏から、鈴木正彦『全訳源氏物語』(大正十五年刊)や谷崎潤一郎『潤一郎訳源氏物語』(昭和十四年刊)、さらに谷崎潤一郎『潤一郎新訳』(昭和二十六年刊)『潤一郎新々訳』(昭和三十九年刊)が出され、円地文子(昭和四十七年刊)、瀬戸内寂聴(平成八年刊)、尾崎左永子(平成九年刊)などがある。また、中井和子『現代京ことば訳源氏物語』(平成三年刊)は朗読もできるように訳された。

世界文学への紹介は、明治十五年の末松謙澄《すえまつけんちょう》の英訳により、ロンドン・トルブナー社で『桐壺』から『絵合』までが出版されて、はじめて西欧に紹介されるようになった。とくに、アーサー・ウェイ

リー英訳 *"The Tale of Genji"*（大正十四年から昭和八年にかけて発表）は名訳として広く読まれている。伊藤鉄也編『海外における源氏物語』（国文学研究資料館、平成十五年十二月刊）には、英語・ドイツ語・フランス語・ロシア語・スペイン語・チェコ語・ハングル語・中国語などの翻訳本が紹介されている。

今後も、世界の古典本の一つとして各国で愛読されていくであろう。

二　源氏物語と日本文化

谷　晃

1　伝統芸能における源氏物語

茶の湯と源氏物語

最初に茶の湯と『源氏物語』について考えるため、『源氏物語』を主題とした茶会を秋も深まった十一月に行なったと想定し、茶会記すなわちそこで使われた茶道具の一覧を以下に示そう。ただしここに掲げた茶道具は現存するものばかりではなく、一部は仮に設定したものもある。

待合掛物　住吉具慶筆　紫式部図
本席掛物　玉室宗珀筆「八角磨盤空裏走」一行
香　合　野々村仁清作　琴形
花　入　古万古　置筒
　花　桔梗・薄・撫子
釜　芦屋　角倉家伝来

水　指　備前　種壺
茶　入　瀬戸　銘餓鬼腹
茶　碗　本阿弥光悦作　黒楽
茶　杓　小堀遠州作　銘斎宮
蓋　置　青竹　引切
建　水　木地　曲
菓子器　塗縁高
菓　子　虎屋黒川製　銘嵯峨野

客は指定された日時に亭主つまり主催者の家に集まり、最初に通された待合《まちあい》の床に、住吉具慶《すみよしぐけい》（江戸時代初期の復興大和絵《やまとえ》画家）の紫式部の絵が掛けられているのをみて、今日の茶会は『源氏物語』を主題とした趣向がこらされているのであろうと推定する。

やがて案内があり、露地《ろじ》を通って蹲踞《つくばい》で手や口をすすぎ清めて、小さな躙口《にじりぐち》から茶席に入ると、その床には古万古《こばんこ》（三重県の窯）の花入《はないれ》が置かれ、桔梗《ききょう》など秋の草花が生けられている。

亭主が茶席の入り口の戸を開けて、挨拶をしたあと炭点前《てまえ》を始める。その際野々村仁清《ののむらにんせい》（江戸時代初期の京都の陶工）の琴形の香合《こうごう》（香を入れる容器）が使われたので、客は主題が『源氏物語』の第十帖「賢木《さかき》」であることを悟る。

炭点前が済み、懐石料理が出され、最後に虎屋黒川製の菓子が出てこれに「嵯峨野《さがの》」の銘が付けられていることから「賢木」をもとに今日の茶会が催されるであろうことを確信する。

菓子を食したあと中立《なかだち》（休憩）となり、客はいったん茶席の外に出て、腰掛待合で今日の茶会は『源氏物語』が主題となっていることや、茶席の道具にはどのようなものが使われるのであろうかなどと語り合う。

銅鑼《どら》が鳴らされたのを合図にふたたび席入りすると、花入はさげられ、代わって玉室宗珀《ぎょくしつそうはく》（大徳寺芳春院の開祖）筆の一行書が掛けられているが、この時点ではなぜ玉室なのか理解できる客はいない。そうこうするうちに亭主が現れて点前が始まり、濃茶が正客《しょうきゃく》に出され、それを一口啜ったところで挨拶があって、主客の会話が始まる。正客は、今日の主題が『源氏物語』の「賢木」であることはわかったが、道具組の意図がいまひとつ理解できないと亭主に説明を求める。

それに対して亭主は、「賢木」を第一主題としながらも、六条御息所《ろくじょうのみやすどころ》が伊勢へ娘の斎宮《さいぐう》について下向することを決心して野々宮《ののみや》で潔斎をする内容から、伊勢の万古《ばんこ》焼《やき》の花入を用い、小堀遠州《こぼりえんしゅう》（江戸時代初期の大名で茶匠）が斎宮と銘を付けた茶杓《ちゃしゃく》を用いたこと、さらに野々宮は嵯峨にあることからの連想でそこに居を構えていた角倉了以《すみのくらりょうい》にちなんで角倉家伝来の芦屋《あしや》釜《がま》（九州筑前産の釜）を用いたこと、了以の交友関係から本阿弥光悦《ほんあみこうえつ》を連想して光悦作の茶碗を用い、さらに嵯峨に隠棲して了以の娘を嫁にした前田利政《としまさ》を想い起こし、それから利政の母親お松の方、そしてその菩提寺として建立された芳春院《ほうしゅういん》へと想いが連なっていった結果、芳春院の開祖である玉室の一行書を掛けたことや前田家に伝来した餓鬼腹茶入《がきばらちゃいれ》を取り合わせたことなどを説明する。

38　餓鬼腹茶入

亭主の説明をきっかけにして主客の話がはずみ、玉室が書いた「八角磨盤空裏走《はっかくまばんくうりをはしる》」の意味や、前田家伝来の餓鬼腹茶入のこと、あるいは前田家と遠州との関わりなども語り合われた。

右は架空の茶会の話であるが、実際の茶会もこのように亭主が趣向を考え、客がそれに呼応して会話がなされ、いわゆる「数寄雑談《すきぞうだん》」が成立してはじめて「一座建立《いちざこんりゅう》」がなされたと茶の湯では考える。ただ茶会の席で〝蘊蓄《うんちく》を傾ける〟ことは敬遠される。あくまで亭主の趣向は話題のきっかけであって、えんえんと自説を展開したり、口角泡を飛ばす議論をするのではなく、淡々と、それでいて含蓄深い内容をもった会話をすることが主客ともに要求されるのである。

このように茶会の趣向を考える際、よく利用されるのが王朝文学であり、『源氏物語』だけでなく『伊勢物語《いせものがたり》』や『平家物語』などの物語、あるいは『万葉集《まんようしゅう》』や『古今和歌集』『新古今和歌集』をはじめとする歌集に収められた和歌をきっかけとすることが多い。

さらに茶道具では、花入や茶入・茶杓などに銘の付けられたものが多く、その銘も王朝文学をよりどころとして付けられることが多い。そこで試みに茶道具の銘の典拠を調べてみたところ、物語よりは和歌が圧倒的に多く、物語文学では『伊勢物語』がもっとも多く、ついで『平家物語』となり、『源氏物語』は第三位でしかない。その理由を考えてみると、まず『源氏物語』は基本的に恋の物語であり、茶の湯ではそれを理由としてあまりふさわしくないとされたのではないかと思われる。もっとも茶の湯が恋物語や恋歌を絶対的に忌避しているわけではなく（岩井茂樹・二〇〇六）、恋の歌が掛物として使われることもないではなかったものの、どちらかといえば好ましいとはされなかった。

第二に、茶の湯を支える思想は十六世紀の後半に確立したとみなされる「侘数寄《わびすき》」であり、それは禅と和歌論を基礎として成立しているから（谷晃・二〇〇二）、「侘数寄」の思想からすれば『源氏物語』に限らず物語よりは、和歌のほうがよりふさわしいと考えられたのではあるまいか。

いまひとつは、和歌のほうが銘として付けるにふさわしい語句が多いこともあろう。瀬戸《せと》で作られた茶入には小堀遠州が銘を付けたとするものがきわめて多く、そのうちのいくらかは後世に付会されたものとしても、遠州が好んで王朝文学から取材した銘を付けたであろうことは疑いなく、またその銘は先ほど触れたように和歌にちなむものが圧倒的に多いことも事実である。これは遠州が古歌に通じていたからというだけではなく、物語からは銘とするに適当な語句がなかなかみあたらなかったこともあったと思われる。

ともあれこうしたいくつかの理由により、茶の湯はかならずしも『源氏物語』を重要視していなかったかにも見受けられるが、まったく無視したわけではない。それは『源氏物語』などの物語が、江戸時代になると少なくとも武家階級や上層町人の間では基礎的素養となっていたことが窺え、江戸時代の茶の湯はそれらの人びとによって支えられていたから、茶会において『源氏物語』などを主題とすれば客には理解されやすかったであろう。また逆に茶の湯は一種の遊びを通してそのような古典の教養を身につける場、あるいは機会として機能していたこともみのがしてはなるまい。

花と源氏物語

次に茶の湯とならんで伝統芸能として挙げられる花や香ではどうであったろうか。いけばな池坊中央研究所の安西佳津子氏のご教示によれば、現在の立花《りっか》で『源氏物語』云々ということはほとんどなく、かつて桑原専慶氏が『源氏物語』五十四帖にちなむ花を生けられたことがある程度で、花との関係は薄いとのことであった。ただ幕末に源氏流を名乗る流派が存在していたものの、早くに消滅してその実態については不明であるとのことである。

また花書に『源氏《げんじ》活花記《いけばなき》』という書物があり、『花道古書集成』（思文閣出版、一九七〇年復刻）に収録されていることもあわせてご教示いただいた。この書物は全二巻からなり、上巻が明和《めいわ》元年（一七六四）に、下巻が翌二年に刊行されており、著者は松翁斎法橋千葉龍卜。その自序において龍卜は、花に対する自身の見解や、花の法式などについて述べたあとで、

源氏の花は別伝にして桐壺箒木をはじめ、五十四便の活方、貴人へ奉る花なれば、印可免許に至て知るべし……

といい、さらに、

源氏活花の古実は慶長十八［癸丑］年十一月十八日辱も台命にて江州の義郷に東山の花論、江陽の家に有べしと仰ありて、源氏五十四帖の花論、深秘の書に考を加て贈進ありしなり

とも書く。しかし内容はとくに『源氏物語』に準じた特別な花の生け方を示すものではなく、花の秘伝を五十四ヵ条の切り紙としてそれぞれ『源氏物語』の各帖に対応させ、さらにあと二組の五十四ヵ条をあわせて合計百六十二ヵ条として、花の生け方や心得などについて説明し、当時の芸能によくみられるように「秘伝」としたもののようである。

したがって消滅したという源氏流の立花も、詳細は不明ながら『源氏物語』五十四帖に合わせて花の生け方などを教えたものであろうと推定される。いずれにせよ、立花ではかならずしも『源氏物語』に準拠したり、その内容を取り入れて花の生け方に工夫を加えたのではなかったと考えられる。

香と源氏物語

立花とは異なり、香は『源氏物語』との関わりが強いと考えられるのであるが、その前に茶寄合《ちやよりあい》における茶の遊び方について述べなければならない。というのは芸能としての香の成立過程についてはまだ明らかでない点が多いとはいえ、茶寄合における遊び方が、香の成立に強い影響を与えたのではないかと推定されるからである。

室町幕府を興した足利義満《あしかがよしみつ》は、建武《けんむ》三年（一三三六）に建武式目《しきもく》を制定し、その第二条で「群飲佚《ぐんいんいつ》遊《ゆう》を制せらるべき事」として茶寄合を禁止している。それはとりもなおさず禁止しなければならない

ほど茶寄合が盛んに行われていたことを示しているのだが、茶寄合とは一口にいえば茶の品種の飲み比べをして、成績の良かった者に懸賞を与え、飲み食いして騒ぐ寄り合いであった。

その飲み比べの方法は、当初は本茶と非茶の二種類、すなわち京都栂尾《とがのお》産の茶を本茶とし、それ以外の茶を非茶として飲み較べたのであるが、二種類の茶だけでは単純であるから種類を三種類、四種類と増やしていき、ゲームとして複雑化させていき、やがて四種類の茶を十回飲む十服茶が基本的な方法として確立した。

その方法は四種類の茶を小袋に入れて各四袋ずつ計十六袋準備し、そのうち一種類の茶については三袋をはずして一袋のみとし、残りの三種類の茶を各一袋ずつ試し飲みする。すると一種一袋と、三種がそれぞれ三袋ずつの計十袋が遺され、それをかき混ぜてから次々と廻し飲みする。それが事前に試し飲みしたどの茶の種類に該当するか、あるいは試し飲みをしなかった茶の種類であるかを判断して示し、執筆がそれを記録して、最後に参加者の判断の当否を点検して集計し、もっとも成績の良かったものを一位とし、以下二位、三位の人物を判定してそれぞれに懸賞を与える。

この方法が十服茶とか十種茶とか称されて盛んに行われ、また香木を用いて行う同様なゲームも十種香とか十炷香《じっしゅこう》と呼んだらしいことが、「建武式目」の制定とほぼ同じころに出現したと考えられる「二条河原落首」に「茶香十炷ノ寄合」とあることから裏付けられる。この十種茶や十炷香がそれ以後十五世紀末ころまでしきりに行われていたことを日記などの文献によって知ることができる。

しかし十種茶とは別のゲームも一部また一時期には行われていたらしい。それらについてはすでに詳細な研究がなされており（筒井紘一・一九八四）、いろいろな方法があったなかで系図《けいず》茶《ちゃ》と源氏茶に注目したい。系図茶というのは、出される茶が三服または四服で、出された茶を飲んで判断した結果を、茶が三服であれば三本の縦線を、四服であれば四本の縦線を並べた図を前もって準備し、縦線を出された茶が並んだものとみなして、出されたなかで同じ種類の茶と判断したものの上部を横線で結ぶ。四服全部が同じ茶と判断すれば四本の縦線すべてを結び、すべてが異なると判断した場合は縦線のいずれをも結ばない。この判断の結果を示す縦線とそれらを結ぶ横線の作り出す図様が、家系図を思い起こさせたことから系図茶と名付けられたらしい。

これに対して、源氏茶は試す茶を五服としたもので、縦線を五本とし、順次出された茶のなかで同じと判断したものをそれぞれ横線と結ぶもので、方法としては系図茶と同様であるが、その組み合わせが五十二通りになることから、誰かが『源氏物語』五十四帖と結びつけることを考え出したのであろう。ただし二帖分足らないから、最初の「桐壺《きりつぼ》」と最後の「夢の浮橋《うきはし》」の帖をはずして、それ以外の帖を縦線を結ぶ組み合わせに当てはめ、固定して、縦線を横線で結ぶ代わりに、『源氏物語』帖名で結果を示したのである。

系図茶や源氏茶は十種茶や十炷香のようには流行することなくまもなくすたれてしまったようであるが、江戸時代に入って香がふたたび盛んに行われるようになり、組香《くみこう》とよばれるいろいろな方法が考案されたなかで、かつての源氏茶の方法が香に取り入れられて復活し、源氏香として確立される。そして縦線を横線で結ぶ五十二通りの図が「源氏香図」として、香の世界だけでなくいろいろな分野

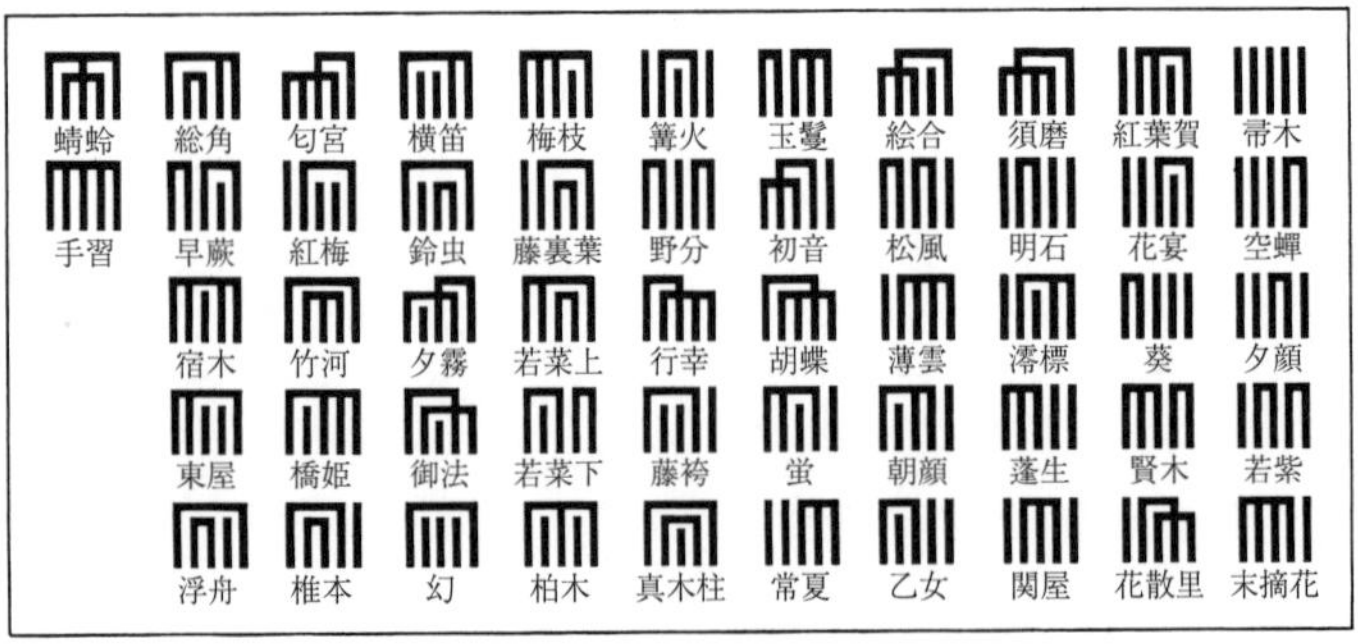

39 源氏香図

において意匠として利用されるようになった。

能と源氏物語

いまひとつ日本の伝統文化として忘れることのできない能において『源氏物語』はどのように取り上げられたのであろうか。茶や香においては、『源氏物語』がいわば素養・教養として認識されていた可能性が高いのに対して、能は『源氏物語』を脚本の素材としてみていた。それは能が一種の演劇であり、物語性をもつ脚本を必要としたからにほかならない。そのため能の作者たちは『源氏物語』だけでなく、『平家物語』や『太平記』などの物語にとどまらず、仏教説話や神話あるいは古代史・和歌・寺社縁起などのほか、インドや中国の伝説にも取材して脚本を作り上げた。

そのうち『源氏物語』を主題とした能には「夕顔《ゆうがお》」「半蔀《はじとみ》」「葵上《あおいのうえ》」「野宮」「住吉詣《もうで》」「玉鬘《たまかずら》」「浮舟《うきふね》」「須磨《すま》源氏」「源氏供《く》養《よう》」などがある。その多くがそれぞれ源氏の各帖にもとづいているのに対して、「源氏供養」では、

抑《そもそ》も桐壺の夕《ゆうべ》の煙、速《すみや》かに法性の空に至り、帚木《ははきぎ》の夜の言《こと》の葉《は》は、終《つい》に覚樹《かくじゅ》の花散《はなち》りぬ。空蟬《うつせみ》の空しきこの世を厭《いと》ひては、

夕顔の露《つゆ》の命《いのち》を観《かん》じ、若紫の雲《くも》の迎《むか》へ、末摘花《すえむつはな》の台に坐《ざ》せば、紅葉《もみじ》の賀《が》の秋の落葉《おちば》もよしやたゞ、
　たま〳〵仏意に遇ひながら、榊葉のさして往生《おうじょう》を願ふべし、……

と、その曲中で『源氏物語』各帖の名を織り込みながら無常と欣求浄土《ごんぐじょうど》を述べる曲舞《くせまい》を紫式部に舞わせている。

また曲の素材となっただけでなく、多くの曲に『源氏物語』の文章の一部や歌が取り込まれている。そして『平家物語』など戦記物語を主題にしたものは修羅《しゅら》物《もの》能が多いのに対して、『源氏物語』を主題とした能の多くが鬘物《かずらもの》（女性を主人公とする能）に、一部が四番目物と仕立てられているのは恋物語としての性格が強い『源氏物語』の内容による結果であろう。

このように能にとっては『源氏物語』がたんなる素材以上の大きな役割をになっており、香のようにその一部として帖名を取り込んだり、茶の湯のように茶道具の銘や茶会の趣向としてときおり利用するだけではなく、能そのものを支える要素の一つともなっているところに特色があるといえよう。

2　美術工芸における源氏物語

工芸と源氏物語

『かたちのなかの源氏物語』（林恭子・二〇〇三）は『源氏物語』に関わりのある美術工芸品を「桐壺」から「夢の浮橋」までの各帖ごとに紹介した書物であるが、それをみていると絵巻物・屏風・画

帖・錦絵《にしきえ》・近代画・カルタなどの絵画が群を抜いて多く、その例は枚挙に遑《いとま》がないほどである。その他にも漆器・染織・やきもの・茶道具、はては庭園の構築物にいたるまで『源氏物語』が取り上げられて、『源氏物語』がいかに日本人に愛され、その生活にとけ込んでいるかがよくわかる。

この書物で取り上げられている多くの美術工芸品のなかで、ここではやきものによって『源氏物語』の各帖をイメージした五十四の連作をものした永楽善五郎即全《えいらくぜんごろうぞくぜん》の労作に注目したい。

最初の桐壺は赤地《あかじ》金襴手《きんらんで》桐絵《きりえ》手《て》桶水指《おけみずさし》を作り、真っ赤な釉薬《ゆうやく》の上に金泥《きんでい》で桐の葉と花を散らして、「桐壺」の帖を表現している。第二帖の「帚木」は、茶碗を作り白っぽい釉薬を掛けてその上に三本のほうきぐさを鉄絵で描いて唐津焼《からつやき》風に仕上げる。以下花入・香炉《こうろ》・香合・茶壺・鉢・皿などおもに茶道具に題材を求めているのは、千家《せんけ》十職《じっしょく》としての意識のなせるわざであろうが、なかには雷神の置物のように茶道具の範疇からかけ離れたものもあるのは、茶道具ばかりでは〝芸〟がないと考えたからであろうか。いずれにしろ五十四もの作品を、いずれもやきものを素材にしながらもそれぞれ異なったものに仕上げ、かつひと目みてどの帖を表現したものであるかがわかるようにするのは、高度なデザイン力と技術力が要求されたであろうと推察される。

それらの作品の形状は茶碗がもっとも多くなっているのは、それだけ茶の湯においては茶碗が重視され、かつ人気があるからであろうが、何によって各帖を表現しているかとの観点から五十四の作品を検討すると、末摘花の帖で「花」の文字を書き込んでいるのを除くと、大きく分けて意匠と形状によっていることがわかり、しかも形状で表現しているのは十五点と全体の三割以下でしかないことに気づかされる。

この比率の示す意味はさまざまに理解されようが、ある意味では致し方のない結果であり、むしろ素材をやきものに求めたからこそ三割近くが形状で表現できたと考えるべきであろう。というのはたとえば染織においては、形状で『源氏物語』の各帖を表現することは極めてむずかしく、事実『源氏物語』を表現した染織はすべて女性の着物であり、打掛《うちかけ》や小袖《こそで》・帷子《かたびら》といった着物の形態の違いはあっても、『源氏物語』を表現する手段はすべて意匠によっており、形状で表現したものはない。この傾向は漆器にもほぼあてはまり、漆器自体は箱・椀・皿などその用途によってさまざまな形態をとるが、『源氏物語』を表現するのはやはり意匠に頼らざるをえないのである。

いまひとつ、絵画は各帖を読み込んでその情景を細部にわたって描写できるが、他の工芸品はそれぞれ技法上の制約があり絵画のように細かな描写はなかなかできず、象徴的な意匠をもって暗示することも少なくない。たとえば牛車《ぎっしゃ》を描くことによってそれから連想される公家の世界を、さらには公家の世界を舞台に展開される『源氏物語』を連想させることによって、これを源氏車文（または御所車文）と称したり、あるいは雲を意匠化した雲文に源氏雲文と称するものもある。これらはいずれも写実的に『源氏物語』の一つの帖や特定の場面を描写したものではなく、いわば象徴化した文様とみることができる。さらには具象的な描写を一切せず、ある図様をもって『源氏物語』を表現する典型的な例が先に述べた源氏香図であり、この源氏香図を工芸品の上に描いたり、どこかに置いたりすることで『源氏物語』の意匠の代わりとするものが少なからずみられる。たとえば茶道具で源氏棚と称するものは、絵などはいっさい描かずに棚の壁部分の板に源氏香図を彫り抜いて、その図によって『源氏物語』のどの帖かを表現しているにすぎない。このように源氏香図は工芸品のみならず建築や庭園の意匠としてもひろく用いられ、日本の意匠として定着している。

日本における工芸は桃山時代にやきものをはじめとしていっせいに花開き、それが江戸時代になってさらに展開していくのだが、その過程で工芸の各ジャンル間でおたがいに影響を与え合いながら発展していく。その際意匠も共有されるものが少なくなく、『源氏物語』にちなむ意匠はその典型的な例として把握することができよう。

菓子と源氏物語

また工芸ではないが、菓子も日本文化を代表するものとみなしてよいだろう。ただし現在みるような和菓子は『源氏物語』が執筆された平安時代にはまだなく、その多くは江戸時代十八世紀以降に考案されたものがほとんどである。

菓子は素材もさまざまで、また形も自在にできることから意匠だけではなく形状によっても主題を表現することも可能であるし、また銘を付けることが多いので、銘によっても主題を表現したり暗示することがある。そして菓子匠たちは菓子を創るにあたって『源氏物語』にも素材を求めたことが文献や今に伝えられる木型などによっても知ることができる。そうした『源氏物語』に素材を求めた菓子を集めた展覧会が催されたことがあり、それらは小冊子にまとめられ、また写真入りで雑誌に紹介されたこともある（虎屋文庫・一九九七など）。

たとえば第四帖の「夕顔」を表現した菓子は、砂糖・澱粉・寒梅粉を混ぜて扇の上に桐の花をあしらった木型で押し出し、扇の綴じ紐の部分に紅を塗ってアクセントとした、いかにも薄幸の女性夕顔を暗示するような菓子となっている。また「桐壺」の帖は、琥珀《こはく》製の桐の花で桐壺を偲ばせ、源氏の元服《げんぷく》の儀式を暗示させる「御階《みはし》の本」という銘を付けている。こうした銘によって主題を表現するの

40 扇面夕顔形（四帖夕顔）と御階の本（一帖桐壺）の菓子（虎屋製）

は、菓子だけでなく茶道具にも多くみられるが、『源氏物語』からとった銘は茶道具にはそれほど多くないことはすでに述べた。

日本文化と源氏物語

以上述べてきたことをまとめると、『源氏物語』は読み物として楽しまれ鑑賞されるだけでなく、その解釈などが源氏講釈として専門的に研究されたりしてきた一方で、芸能や美術工芸のなかに素材の一部として多く採用されてきた。ただその採用のかたちはさまざまで、能においては物語性が重視され、茶や香では参加者の共通の素養として利用され、工芸では意匠や形状そして銘としてその内容を豊かにするのにおおいに役立ったし、絵画では多くの技法を駆使して繰り返し『源氏物語』を主題とした作品が描かれ、室内に飾られたりしていた。

このように日本文化のうえで『源氏物語』のはたした役割は大きく、いわば国民文学として読み継がれてきただけでなく、日本人の生活をより豊かにして今に至っている。そしてそのことはけっして過去の遺産ではなく、文学として現在もなお新たな読者を魅了しているだけでなく、『源氏物語』に題材を得た美術工芸品が次々と作られ、また茶や香などの芸能においては『源氏物語』を契機としてそれが楽しまれる場が繰り返し創出されているのである。

源氏物語全巻あらすじ

吉住恭子
西山恵子

1 桐　壺（きりつぼ）

ある帝（桐壺帝）の御代《みよ》、低い身分ながら帝の寵愛を一身にうける更衣（桐壺更衣）がいた。やがて、帝と更衣のあいだには、世にも美しい第二皇子（光源氏）が誕生する。しかし、第一皇子の母（弘徽殿女御）をはじめ後宮の女性たちの嫉妬による心労から、更衣は皇子が三歳のころに亡くなった。帝の更衣への追慕はやみがたく、忘れ形見の皇子を秘蔵子として寵愛する。

皇子が七歳になったころ、父帝はひそかに高麗人《こまうど》に皇子を観相させ、その将来を案じ、源の姓をあたえて臣籍に下した。美しく成長した源氏は「光る君」と称される。そのころ、父帝は亡き更衣に似ているとの噂を聞き、先帝の皇女（藤壺女御）を入内させた。幼い源氏は、藤壺女御に亡き母の面影をもとめて慕う。

源氏は十二歳で元服し、左大臣家の姫君（葵の上）と結婚するが、葵の上は年上で気位も高く、源氏になかなか打ち解けない。いっぽうの源氏も、藤壺への思慕が日増しに強くなるのであった。

2 帚　木（ははきぎ）

五月雨のある夜、宮中にある源氏の宿直所に、頭中将（葵の上の兄）や左馬頭・藤式部丞が集まり、理想の女性論やそれぞれの体験談を語り合った〔雨夜の品定め〕。源氏は彼らの話を聞き、いまだ知らぬ中流の女性に対して関心を抱く。

その翌日、源氏は方違《かたたが》えのため紀伊守の邸に宿泊するが、そこには伊予介の若き後妻（空蟬）も滞在していた。空蟬の噂をかねてより聞いていた源氏は、昨夜の女性論への関心もあってか、強引に空蟬と契ってしまう。慎み深い空蟬に思いのほか心惹かれた源氏は、空蟬の弟小君を召して文使いとするが、空蟬はふたたびの逢瀬を拒んだ。

3 空　蟬（うつせみ）

源氏は空蟬を忘れられず、小君の手引きによって、ふたたび紀伊守邸を訪れる。夜更けて、源氏はひそかに空蟬の寝所へと忍び込むが、その気配を察した空蟬は小袿を脱ぎ捨て隠れてしまう。源氏が寝所に入ると、そこに寝ていたのは空蟬の義理の娘（軒端荻）であった。源氏は人違いと気付かれないように軒端荻と一夜を過ごし、空蟬の脱ぎ捨てた小袿をそっと持ち帰った。源氏はかたくなな空蟬を恨みながらも、なお忘れえぬとの和歌を詠む。それを小君から受け取った空蟬もまた心乱れるのであった。

4 夕　顔（ゆうがお）

ある夏の夕暮れ、源氏は五条に住む乳母（惟光の母）の病気を見舞い、夕顔の花が咲く隣家の人びとに関心を抱く。秋になり、源氏は惟光の手引きで、夕顔の家の女主人（夕顔）のもとを訪れた。その後も身分を隠したまま通い、素直で頼りなげな夕顔を溺愛する。

ある時、源氏は夕顔を連れて近くの廃院へ向かい、二人きりの時間を過ごす。夜更けて、源氏が不思議な夢に目覚めると、物の怪により夕顔は正気を失っている。すぐさま人を呼び、魔除けをさせるが、夕顔はすでに息絶えていた。二条院へ戻った源氏も、重い病を煩う。ようやく病が癒えたころに、源氏は夕顔の素性と、頭中将とのあいだに三歳の女児があることを知った。

5 若　紫（わかむらさき）

源氏十八歳の春、瘧病《わらわやみ》の加持をうけるため北山の聖《ひじり》を訪ね、そこで恋い慕う藤壺女御によく似た少女（紫の上）を垣間見る。少女は兵部卿宮（藤壺の兄）の姫君で、母亡き後は祖母の尼君に育てられていた。源氏は、藤壺の姪にあたるその少女を、手許にひきとりたいと懇望する。

帰京した源氏は、王命婦の手引きで、三条宮に里下がりをしていた藤壺と、夢のような逢瀬を持った。藤壺は懐妊し、源氏も不思議な夢でこの事実を悟る。

晩秋のころ、源氏は帰京していた北山の尼君を見舞う。やがて尼君が亡くなったことを聞くと、一人残された少女のもとを訪れる。源氏は少女が父宮の邸に引き取られると知り、それに先んじて少女を二条院へひそかに迎え取った。

6 末摘花（すえつむはな）

夕顔のような心安らぐ女性を探し求める源氏に、乳母子の大輔命婦が、故常陸宮の姫君（末摘花）の話をする。頼る人もなく寂しく暮らす姫君の話に心動かされた源氏は、梅の香る夜に宮邸を忍び訪れ、姫君のわずかな琴の音を聴く。そこへ、源氏の跡をつけてきた頭中将も現れ、姫君をめぐり恋のかけひきが始まる。

秋になり、源氏は命婦を責めて手引きさせ、姫君と契りを結ぶが、想像と異なる姫君の様子に失望する。冬の朝、雪明かりで姫君の赤い鼻や不器量な容貌を知った源氏は落胆するが、世慣れない姫君や宮邸の困窮ぶりを憐れみ、姫君の世話をしようと思うのであった。

7 紅葉賀（もみじのが）

朱雀院への行幸で、源氏は頭中将と青海波《せいがいは》の舞人になった。桐壺帝は、懐妊中の藤壺女御にも見せたいと、宮中で試楽をおこなう。藤壺を思いながら舞う源氏の美しさに、藤壺も人知れず思い悩む。行幸当日、風に吹かれ、紅葉の散り交うなかで舞う源氏は、この世ならぬ美しさであった。

やがて、源氏に生き写しの美しい男皇子（後の冷泉帝）が誕生した。何も知らずに皇子の誕生を喜び、いよいよ藤壺を寵愛する父帝に対し、源氏も藤壺も罪の意識から苦悩する。いっぽう、かつて心ならずも源氏を臣籍降下させた帝は、皇子を東宮に立てることを望み、生母の藤壺を立后させ、源氏も参議に昇進させた。

8 花　宴（はなのえん）

藤壺立后の翌春、紫宸殿で盛大な桜の宴がおこなわれた。源氏の詩や舞のすばらしさを人びとは賞賛する。それを弘徽殿女御は苦々しく聞き、藤壺中宮も複雑な思いでいた。その夜、源氏は弘徽殿の細殿で、「朧月夜に似るものぞなき」と口ずさむ女君（朧月夜）と出逢い一夜を過ごす。互いに名のることなく別れた後も、その女君を忘れられずにいる源氏。しかし、彼を快く思わない右大臣家の姫君であろうとの話を聞き、再会の難しさを思う。やがて、右大臣家での藤の宴に招かれた源氏は、朧月夜に出逢った女君が右大臣家の六の君で、東宮妃として入内する予定の姫君だと知る。

9葵（あおい）

桐壺帝が退位し、源氏の異母兄である朱雀帝の御代となった。東宮には藤壺所生の皇子が立ち、源氏は東宮の後見を頼まれる。新帝即位により、伊勢の新斎宮に六条御息所の姫君が選ばれた。源氏の冷淡さを嘆く御息所は、娘とともに伊勢へ下向するかで思い悩む。

いっぽう、葵の上は源氏の子を身ごもった。この年、賀茂の新斎院の御禊《ごけい》に供奉する源氏を見ようと貴賤の人びとで賑わうなか、ひそかに見物していた御息所は、葵の上の一行から辱めを受ける。この後、御息所の物思いはいっそう強まり、身重の葵の上は物の怪に悩まされて病床に就く。源氏は葵の上に取り憑いているのが御息所の生き霊と知り、衝撃を受ける。葵の上は苦しみながらも男児（夕霧）を出産。源氏と初めて心を通わせたが、急逝する。

四十九日の喪が明け、二条院へ久しぶりに戻った源氏は、見違えるほど大人らしくなった紫の上と新枕をかわして妻とした。

10賢　木（さかき）

六条御息所の伊勢下向が近づいた秋の夜、源氏は野宮に御息所を訪ねる。源氏はひきとめるが、御息所は伊勢へ下向した。それから間もなく、桐壺院の病状が悪化。院は朱雀帝へ、東宮・源氏を大切にするよう遺戒して崩御する。父院の崩御により、源氏の藤壺中宮への思慕はさらに強まる。藤壺は、源氏の執着に思い悩んで出家の意志をかため、故桐壺院の一周忌の法要後に出家した。

父院の遺戒にもかかわらず、帝の外戚である右大臣家は専横をきわめ、藤壺や源氏、左大臣家は不遇をかこつ。源氏は、朧月夜が尚侍として出仕した後も逢瀬を重ね、里邸にいるところを忍んで逢いに行った。しかし、朧月夜と一緒にいるのを右大臣に見られてしまう。右大臣から話を聞いた弘徽殿大后は激怒し、源氏の失脚をはかろうとする。

11花散里（はなちるさと）

朧月夜との密会を右大臣に知られた源氏は、世の中に対する厭わしさもいよいよ強まるが、現世での絆も断ちがたく、出家までには踏み切れなかった。

五月雨の晴れ間、源氏は故桐壺院の女御の一人であった麗景殿女御の邸を訪ねた。女御の妹君（花散里）がかつて源氏と思いを交わしたことから、源氏は父院亡き後も、女御たちの世話をしていたのである。女御の邸はひっそりと物寂しげで、橘の香るなか、ほととぎすの鳴き声が聞こえてくる。源氏は女御と桐壺院在世中の昔を懐かしく語り合い、花散里のもとを久しぶりに訪ねるのであった。

12 須　磨（すま）

源氏を取り巻く政情が日々厳しくなるなか、源氏は東宮にまで累が及ぶのを危惧し、自ら須磨への退去を決意する。三月、藤壺の宮や左大臣家を訪ね、亡き父院の御陵に詣でた後、紫の上に思いを残しつつ須磨へと向かった。

須磨では、琴・詠歌・絵などに心を慰めながら、無聊の日々を過ごす。そのころ、須磨にほど近い明石に住む入道は、源氏の須磨隠棲を聞き、娘を源氏に逢わせたいと願う。翌年の春、源氏のもとへ宰相中将（かつての頭中将）が訪ねてきた。懐かしい友との再会を喜び、旧交を温めた二人は、またの再会を願いつつ別れを惜しむ。三月上巳《じょうし》の日、海辺で禊《みそぎ》をする源氏たちを突然の暴風雨がおそった。

13 明　石（あかし）

暴風雨はやまず、源氏は住吉大明神に願を立てる。ようやく風雨もおさまった夜、源氏の夢に亡き父院が現れ、住吉の神の導きに従い、須磨から立ち去るよう告げる。翌朝、明石の入道が夢のお告げとして源氏を迎えに訪れ、源氏は父院の勧告に従い明石へと移った。源氏は入道から、その娘（明石の君）にまつわる不思議なお告げを聞き、自分との宿縁を知って結ばれた。

いっぽう、都では天変地異が続き、帝は父院が怒る夢を見てから眼病に苦しむ。外祖父の太政大臣は亡くなり、母の大后も病がちとなる。翌年の秋、帝はついに源氏召還の宣旨を下した。源氏は懐妊中の明石の君を残して、二年四か月ぶりに帰京し、すぐさま権大納言に昇進した。

14 澪　標（みおつくし）

源氏は帰京後すぐに、父院の追善御八講をおこなった。翌年、十一歳の東宮は元服し、即位する（冷泉帝）。源氏は内大臣となり、葵の上の父も摂政太政大臣として復帰、宰相中将も権中納言に昇進し、源氏の周辺にふたたび春がめぐってきた。

同年三月、明石の君は女児（明石の姫君）を出産。源氏はかつての予言を思い、明石母子を京へ迎える準備を急がせる。秋になり、源氏は願ほどきに住吉へ参詣した。そこへ、偶然にも明石の君一行が来あわせたが、再会はかなわなかった。

御代替わりで、六条御息所も娘の前斎宮と帰京し、病から出家する。見舞いに訪れた源氏に対し、娘の後事を託して世を去った。

15 蓬　生（よもぎう）

源氏が須磨に退居していたころ、末摘花の生活はふたたび困窮していた。しかし、故常陸宮邸の風情あるたたずまいや由緒ある調度品をもとめる人があっても、末摘花はかたくなに拒み、窮状を堪えながら、源氏の帰京を待ちつづけた。その後、源氏はゆるされて帰京したが、宮邸への訪れはなく、末摘花は失意の日々を過ごす。

帰京の半年後、源氏は花散里のもとを訪れる途中、荒れ果てた邸に懐かしい木立を見て、末摘花のことを思い出す。そして、末摘花が源氏を一途に待ちつづけていたことを知ると、末摘花を手厚く庇護し、やがて二条東院へ迎えた。

16 関　屋（せきや）

源氏は須磨から帰京した翌年の秋、願ほどきに近江の石山寺へ参詣した。源氏の華やかな行列が逢坂の関に差しかかった時、前任の常陸介（かつての伊予介）たちが帰京するのと偶然に行き合わせた。その一行には、常陸介の後妻であり、かつて源氏が思いを寄せた空蟬もいた。源氏は昔を懐かしみ、今は右衛門佐となった小君（空蟬の弟）を介して、空蟬へ手紙を送るのだった。

ほどなく夫に先立たれた空蟬は、義理の息子である河内守（かつての紀伊守）からの懸想を避けるために出家した。

17 絵　合（えあわせ）

前斎宮は冷泉帝の後宮に入内し、梅壺女御となった。

源氏は亡き御息所の遺言を守り、その世話をする。後宮には権中納言の姫君（弘徽殿女御）が先に入内していたが、帝も梅壺女御も絵をたしなむことから、次第に梅壺への寵愛が深まっていく。

権中納言は帝の関心を引き戻すべく、当代有数の絵師たちに贅を尽くした絵画を描かせる。それに対し、源氏も秘蔵の絵画を梅壺へおくるなど、後宮での絵画熱は高まり、ついには帝の御前で絵合がおこなわれた。梅壺方・弘徽殿方ともに優劣つけがたいなか、梅壺方の最後は、源氏が須磨退居の際に描いた絵日記であった。この須磨の巻は皆に深い感動を与え、梅壺方の勝利となる。

18 松　風（まつかぜ）

源氏は二条東院を新造し、花散里や末摘花などゆかりの女君たちを住まわせた。明石の君にも上京するよう促すが、明石は自分の身のほどを思うと決心しかねていた。父の入道は、妻の尼君が伝領する大堰川のほとりの邸を修築して、そこへ住めるように準備をする。やがて、明石は姫君・母の尼君と上京することになり、父の入道と涙の別れをする。大堰の邸に入った明石を源氏が訪れ、三年ぶりの再会を果たした。そこで初めて姫君と対面した源氏は、愛しさとともに、予言で后となるであろう姫君の将来を考えて、二条院へ引き取ることを紫の上に相談する。

19 薄　雲（うすぐも）

冬を迎えても二条東院へ移らない明石の君に、源氏は姫君を二条院へ引き取ることを切り出した。明石は愛娘を手放すのを憂うが、母尼君の勧めや、姫君の将来を案じて、源氏に姫君を託す。源氏は姫君の養育を紫の上に頼み、紫の上も可憐な姫君をいとおしむ。

翌春、源氏の舅の太政大臣が薨去。さらには藤壺の宮も崩御し、源氏は人目を忍びながらその死を嘆く。四十九日の法要も終わったころ、冷泉帝は藤壺の護持僧から、自分の出生の秘密を聞かされて衝撃を受ける。帝は源氏に譲位したいとの意向を打ち明けるが、源氏はそれを固辞する。帝の態度に、源氏は藤壺との密事を知られたのではないかと動揺するのであった。

20 朝　顔（あさがお）

父式部卿宮の死去により、朝顔の姫君は賀茂の斎院を退き、喪に服していた。源氏は長年の思いから熱心に求愛するも、朝顔はそれを拒みつづける。源氏の朝顔への執心は世間にも広まり、その噂を聞いた紫の上は苦悩する。

　ある雪の夜、源氏は紫の上の機嫌をとりながら、藤壺の宮をはじめ、朝顔や朧月夜などゆかりの女君たちの人柄を語った。その夜、源氏の夢に藤壺が現れ、自分のことを紫の上に話したのを恨み、さらにあの世で罪障を償うのに苦しんでいると告げる。目覚めた源氏は、冥界で苦しむ藤壺のために、人知れず寺々で誦経をおこなわせた。

21 少　女（おとめ）

　夕霧は祖母の大宮に養育されていたが、十二歳になり元服した。源氏は夕霧を学問に専念させようと、大学寮に入れる。夕霧は、父の厳格な処置を恨みながらも勉学に励み、異例のはやさで寮試に及第した。

　そのころ、源氏が後見する梅壺女御が中宮（秋好中宮）となり、源氏は太政大臣に、権中納言は内大臣に昇進した。内大臣はもう一人の娘（雲居雁）を東宮のもとへ入内させようとする。この姫君も大宮のもとで養育され、幼なじみの夕霧とは相愛の仲であった。それを知った内大臣は、二人の仲を引き裂いてしまう。

　翌年、源氏は豪壮な六条院を新造した。四季の庭を配した四町に、紫の上（春の町）・花散里（夏の町）・秋好中宮（秋の町）・明石の君（冬の町）が移り住んだ。おりしも六条院に里下がりした中宮は、紫の上と春秋の素晴らしさを競う歌を詠み交わす。

22 玉　鬘（たまかづら）

　源氏は、儚く世を去った夕顔を忘れられずにいた。夕顔の侍女右近も、今は紫の上に仕えているが、夕顔の姫君（玉鬘）を探しつづけていた。玉鬘は母と離別後、乳母一家に伴われて遠く大宰府へ下向し、帰京も叶わぬまま、かの地で美しく成長した。玉鬘の美貌を聞き、多くの求婚者が現れたが、大夫監という豪族の強引な求婚から逃れるように京へ戻る。

　しかし、玉鬘たちには頼るべき人もなく、霊験を頼んで寺社に参詣した。大和の長谷寺へ参詣した時、偶然にも右近と再会。右近は、玉鬘との再会を祈願しに何度も長谷寺へ参詣していたのである。右近から玉鬘との再会を報告された源氏は、喜んですぐさま玉鬘を六条院へ迎えた。

23 初　音（はつね）

六条院で初めての新年を迎えた源氏は、春の町で紫の上と末長い契りを誓い合った後、六条院のほかの女君たちのもとを訪れた。明石の姫君のもとには、生母明石の君からの手紙が届けられていた。明石の胸中を哀れんだ源氏は、姫君に返事を出すようさとす。

ついで夏の町を訪れた源氏は、花散里のつつましい上品さを好ましく思い、玉鬘の華やかな美しさを愛でる。冬の町では、明石の君が姫君からの初めての返事に、嬉しくも心乱れさせていた。その優美な様子に心惹かれた源氏は、紫の上に気がねしながらも、冬の町で一夜を過ごした。

24 胡　蝶（こちょう）

晩春の三月、紫の上は六条院に滞在中の秋好中宮の女房たちを春の町へと招き、いまだ春爛漫の美しい庭を案内する。翌日、中宮主催の季の御読経にも、紫の上は見事な桜や山吹の花を献じて、かつての春秋くらべのお返しをするのであった。

いっぽう、玉鬘の噂が広まるにつれ、源氏の思惑どおり、玉鬘に思いを寄せる人びとが増える。源氏は、玉鬘に求婚者たちの人柄や対応の仕方を教えるが、自身もまた玉鬘への恋情を募らせていく。初夏の雨上がりの宵、源氏はついに自分の抑えられない思いを打ち明ける。親のように頼っていた源氏の思わぬ告白に、玉鬘は驚き、苦悩するのであった。

25 蛍（ほたる）

源氏は玉鬘への恋情を抑えがたく、人目を忍んで言い寄りながら、そのいっぽうでは異母弟である兵部卿宮のことを勧めたりした。そのような源氏の態度に、玉鬘は人知れず思い悩む。ある夜、玉鬘のもとへ兵部卿宮が訪れると、源氏は隠していた蛍の光で玉鬘の美しい姿を闇に浮かび上がらせ、宮の恋情を掻き立てた。

長雨のつれづれに、六条院の女君たちは、絵や物語を慰めにしながら、日々を過ごしていた。とくに遠国で育った玉鬘にとって、物語はものめずらしく熱中する。そんな玉鬘に、源氏は独自の物語論を語って聞かせるのであった。

26常　夏（とこなつ）

ある夏の日、源氏は夕霧や内大臣の子息たちと涼みながら、内大臣が最近迎え取ったという落胤の姫君（近江の君）のことを話題にした。夕霧と雲居雁の一件に対する不満もあってか、源氏はその話題に乗じて皮肉な言葉を口にする。

それを知った内大臣も、源氏への対抗意識から、明石の姫君や源氏が新しく迎えた玉鬘のことを皮肉めいて語る。しかし、内心では雲居雁や近江の君といった自身の娘たちの処遇について苦慮していた。なかでも、良家の姫君らしからぬ近江の君の振る舞いには、内大臣も頭を痛めるのであった。

27篝　火（かがりび）

近江の君の噂を聞いた源氏は、内大臣の思いやりのない対応を批判する。玉鬘もその噂を聞き、源氏の深い配慮に感謝しながら、我が身の幸運をひそかに思うのであった。

初秋のある夜、玉鬘のもとを訪れた源氏は、庭先で燃える篝火を、自分のせつない恋情にたとえて詠みかける。

その後、源氏は近くで合奏していた夕霧や柏木・弁少将を招いて、一緒に笛や和琴を奏でた。御簾の内にいる玉鬘は、実の兄弟たちの奏楽を万感の思いで聴き、それと知らぬ柏木は、思いを寄せる玉鬘の前で、胸を騒がせながら和琴を奏でていた。

28野　分（のわき）

六条院も、初秋に押し寄せる台風・野分に襲われ、秋の風情も台無しになってしまう。その翌日、六条院に見舞に訪れた夕霧は、紫の上をはじめてみかけ、その美しさに驚愕する。夕霧はいままで紫の上とは会ったことがなかったが、源氏が紫の上に会わさなかったのも納得いくところだった。夕霧は野分の恐怖も残っていようと、その日は祖母の大宮の三条邸に泊まったが、紫の上の面影は脳裏から離れることはなかった。

また、夕霧はこのこととは別に、源氏と、養女としてやしなっている玉鬘との、親子としては不自然な、むつみあいを目撃し、複雑な気持ちにおそわれるのであった。

29行　幸（みゆき）

源氏の心は玉鬘を宮中に出仕させることに、ほぼ決まっていた。まだ、正式の発表はしておらず、玉鬘には多くの求婚者が集まっていた。この日は、冷泉帝の大原野行幸ということで、左右大臣、内大臣をはじめとして、主だった公卿たちが扈従し、玉鬘に求婚する者たちも多く従っていた。六条院の女性たちも路頭に出て見物をし、帝の美しさに目をうばわれる。けれども、玉鬘の目をひいたのは、帝の美しさよりも、はじめて見る実の父、内大臣の姿であった。また、のち夫になる髭黒大将は、決してよい印象ではなかった。

玉鬘を宮仕えさす前に、実の父、内大臣と対面させる必要があり、源氏は内大臣に玉鬘の重要儀式、裳着の時の腰結役をたのみ、今までのいきさつを説明する。内大臣は源氏に深く感謝し、腰結役をだまって引き受けるしかなかった。

30藤　袴（ふじはかま）

玉鬘が冷泉帝へ宮仕えすることが決定し、夕霧が玉鬘のところへ日時などについての伝言役となった。そんなとき、夕霧は玉鬘が、実の妹ではないとわかった今、気持ちを抑えることができず、御簾から藤袴の花を差し入れ、彼女の袂をもち、気持ちを訴えるのであった。今まで、兄妹として育ってきた玉鬘には、到底その気にはなれず、困惑するのみであり、夕霧は気持ちを打ち明けたことを後悔するのであった。

いっぽうの婿候補の一人、柏木は、実の妹とわかったいまは、踏ん切りがつき、玉鬘のことはあきらめられた。また、玉鬘に執心の髭黒大将は、彼女の出仕の日が決まってもあきらめられず、何とか、自分のものにならないものかと思案するのであった。

31真木柱（まきはしら）

最終的に玉鬘を手に入れたのは、髭黒大将であり、誰もが想像もしなかった結果であった。髭黒大将の北の方はもともとはつつましやかな、教養深い女性であったが、物の怪に取りつかれて、やみやつれてしまったのであった。今日も髭黒大将が玉鬘のところに行く用意をしているときに発作が起こり、火取りの灰を髭黒大将に投げかけてしまう。

やがて、北の方は髭黒大将と離縁し、子供とともに実家の式部卿宮の家に引き取られることとなる。引き取られるその日、娘の真木柱は父の顔をみてから引っ越をと待っていたが、父には会えず、真木柱は和歌を柱にはさんででていく。

32 梅　枝（うめがえ）

明石の姫君の東宮への輿入れもきまり、一段落。源氏は薫物合《たきものあわせ》を行うことを思いつく。香を調合する人びとには、紫の上をはじめとする六条院の女性たち、源氏とは幼いときから懇意にしている朝顔の姫君などがあたった。香は何種類もの香木を調合し、作り手により薫が違うという趣向であった。

紫の上が調合した「梅花」という香は季節にもあって絶品であったが他の人の香もすばらしく、判者をたのまれた蛍兵部卿宮も優劣をつけるのに難渋するほどであった。

また、明石の姫君の婚礼にさいして、冊子つくりをしている中で、六条院の女性たちの筆跡談義が繰り広げられ、自身能書家で有名な源氏であるが、六条御息所の書がすぐれた、卓越した書ということで話合いは落着する。

33 藤裏葉（ふじのうらは）

源氏の息子、夕霧と昔の頭中将の娘、雲居雁の恋模様もなかなか決着がつかないままであった。本人同士は幼いときから気ごころもしれ、相思相愛なのであるが、親同士の仲がうまくいってないため、二人の仲も進まないのである。夕霧には、ほかの女性との話もでてきている。そんな時、四月の初めに、夕霧は内大臣家（昔の頭中将家）より、藤の花を愛でる藤花の宴に招かれ、夕霧は内大臣一家より歓迎を受け、その夜雲居雁と結ばれる。これで、二人の仲も一件落着となる。

また、長年、紫の上が養育していた明石の姫君の輿入れも無事にすんだ。そのとき、紫の上は以後の後見役を、実の母の明石の君に依頼する。同じ六条院に住まいながら会うことのない母子であったが、紫の上の最大の気配りだったのであろう。

34 若菜上（わかな　じょう）

かねてから出家願望をいだいていた朱雀院だったが、愛娘の女三の宮のことだけが気がかりであった。母は早く他界して、有力な後見もいない。身分たかく、こころばえのよい、しっかりとした後見をほしいものと朱雀院は源氏に相談する。はじめは相談だけであったが、やがて、源氏が婿に入るということになる。年の差、およそ三十歳ほどであった。でも決めてとなったのは、彼女が藤壺の縁者ということ、これはのち、間違いだとわかるのであるが。でも、そんな女三の宮に焦がれる人物がいた、昔の頭中将の息子、柏木である。柏木は六条院で夕霧らと蹴鞠をしていたとき、御簾があがり、女三の宮を見て忘れられなくなるのである。

35若菜下（わかな　げ）

女三の宮のことが忘れられない柏木は、仲介者を頼み、女三の宮の飼っていた唐猫を譲り受けかわいがる。他からの縁談も見向きもしない。また、源氏は五十歳を迎える朱雀院のために賀宴を企画し、その練習のために、六条院関連の女性たちは、紫の上は和琴など、それぞれに楽器の練習に励む。紫の上は病気にかかり、二条院で療養をする。そして、源氏も二条院に行きがちになるが、そのすきをついて、柏木は女三の宮と想いを遂げてしまう。やがて、女三の宮は柏木の子供を懐妊してしまう。

36柏　木（かしわぎ）

女三の宮と柏木のあいだに男の子が生まれ、薫と名づけられる。その子は、あくまでも源氏の子供として育てられる。けれど、薫は柏木とよく顔が似ているのである。産後の衰弱や源氏の冷たい態度を恨み、女三の宮は出家を決心する。源氏にとっては、因果応報ともいえるのだが、自分の子供として育てようと決心する。いっぽうの柏木は、源氏にことの真相が知られたと感づくと、寝込んでしまい、見舞に来た夕霧に、妻の落葉の宮のことや、後の事を託して死去してしまう。

37横　笛（よこぶえ）

柏木が死去して一周忌を迎え、故人を偲ぶ源氏の格別の志や、故人の妻落葉の宮に示す夕霧の誠意に、父の大臣は、感謝とあらためて息子を亡くした悲しみにひたる。いっぽう、落葉の宮を訪ねた夕霧は、落葉の宮の母から柏木遺愛の笛を贈られる。

しかし、その夜の夢に柏木が現れ、笛を譲りたい人はほかにあったと告げ、夕霧は柏木の供養を行ったうえで、事の始終を源氏に話すが、笛については、自分が預かるというのみであった。あらためて、夕霧の中に、女三の宮と柏木の関係、薫の出生の秘密など、不審がよみがえってくる。

38鈴　虫（すずむし）

蓮のさかりのころ、不義を犯してしまった柏木とのこと、彼の死といろいろな問題が重なり、女三の宮は出家の後の開眼供養を行う。源氏も経一巻を書写したり協力をおしまなかったが、源氏があの世でもともにと、和歌で贈るが、女三の宮の答えは、「あなたは私をお許しにならないでしょう」という冷たいものであった。

季節が移り、秋のころ、女三の宮は御殿に秋の虫を放つ。御殿に源氏、夕霧、蛍兵部卿宮などが集い、源氏自ら琴を弾き、楽器を合奏する。そこに、冷泉院より、決まっていた管絃の遊びが中止になったので、こちらへ寄らないかという誘いがあり、六条院にそろっていた貴族たちも、冷泉院のところを訪れる。

39夕　霧（ゆうぎり）

源氏の長男でありながら、堅物で通っていた夕霧だが、幼いときからの恋を成就した雲居雁のほかに、想い人ができる、故柏木の妻落葉の宮だ。落葉の宮は母一条御息所と小野の地に同居していたが、母が病気となり、夕霧も見舞にかけつける。その夜、夕霧は自分の思いを落葉の宮にぶつけるが、彼女は頑なに拒む。娘のことを気にしつつ、一条御息所はなくなり、夕霧は葬儀を万事しきり、そのあと、母をなくした落葉の宮を、なかば強引に一条宮に移して、二人は結ばれる。夕霧の妻雲居雁は夫夕霧の浮気を許すことができず、実家に帰ってしまう。

40御　法（みのり）

紫の上の病状はますます悪化していき、紫の上自身も自分の死期をさとり、源氏に出家を願う。源氏は彼女の出家を許さない。紫の上は二条院で法華経千部の供養を行い、そのまま二条院で療養する。花散里、明石の君とも和歌をかわし、さりげなく別れを行う。紫の上は、匂宮に二条院の紅梅と桜はよく世話をして、楽しむようにと遺言をして、死んでゆくのであった。枕もとには、源氏と、紫の上がかわいがっていた明石の姫君もつきそう。

41 幻（まぼろし）

紫の上の死から立ちなおることのできない源氏であった。腹違いの弟の蛍兵部卿宮以外とは、久しく言葉もかわさず、引き籠りがちの源氏であった。源氏の出家を遂げようという心も固くなってきた。匂宮も紫の上の遺言をしっかりまもり、二条院の花に目を配る日々であった。源氏は自分の死期も近いことを悟り、紫の上の手紙を整理する。その中には、源氏が須磨に流謫している時にかわした消息もあった。追儺などの行事に、はしゃぐ匂宮をみながら、自分がみられるのも、最後だろうかと思う源氏であった。

源氏の死去については、『源氏物語』の中では、一切触れられていないが、この巻以後、『源氏物語』に源氏は登場しない。

42 匂　宮（におうのみや）

源氏が死去してのち、その声望をつぐものはいない。わずかに、源氏と女三の宮の子供の薫（実は柏木と女三の宮との子供）と源氏には孫にあたる匂宮の二人が、「匂ふ兵部卿、薫る中将」とはやされるのみであった。薫は生まれつき仏の芳香を思わせる、いい薫を体から発し、それを真似るべく匂宮もよい匂には気をくばっていた。薫、匂宮行くところ、かぐわしい匂いがいっぱいであった。薫は冷泉院や秋好中宮などに目をかけられ、官位の昇進も順調であったが、どこか心に厭世的なところがあった。それは、自分でも気になっていた出生の秘密であった。

43 紅　梅（こうばい）

按察大納言は、昔の頭中将、現在は退職した前太政大臣の二男で、女三の宮との不倫事件を起こした柏木の弟だった。現在は真木柱と再婚している。亡くなった北の方とのあいだには二人の姫がおり、真木柱とのあいだにも、真木柱の連れて来た子供、姫と宮の御方もいっしょに暮らしている。父の大納言は自分の娘を、今をときめく匂宮に嫁がせたく、紅梅に和歌を添えておくるが、匂宮の心は真木柱の娘にあったようである。匂宮のいろいろの噂を聞く真木柱はすこし躊躇気味であった。

44 竹　河（たけがわ）

故髭黒の太政大臣家では、以前と違い政界での発言権はうすれ、妻であった玉鬘が三人の男子と二人の女子の処遇について、心をいためていた。玉鬘は姉の大君は院にという心づもりであった。夕霧も自分の息子、蔵人少将と見合わせたいと思う。桜の盛りのころ、蔵人少将は庭の花を掛け物に碁を打つ二人の姿をみて、ますます思いをつのらせるのであるが、しかし、大君は冷泉院のもとへと嫁ぐのである。

45 橋　姫（はしひめ）

宇治には故光源氏の腹違いの弟宇治八宮が大君・中君の二人の娘と暮らしていた。昔は東宮にもなろうかという八宮であったが、今はその威勢もなく、仏を友として、暮らしていた。

薫は、そんな八宮の生き方に共鳴して宇治に通うが、ある日、八宮の山荘を訪ねると八宮は山の庵に行っており、娘二人が楽器の合奏をして留守をしている様子を垣間みる。妹の中の君は、琵琶の撥でも月を招けますね、と冗談を言っている。薫は姉の大君に心を奪われる。この時から宇治十帖の悲しい恋がはじまる。

46 椎　本（しいがもと）

二人の娘の結婚を気にしながらも、八宮は娘たちに高貴な宮家の面目をつぶすような結婚はすまいと言い聞かせる。やがて、死期をさとった八宮は、二人の後見を薫に託して山の庵に籠もり、まもなく他界してしまうのである。

故光源氏の孫にあたる匂宮も薫の話から、宇治の姫君たちに興味をいだき、やがて心は妹の中の君にそそがれる。そんな匂宮に夕霧の娘六の君との縁談が持ち上がるが、匂宮は乗り気にはなれない。いっぽう、薫は八宮の邸宅を訪れるたびに、喪服の大君にいよいよ心を寄せる。

47 総　角（あげまき）

故八宮の一周忌も間近な日、宇治を訪れた薫は、再度大君に自分の気持ちを伝える。大君の周辺の人びとも、薫と大君が結ばれてくれればと願う人が大半であった。大君は反対に、中の君と薫を結びつけたいと思っていたのである。ある夜、大君の寝所に忍び入った薫であったが、大君に事前に気付かれて、大君は逃れ、中の君と一夜を過ごすこととなった。もちろん、二人は夜を徹して話をするだけであった。

薫は一計を案じ、匂宮と中の君が結ばれればと画策するが、そのことはますます大君の男性不信を招き、さらに、匂宮と夕霧の六の君との縁談がすすんでいることを聞き、ショックから大君はかけつけた薫にみとられながら死んでしまう。

48早　蕨（さわらび）

宇治の山荘にも春はやってきた。山寺の阿闍梨から例年通り山菜が送られてくるが、中の君には姉をなくした悲しみがいやましてしまう。そして中の君は匂宮により、京の二条院に引き取られる。喜びにわく女房たちに反して、父の遺言、姉の男性に対する態度をかんがみる中の君であった。二条院に移ってからも、自分を寵愛してくれる匂宮の心だけが救いであったが、薫も後見としての立場では、そのことを喜びながら、大君の死んでしまったのち、中の君を自分のものとしなかったことへの後悔に苦しむのであった。その薫の心を匂宮は読み取っていたのであった。

49宿　木（やどりぎ）

中の君の不安は現実のものとなり、匂宮と六の君の結婚が成立する。中の君としては、父の遺言や姉が薫の気持ちを知りながら、宇治を離れなかった深慮を今更ながらに思うのであった。また、現に匂宮のよがれも続く。いっぽう、薫にしても、中の君と匂宮を取りもったのは自分なのだから後悔の念はいっぱいである。

そんな薫に中の君は父故八宮の三回忌にことよせ、宇治への同道を懇願する。そんな二人のあいだに、ただならぬ気持ちが沸いてくるのも当然だが、中の君が匂宮の子供を懐妊したことがわかる。中の君は男子を出産し、盛大な産養も行われ、世間では、中の君を「幸人」と称するのである。

50東　屋（あづまや）

故八宮には大君・中の君のほかに、北の方の死後、家に仕える中将の君という女性とのあいだにもうけた、浮舟という女性がいた。大君とよく似た女性であった。中将の君はその後、八宮のもとを離れ、常陸介という受領と再婚をして浮舟ともども任地にいってしまう。

やがて任期があけて京に帰ってくるが、常陸介の財産をめあてに、大勢の婿候補が浮舟に名乗りをあげる。左近少将という人物が婿に選ばれるが、この男性もしょせんは常陸介の財産目的。浮舟が常陸介の実子でないと知ると、あっさりと実子の女性と結婚を決めてしまう。

傷ついた浮舟を、常陸介の家族といっしょに住まわせられないと、中将の君は中の君に相談にいく。しかし、そこで浮舟はもう少しで匂宮に襲われる。この一件を機に、浮舟は三条の隠れ家へ、さらに、浮舟を以前より見知っており、憎からず思っていった、薫により宇治へとかくまわれる。

51浮　舟（うきふね）

浮舟を大君の形代《かたしろ》として、憎からず思っていた薫は、いつかは浮舟を京都へ迎えようと考えていた。いっぽう、中の君の邸宅で見た浮舟を忘れられない匂宮は、とうとう浮舟が宇治にいること、また薫とも縁のある人ということを突き止める。そして、薫をよそおい浮舟を訪れ、契りを交わしてしまう。匂宮と契りを交わしたあと、薫と会い、そのことも告げられないでいる浮舟を、薫は女性として成長したと誤解する。

でも、わかる時がきてしまう。警固を強める薫、その中を突破しようとする匂宮、二人のなかで、浮舟は宇治川への入水へと追いつめられていく。

52蜻　蛉（かげろう）

浮舟が消えた、死んでしまったという噂が広まる。どこを探してもみつからない浮舟に、薫により、四十九日の法要と、あとの手筈がこくこくと進んでいく。薫も匂宮を見舞にいき、その落胆ぶりにびっくりするほどであった。浮舟の一件を封印したように、薫の中に女一の宮への気持ちがあらわれてくる。女一の宮は薫の正妻女二の宮の姉妹で、薫にとっては高嶺の花の存在であった。でも、思慕のあまり妻に同じ格好をさせて、面影を忍ぶということもあり、常に心の中にある女性ではあった。

53手　習（てならい）

浮舟が生きていた。おりしも初瀬詣の帰りであった、横川の僧都の妹尼の一行、妹尼と宇治院に来ていた横川僧都に助けられたのである。横川の僧都の妹尼は、死んでしまった自分の一人娘の身代わりを授かったと、自分の庵のある洛北小野で、大切に介抱する。はじめは、軽い記憶喪失もあり、死を願う浮舟は、素姓を語ろうともしなかった。そして、訪れた横川の僧都に出家を切望する。その願に迷いはあったものの、浮舟の願を受け入れて、僧都は出家を遂げさせる。

仏を友とすることとなった浮舟は、仏前の勤行、経の読経に励むうちに、心もとけて、尼君とも会話をかわすようになる。

54 夢浮橋（ゆめのうきはし）

浮舟が生きていて、小野の里で仏を友として暮らしていることを、とうとう薫が知る。薫の驚きようはなく、横川の僧都も、浮舟からの望みだったとはいえ、出家させてしまったことへの後悔はぬぐえなかった。薫はさっそくに、浮舟の弟小君を使いに遣わし、自分と、もう一度やりなおそう、つまり、浮舟に還俗をすすめる。出家の前ならともかく、出家後の浮舟にはもうもどることは考えられず、尼姿の誰が浮舟なのかさえ明確にすることはなかった。

『源氏物語』五十四帖の話はこれで終わる。少し物足りなさが残る終わりかたかもしれないが、あとはそれぞれの心の中でということであろう。

（吉住分担1〜27／西山分担28〜54）

付録

作成　木本久子
岡田知春
福寿雅子

1　源氏関係系図

〔凡例〕

○各天皇の治世ごとに分類し、当該巻に登場する人物を記載した。なお人物名は当該巻での呼称を記載し、横に通称を付した。

○人物名の横に付した番号は、各系図を通しての同一人物を指す。

○人物名の横に付した×印は、当該巻ではすでに死去している人物を示す。

——→親子・兄弟姉妹関係　　□→中心人物と関係した女性

══→婚姻　　⬭→光源氏の実子

⋯⋯→密通

▯→当該巻の中心人物

桐壺帝治世（桐壺～花宴）

桃園の宮——朝顔の姫君

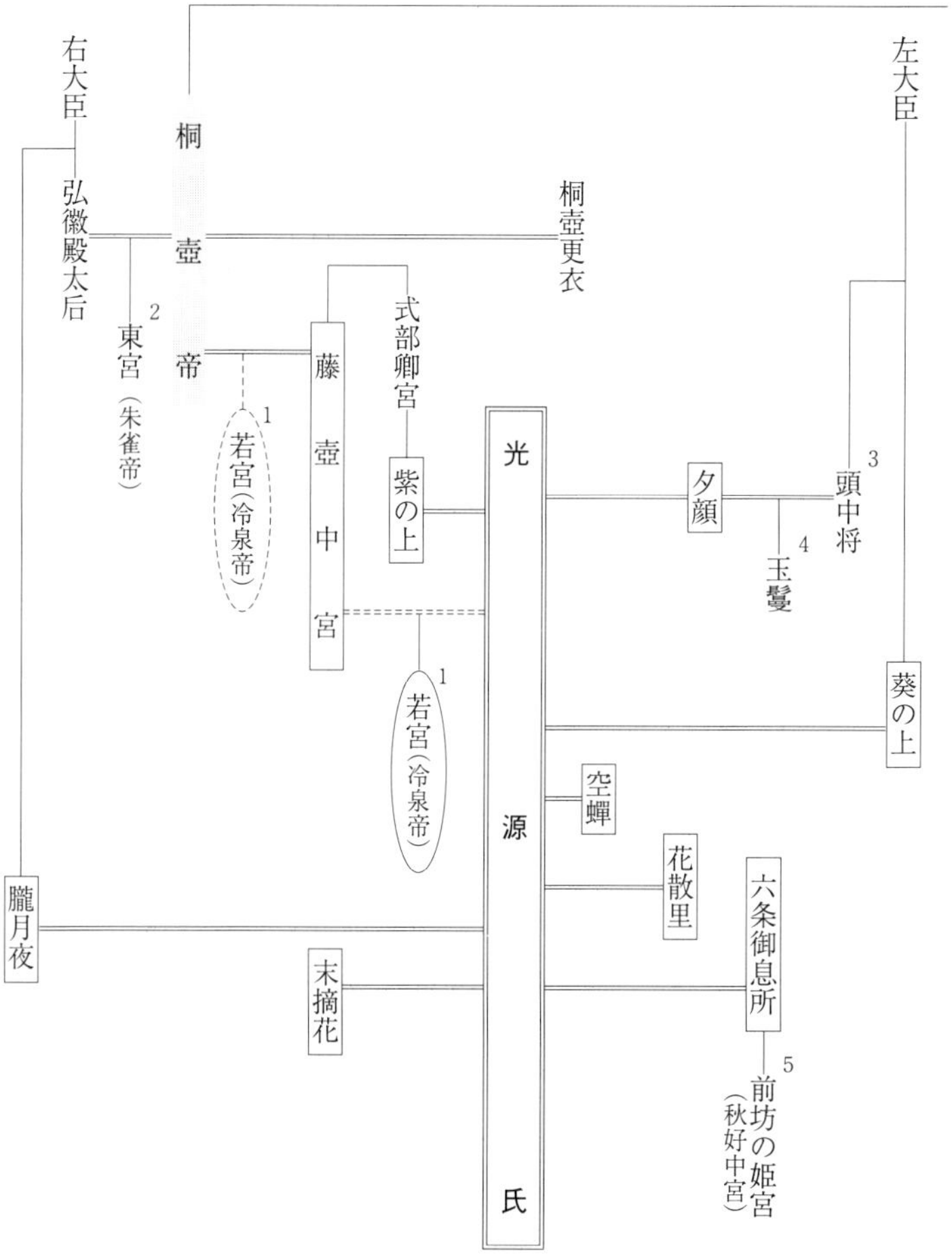

右大臣
桐壺帝
左大臣
弘徽殿太后
桐壺更衣
2
東宮（朱雀帝）
式部卿宮
藤壺中宮
1
若宮（冷泉帝）
紫の上
光源氏
夕顔
3
頭中将
4
玉鬘
1
若宮（冷泉帝）
葵の上
空蟬
花散里
六条御息所
朧月夜
末摘花
5
前坊の姫宮（秋好中宮）

朱雀帝治世（葵〜明石）

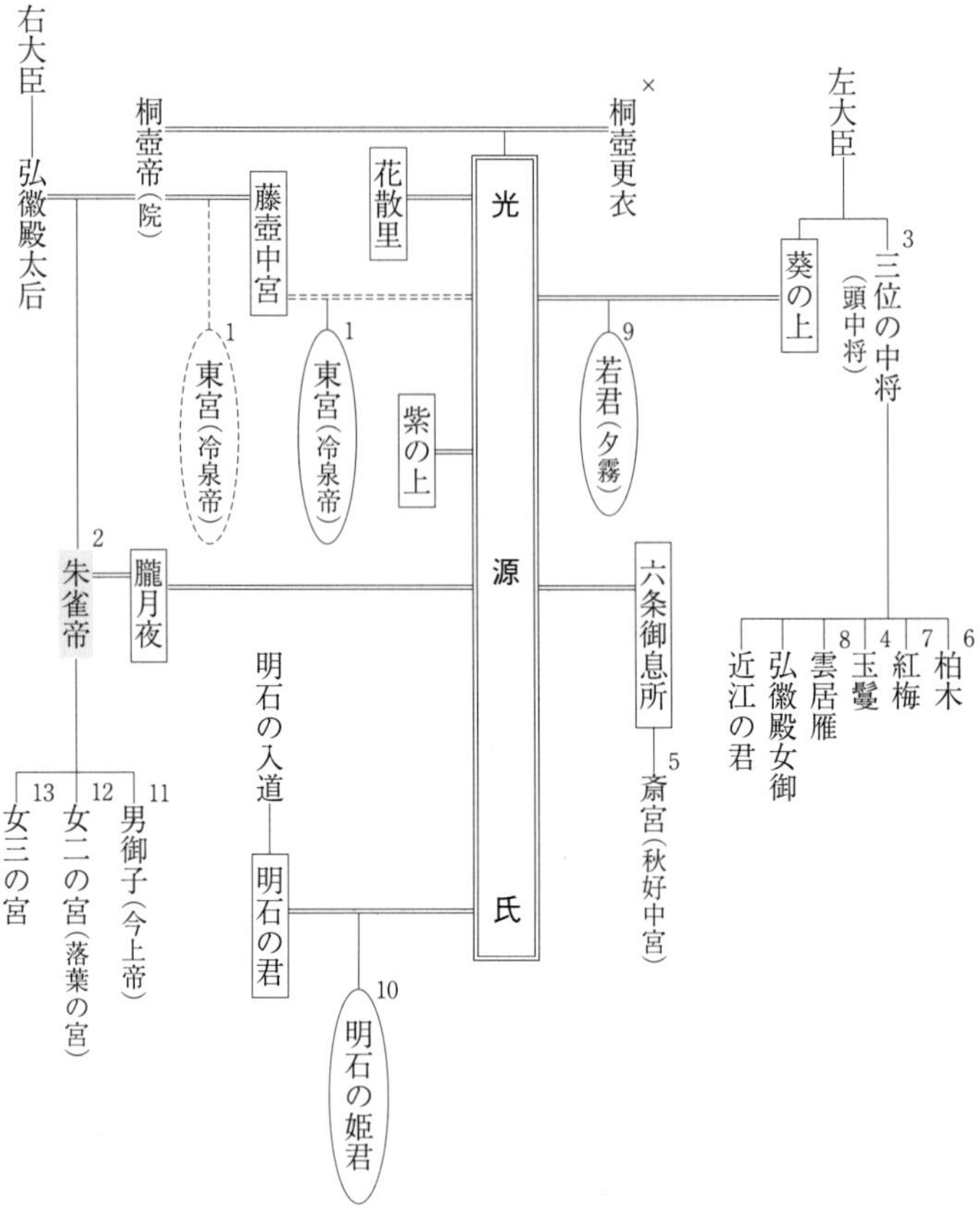
左大臣
三位の中将（頭中将）
葵の上
桐壺更衣
桐壺帝（院）
右大臣
弘徽殿太后
花散里
藤壺中宮
光源氏
東宮（冷泉帝）
若君（夕霧）
紫の上
朱雀帝
朧月夜
六条御息所
斎宮（秋好中宮）
柏木
紅梅
玉鬘
雲居雁
弘徽殿女御
近江の君
明石の入道
明石の君
明石の姫君
男御子（今上帝）
女二の宮（落葉の宮）
女三の宮

冷泉帝・今上帝前期（澪標～雲隠）

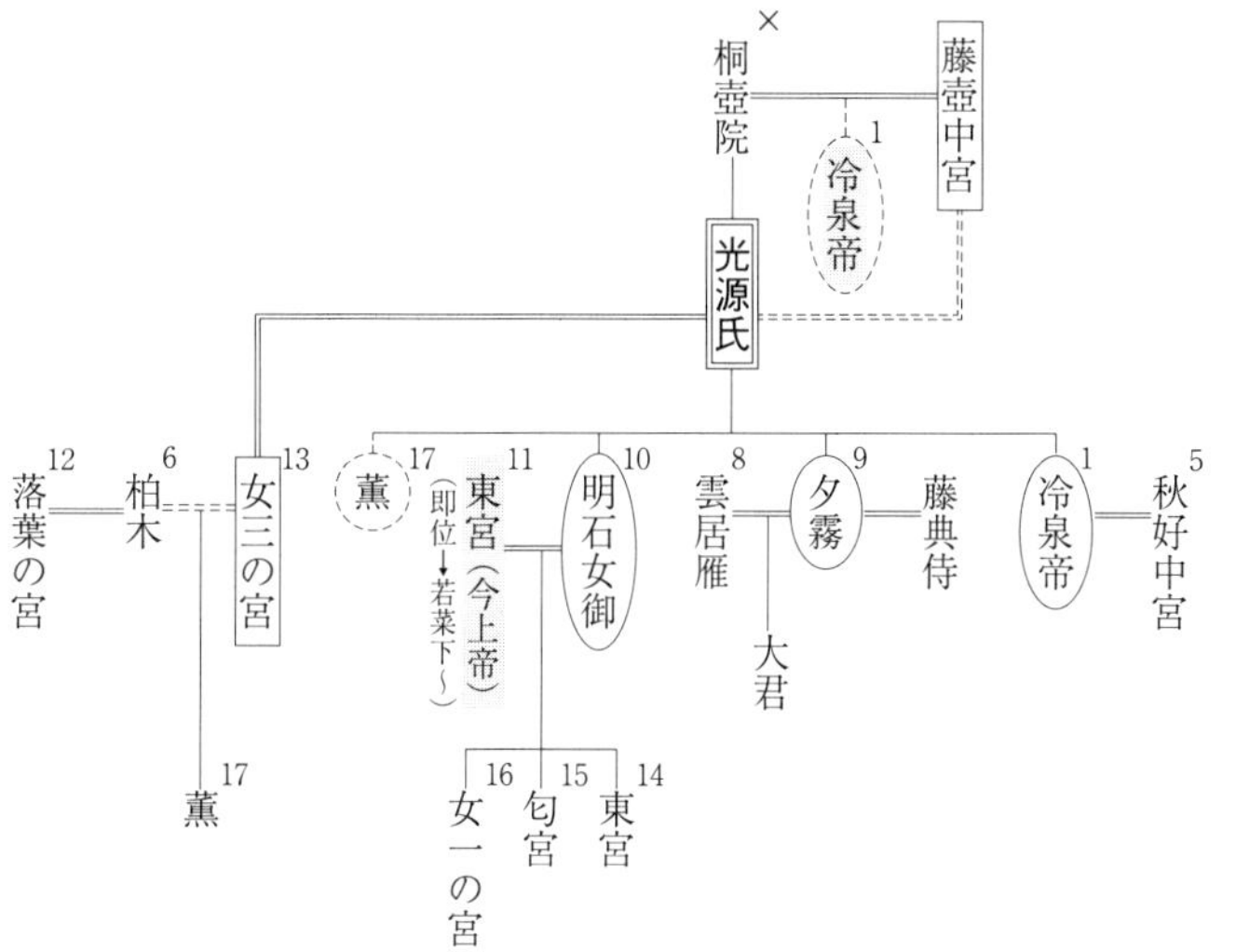

今上帝後期（匂兵部卿～夢浮橋）

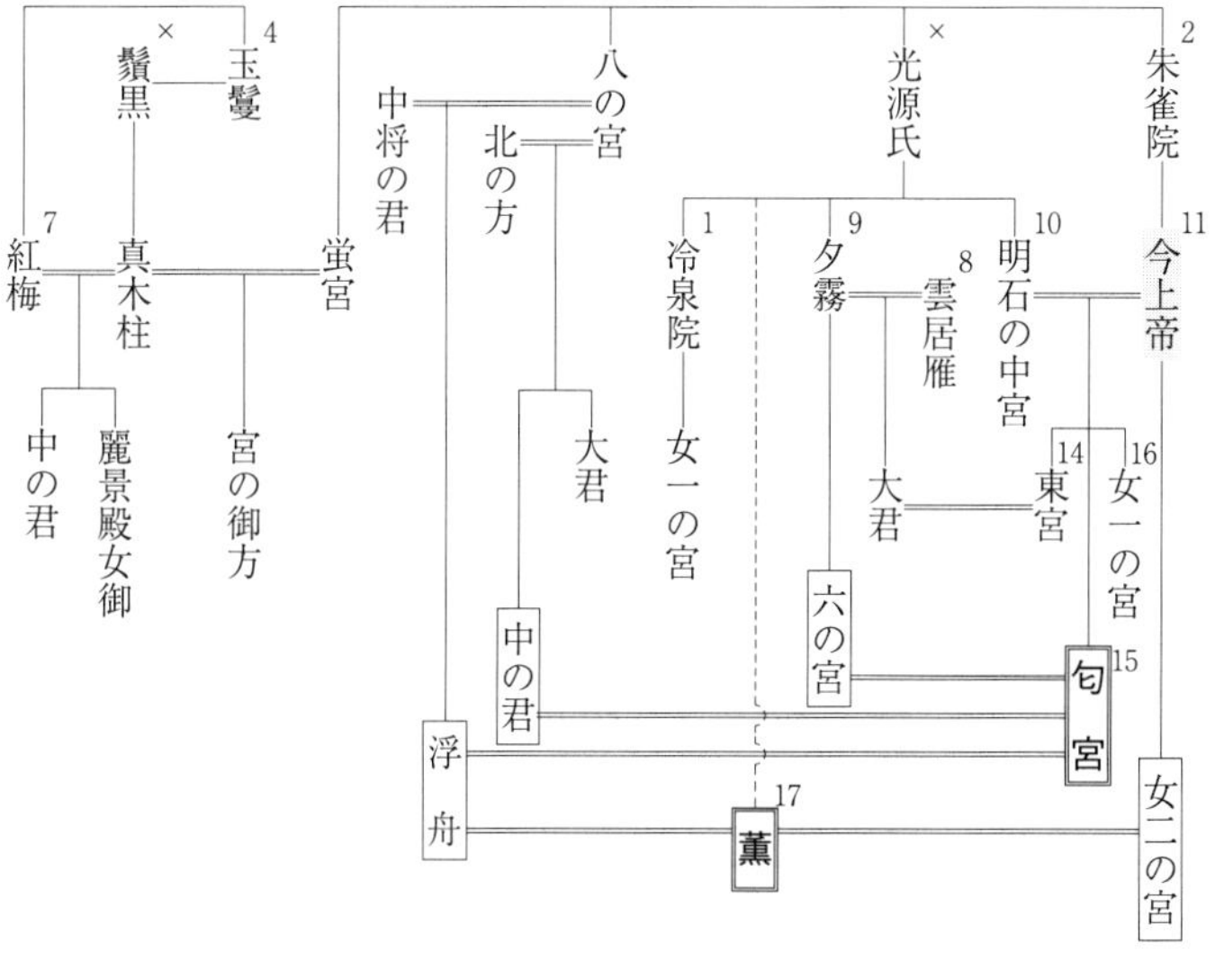

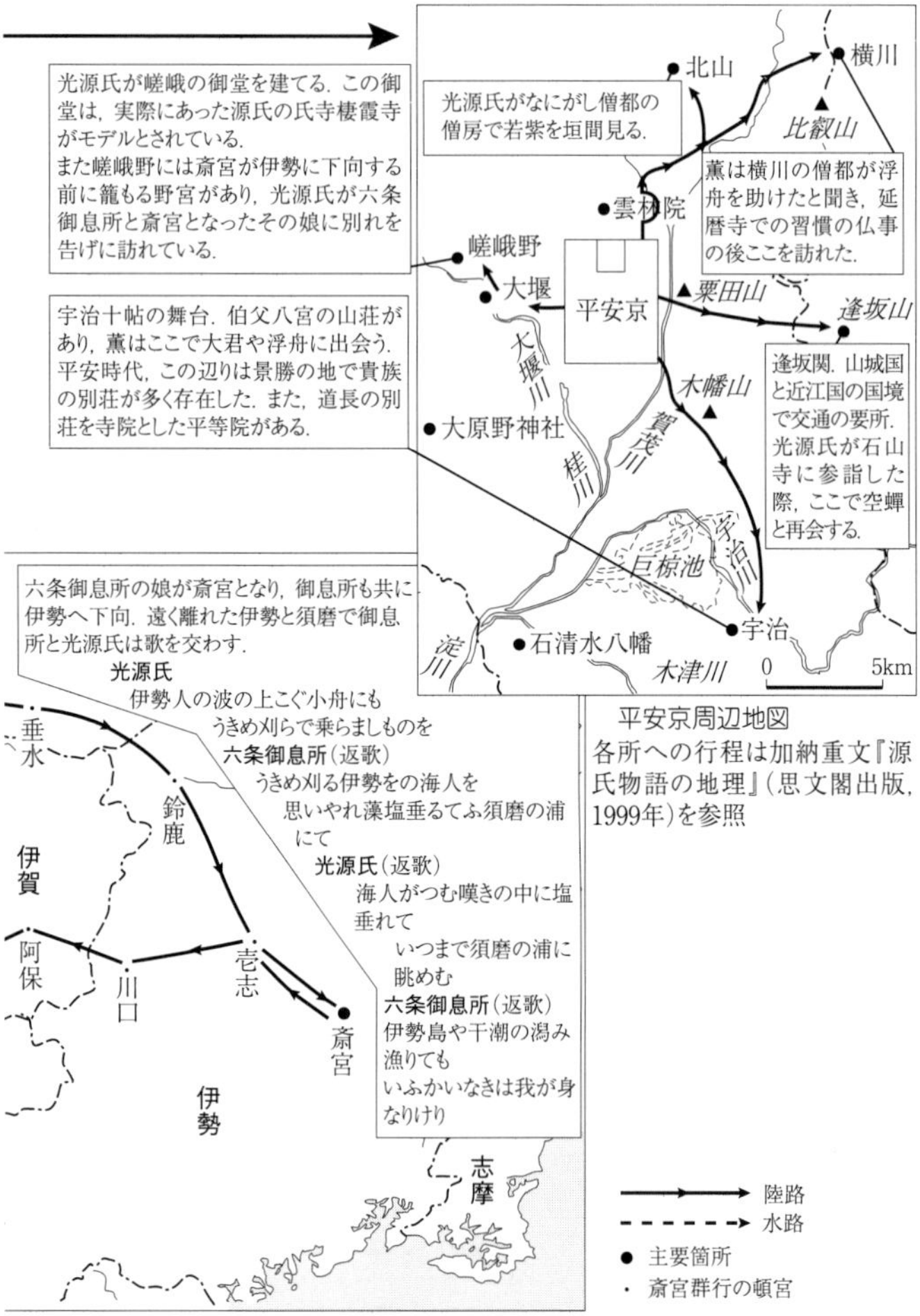
光源氏が嵯峨の御堂を建てる．この御堂は，実際にあった源氏の氏寺棲霞寺がモデルとされている．
また嵯峨野には斎宮が伊勢に下向する前に籠もる野宮があり，光源氏が六条御息所と斎宮となったその娘に別れを告げに訪れている．
宇治十帖の舞台．伯父八宮の山荘があり，薫はここで大君や浮舟に出会う．平安時代，この辺りは景勝の地で貴族の別荘が多く存在した．また，道長の別荘を寺院とした平等院がある．
光源氏がなにがし僧都の僧房で若紫を垣間見る．
薫は横川の僧都が浮舟を助けたと聞き，延暦寺での習慣の仏事の後ここを訪れた．
逢坂関．山城国と近江国の国境で交通の要所．光源氏が石山寺に参詣した際，ここで空蟬と再会する．
北山
横川
比叡山
雲林院
嵯峨野
大堰
平安京
粟田山
逢坂山
大堰川
木幡山
大原野神社
賀茂川
桂川
宇治川
巨椋池
宇治
淀川
石清水八幡
木津川
0
5km
六条御息所の娘が斎宮となり，御息所も共に伊勢へ下向．遠く離れた伊勢と須磨で御息所と光源氏は歌を交わす．
光源氏
伊勢人の波の上こぐ小舟にも
うきめ刈らで乗らましものを
六条御息所（返歌）
うきめ刈る伊勢をの海人を
思いやれ藻塩垂るてふ須磨の浦にて
光源氏（返歌）
海人がつむ嘆きの中に塩垂れて
いつまで須磨の浦に眺めむ
六条御息所（返歌）
伊勢島や干潮の潟み漁りても
いふかいなきは我が身なりけり
垂水
鈴鹿
伊賀
阿保
川口
壱志
斎宮
伊勢
志摩
陸路
水路
主要箇所
斎宮群行の頓宮

平安京周辺地図
各所への行程は加納重文『源氏物語の地理』（思文閣出版，1999年）を参照

合は往路と同様であるが，天皇崩御の場合は壱志～山崎津を経て難波津に向か
内へ入ることとなる．

2　源氏物語関係地図

源氏物語の舞台は，平安京内にとどまらず，さまざまな場所が登場する．その場所は実際に平安時代の人びとが赴いた場所でもある．ここでは，舞台となった主要箇所を記し，作中の登場人物や実際に平安時代の人びとが歩いた行程を示した．

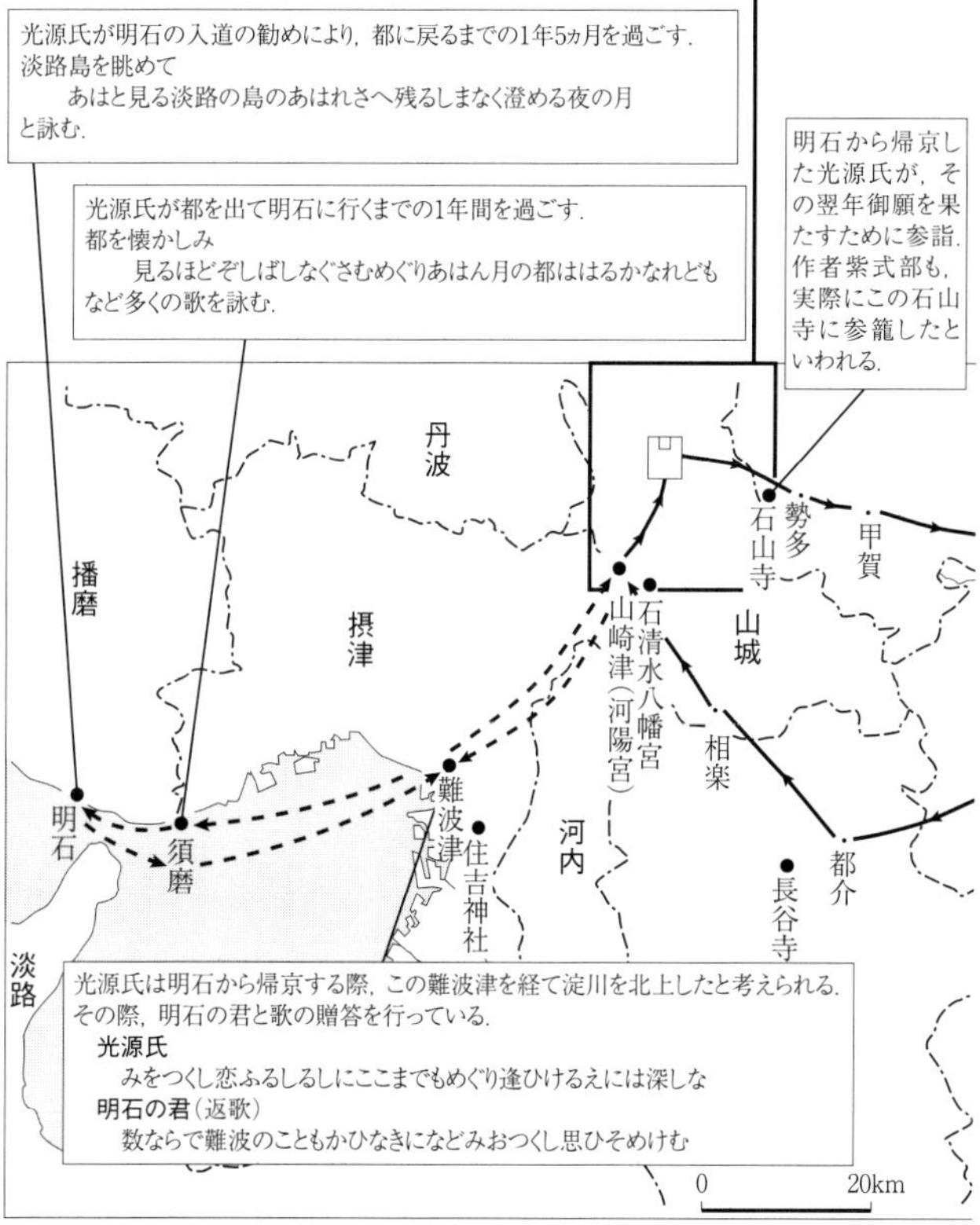
光源氏が明石の入道の勧めにより，都に戻るまでの1年5ヵ月を過ごす．
淡路島を眺めて
あはと見る淡路の島のあはれさへ残るしまなく澄める夜の月
と詠む．
光源氏が都を出て明石に行くまでの1年間を過ごす．
都を懐かしみ
見るほどぞしばしなぐさむめぐりあはん月の都ははるかなれども
など多くの歌を詠む．
明石から帰京した光源氏が，その翌年御願を果たすために参詣．作者紫式部も，実際にこの石山寺に参籠したといわれる．
丹波
播磨
摂津
山城
河内
淡路
明石
須磨
難波津
住吉神社
山崎津（河陽宮）
石清水八幡宮
石山寺
勢多
甲賀
相楽
都介
長谷寺
光源氏は明石から帰京する際，この難波津を経て淀川を北上したと考えられる．
その際，明石の君と歌の贈答を行っている．
光源氏
みをつくし恋ふるしるしにここまでもめぐり逢ひけるえには深しな
明石の君（返歌）
数ならで難波のこともかひなきになどみおつくし思ひそめけむ
0
20km

畿内周辺地図

斎宮への往路は，勢多～壱志の頓宮を通過する．ただし復路は天皇譲位の場い，祓えの儀式を行った後再び水路（難波津－山崎津間は淀川を利用）で京

邸宅名表

	邸宅名	所有者
1	朝顔桃園邸	
2	一条院	藤原道長
3	一条第	藤原兼家
4	藤原斉敏第	藤原斉敏
5	落葉宮一条邸？	
6	一条第	藤原道長
7	安倍清明第	安倍清明
8	土御門第	源師房
9	高倉第	藤原道長
10	鷹司殿	源倫子
11	枇杷殿	藤原道長
12	土御門第(京極殿)	藤原道長
13	紀伊守中川家？	
14	菅原院	源顕基
15	末摘花邸？	
16	花散里家	
17	高陽院	藤原頼通
18	石井殿	源重信
19	小野宮北宅	藤原資平
20	小野宮	藤原実資
	左大臣邸	
21	弘徽殿女御二条家	
22	町尻殿	藤原道兼
23	小二条殿	藤原道長
24	堀河院	藤原道長
25	閑院	藤原公季
26	東三条殿	藤原道長
	右大臣邸	
27	小二条殿（二条殿）	藤原道長
	藤壺三条宮	
28	二条院	藤原教道
	光源氏二条院（北一町） (陽成院をモデルとするか)	
	女三宮三条宮（南一町）	
29	二条東院	
30	東三条南院	藤原道隆
31	大西殿 (藤壺三条宮(27)のモデル)	昌子内親王 (藤壺中宮モデル)
32	玉鬘邸	
33	紅梅右大臣邸	
34	鼓松殿	源師房
35	三条万里小路第	禎子内親王
36	夕霧邸	
37	若紫家	
38	四条宮	藤原公任
39	夕顔五条家	
40	六条第	藤原彰子
41	なにがしの院	
42	千種殿	源師房
43	源師房第	源師房
44	河原院 (光源氏六条院のモデル)	源融
	光源氏六条院	
45	九条殿	藤原道長

網かけは，作中に登場した邸宅名を示す．

3　一条朝における貴族の邸宅と源氏物語登場人物の邸宅

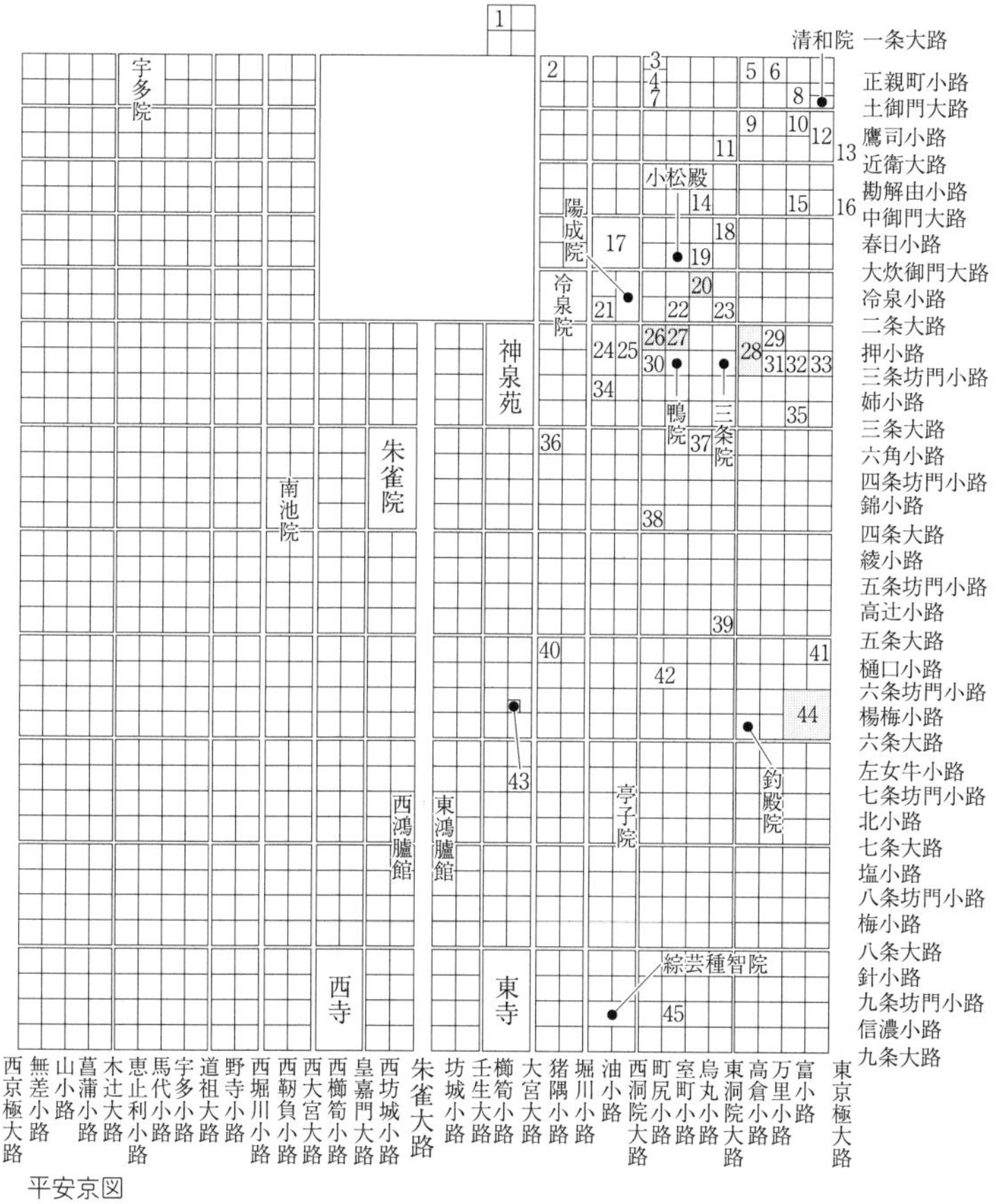

平安京図

実在した邸宅の箇所は『平安京提要』(角川書店, 1994年) を参考にした. また, 作中に登場した邸宅箇所は加納重文氏の推定によるものである (『源氏物語の地理』 思文閣出版, 1999年). 網かけは実在した邸宅と作中に登場した邸宅が重なった箇所を示す.

貞観殿

源氏物語	王命婦　：藤壺中宮の侍女
一条朝	（御匣殿が置かれる）

淑景舎

源氏物語	桐壺更衣 光源氏 明石姫君	：桐壺帝更衣 （曹司として使用） ：今上帝中宮
一条朝	藤原道隆二女	：居貞親王（三条天皇）女御

昭陽舎

源氏物語	冷泉帝（東宮）	
一条朝	藤原彰子ヵ	『御堂関白記』寛弘3年12月15日条参照

麗景殿

源氏物語	麗景殿女御（弘徽殿大后姪） 麗景殿女御（花散里姉） 麗景殿女御（女二宮母） 麗景殿女御（紅梅女） 藤壺女御	：朱雀帝女御 ：桐壺帝女御 ：今上帝女御 ：東宮后 ：今上帝女御（東宮時代に居住）
一条朝	藤原綏子（藤原兼家女）	：居貞親王（三条天皇）女御

承香殿

源氏物語	王女御（西の局） 玉鬘（東の局）	：冷泉帝女御 ：尚侍
一条朝	藤原元子（藤原顕光女）	：一条天皇女御

源氏物語作中において，この内裏に居所を置いた人物を上段に，源氏物語作成時期である一条天皇の時代において，実際にこの内裏に居所を置いていた人物を下段に示した．

4　平安京内裏図（作中の居所と実際の居所）

登花殿

源氏物語	朧月夜	：御匣殿（薄暗い場所として描かれる）
一条朝	藤原定子（藤原道隆女）	：一条天皇皇后

弘徽殿

源氏物語	弘徽殿大后（右大臣女） 朧月夜 弘徽殿女御（頭中将女）	：桐壺帝女御 ：尚侍（光源氏の出会いの場） ：冷泉帝女御
一条朝	藤原義子（藤原道隆女）	：一条天皇女御

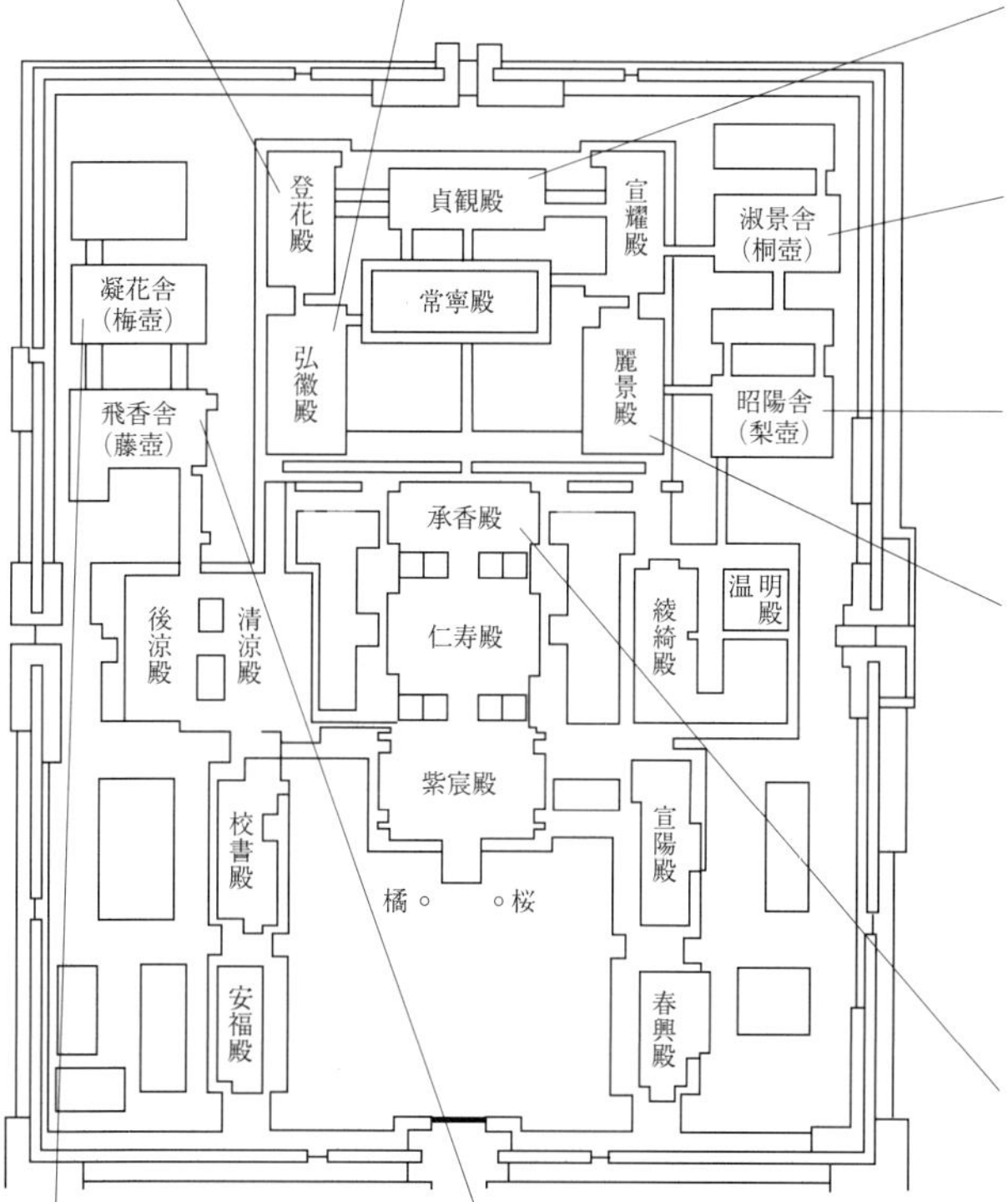

凝花舎

源氏物語	秋好中宮 二宮（明石中宮女）	：冷泉帝中宮 （曹司として使用）
一条朝	藤原詮子（藤原兼家女）	：花山院皇太后

飛香舎

源氏物語	藤壺中宮 藤壺女御 藤壺女御	：桐壺帝中宮 ：朱雀帝女御 ：今上帝女御
一条朝	藤原彰子（藤原道長女）	：一条天皇中宮（道長が直廬としても使用）

参考文献

源氏物語とその時代（瀧浪貞子）

今井源衛『紫式部』吉川弘文館、一九六六年
後藤祥子『源氏物語の史的空間』東京大学出版会、一九八六年
瀧浪貞子「女御・中宮・女院—後宮の再編成—」『論集平安文学』三、一九九五年
瀧浪貞子「阿衡の紛議—上皇と摂政・関白—」『史窓』五八、二〇〇一年
角田文衞『紫式部の世界』法蔵館、一九八四年
林　陸朗「前期摂関期と延喜天暦」『上代政治社会の研究』吉川弘文館、一九六九年
村井康彦『平安貴族の世界』徳間書店、一九六八年
目崎徳衛「円融上皇と宇多源氏」『貴族社会と古典文化』吉川弘文館、一九九五年
山中　裕『平安時代の女流作家』至文堂、一九七〇年

源氏物語の登場（加納重文）

秋山　虔『源氏物語の世界』東京大学出版会、一九六四年
阿部秋生『源氏物語研究序説』東京大学出版会、一九五九年
石川　徹「物語文学の成立と展開」『講座日本文学3』三省堂、一九六八年
今井源衛『王朝文学の研究』角川書店、一九七〇年
片桐洋一『源氏物語以前』笠間書院、二〇〇一年
君島久子「金沙江の竹娘説話—チベット族の伝承と『竹取物語』—」『文学』岩波書店、一九七三年

小西甚一『日本文藝史I』講談社、一九八五年
小松茂美『かな』岩波書店、一九六八年
鈴木一雄「物語文学の形成」日本古典文学全集8『竹取物語ほか』解説、小学館、一九七二年
玉上琢弥『源氏物語研究』角川書店、一九六六年
橋本進吉博士著作集3『文字及び仮名遣の研究』岩波書店、一九四九年
藤原克巳『菅原道真と平安朝漢文学』東京大学出版会、二〇〇一年

源氏物語と王権（元木泰雄）

岡野友彦『源氏と日本国王』講談社現代新書、二〇〇三年
倉本一宏『摂関政治と王朝貴族』吉川弘文館、二〇〇〇年
黒板伸夫『摂関時代史論集』吉川弘文館、一九八〇年
篠原昭二『源氏物語の論理』東京大学出版会、一九九一年
角田文衞『待賢門院璋子の生涯』朝日新聞社、一九八五年
角田文衞監修『平安時代史事典　資料・索引編』角川書店、一九九四年
橋本義彦『平安貴族』平凡社、一九八六年
日向一雅『源氏物語の準拠と話型』至文堂、一九九九年
日向一雅『源氏物語の世界』岩波新書、二〇〇四年
藤木邦彦『平安王朝の政治と制度』吉川弘文館、一九九一年
美川　圭「崇徳院誕生問題の歴史的背景」『古代文化』五六―一〇、二〇〇四年
美川　圭『院政―もう一つの天皇制―』中央公論新社、二〇〇六年
目崎徳衛『貴族社会と古典文化』吉川弘文館、一九九五年

元木泰雄『院政期政治史研究』思文閣出版、一九九六年
元木泰雄編『日本の時代史7　院政の展開と内乱』吉川弘文館、二〇〇二年
山中　裕『源氏物語の史的研究』思文閣出版、一九九七年
山本一也「日本古代の皇后とキサキの序列—皇位継承に関連して—」『日本史研究』四七〇、二〇〇一年
吉川真司『律令官僚制の研究』塙書房、一九九八年
米田雄介『藤原摂関家の誕生』吉川弘文館、二〇〇二年

源氏物語の男と女（工藤重矩）

工藤重矩『平安朝の結婚制度と文学』風間書房、一九九四年
工藤重矩「源氏物語の個人・家族・社会」『源氏物語研究集成第六巻　源氏物語の思想』風間書房、二〇〇一年
工藤重矩「平安朝貴族の結婚と源氏物語」『福岡教育大学国語科論集』四三、二〇〇二年
工藤重矩「倫理・道徳」『講座源氏物語研究第二巻　源氏物語とその時代』おうふう、二〇〇六年
栗原　弘『高群逸枝の婚姻女性史像の研究』高科書店、一九九四年
高群逸枝『招婿婚の研究』大日本雄弁会講談社、一九五三年
高群逸枝『日本婚姻史』至文堂、一九六三年
鷲見等曜『前近代日本家族の構造』弘文堂、一九八三年

王朝貴族の生と死（五島邦治）

大江　篤『日本古代の神と霊』臨川書店、二〇〇七年
朧谷　寿「平安時代の公卿層の葬墓—九・一〇世紀を中心として—」笠谷和比古編『公家と武家Ⅱ—「家」の比較文明史的考察—』思文閣出版、一九九九年
栗原　弘「藤原道長家族の葬送について」『名古屋文理大学紀要』五、二〇〇五年

高取正男『神道の成立』平凡社、一九七九年
田中久夫『氏神信仰と祖先祭祀』名著出版、一九九一年

検証・平安京とその周辺（**梶川敏夫**）

網伸也・鈴木廣司ほか『平安京右京三条二坊十五・十六町—「斎宮」の邸宅跡—』財団法人京都市埋蔵文化財研究所調査報告第二一冊、二〇〇二年
井上満郎「平安京の人口について」『京都市歴史資料館紀要』一〇、一九九二年
梅川光隆「平安宮内裏」『平安京跡発掘調査概報』京都市文化観光局・財団法人京都市埋蔵文化財研究所、一九八六年
木下保明「史跡名勝嵐山」『京都市埋蔵文化財調査概要』財団法人京都市埋蔵文化財研究所、一九九三年
京都市埋蔵文化財研究所調査報告第一三冊『平安宮Ⅰ』財団法人京都市埋蔵文化財研究所、一九九五年
鈴木忠司ほか『雲林院跡』京都文化博物館調査研究報告第一五集、二〇〇二年
田中琢・田辺昭三「平安京を中心とした京都市域の埋蔵文化財発掘調査の記録方法の改善について」『京都市文化観光資源調査会報告書』京都市文化観光局、一九七七年
辻　純一「条坊制とその復原」『平安京提要』財団法人古代學協會、一九九四年
角田文衞「紫野斎院の所在地」『古代文化』二四—八、財団法人古代學協會、一九七二年
角田文衞「平安京の鴻臚館」『古代文化』四二—八、財団法人古代學協會、一九九〇年
角田文衞ほか『平安京提要』付図、財団法人古代學協會、一九九四年
平尾政幸「平安京跡左京二条二坊十町（高陽院）発掘調査現地説明会資料」財団法人京都市埋蔵文化財研究所、二〇〇五年
平田泰・加納敬二・小檜山一良ほか『京都嵯峨野の遺跡』財団法人京都市埋蔵文化財研究所研究調査報告一四冊、

一九九七年
平田泰・吉川義彦・菅田薫「右京七条一坊」『昭和五七年度京都市埋蔵文化財調査概要』財団法人京都市埋蔵文化財研究所、一九八四年
山田邦和「平安京の概要」『平安京提要』財団法人古代學協會、一九九四年

王朝貴族と源氏物語（**朧谷　寿**）

阿部　猛『尾張国解文の研究』新生社、一九七一年
家永三郎『新日本史講座　貴族論』中央公論社、一九四九年
朧谷　寿「日本古代における〝貴族〟概念」村井康彦編『公家と武家―その比較文明史的考察―』思文閣出版、一九九五年
竹内理三「口伝と教命―公卿学系譜―」『律令制と貴族政権』Ⅱ、お茶の水書房、一九五八年
村井康彦『平安貴族の世界』徳間書店、一九六八年
村井康彦「天皇・貴族・武家」村井康彦編『公家と武家―その比較文明史的考察―』思文閣出版、一九九五年

描かれた源氏物語（**佐野みどり**）

秋山虔・田口榮一『豪華「源氏絵」の世界　源氏物語』学習研究社、一九八八年
伊井春樹『源氏物語古注集成10　源氏綱目付源氏絵詞』桜楓社、一九八三年
寺本直彦『源氏物語受容史論考』風間書房、一九七〇年
吉田幸一「慶安三年山本春正跋「絵入源氏物語」六十巻の存在価値と絵入り本としての意義」『平安文学研究』七二、一九八四年

源氏物語以後（**藤本孝一**）

「源氏釈」「花鳥余情」「仙源抄」「休聞抄」「万水一露」「岷江入楚」「源氏綱目」「一葉抄」「弄花抄」「孟津抄」

「細流抄」「光源氏一部歌」「源氏物語提要」『源氏物語古注集成』桜楓社、一九七八〜九二年

源氏物語と日本文化（谷　晃）

岩井茂樹『茶道と恋の関係史』思文閣出版、二〇〇六年
『源氏物語と和菓子展』虎屋文庫、二〇〇三・二〇〇七年
「源氏活花記」『花道古書集成』三、思文閣出版、一九七〇年復刻
谷　晃『茶会記の研究』淡交社、二〇〇一年
筒井紘一「闘茶の方法」『茶道聚錦二』小学館、一九八四年
中山圭子「上菓子に見る源氏物語の世界」『京菓子』淡交別冊二五、一九九八年
林　恭子『かたちのなかの源氏物語』弓立社、二〇〇三年

あとがき

『源氏物語』がいつ書き始められ、何年に完成したのか、正確には分からない。『紫式部日記』の寛弘五年（一〇〇八）十一月一日条に、藤原公任が紫式部を物語の中の紫の上（光源氏の妻）に擬えて、「このあたりに若紫はおいでになるでしょうか」と言ってからかったと見えるのが、年紀の確認される唯一の記事である。本書が世に出る二〇〇八年は、その寛弘五年から数えてちょうど一〇〇〇年目にあたり、各地で「源氏物語千年紀」顕彰事業が盛り上がりをみせるなか、紫式部や『源氏物語』があらためて見直されている。そうした節目の時期に、『歴史と古典』シリーズの一巻として本書が刊行されるのは、まことに時宜を得たものであり、編者としても嬉しいかぎりである。

いうまでもなく『源氏物語』は、わが国が世界に誇ることのできる文学作品である。しかし一部の人を除けば、これをじっくり読み通したという人がどれだけいるだろうか。名前は知っていても読んだことがない、というのが実情であろう。本書はそうした『源氏物語』を身近に感じていただく一助として、今までとは異なる視点、すなわち歴史的な観点からこの物語をどう読み解くことができるかという点に主眼を置きつつ、関係諸分野の方々に幅広く論じていただいたものである。理解を容易にするために、できるだけ平易な文章での執筆をお願いした。

むろん限られたスペースなので、『源氏物語』のすべてを語り尽くすことは不可能であるが、最新の研究成果を盛り込んだ『源氏物語』論になったと思う。その意味では従来とは違った味わい方が提示され、『源氏物語』理解に新たな展望を開くことができたのではないかと、秘かに自負している。ただし編者としては、あくまでも執筆者それぞれの立場や意見を尊重し、理解や解釈に違いがあっても、あえて統一することはしなかった。

私自身についていえば、『源氏物語』の歴史性ともいうべきものをあらためて考え直す機会を与えられ、『源氏物語』はもとより紫式部についてもその偉大さを再発見したような感がある。これを機にさらに『源氏物語』の歴史的な分析を続けたいと思う。

二〇〇八年二月

瀧　浪　貞　子

執筆者紹介（生年、現職、専門分野、主要著書）―執筆順

瀧《たき》浪《なみ》貞《さだ》子《こ》　↓別掲

元《もと》木《き》泰《やす》雄《お》　一九五四年生れ　京都大学大学院教授　日本中世前期政治史
『院政期政治史研究』思文閣出版、一九九六年
『源義経』吉川弘文館、二〇〇七年

工《く》藤《どう》重《しげ》矩《のり》　一九四六年生れ　福岡教育大学教授　平安朝文学
『平安朝律令社会の文学』ぺりかん社、一九九三年
『平安朝和歌漢詩文新考　継承と批判』風間書房、二〇〇〇年

五《ご》島《しま》邦《くに》治《はる》　一九五二年生れ　宗教文化研究所理事、同志社女子大学嘱託講師　日本都市史
『京都町共同体成立史の研究』岩田書院、二〇〇四年
『源氏物語　六条院の生活』宗教文化研究所・風俗博物館、一九九八年（監修執筆）

加《か》納《のう》重《しげ》文《ふみ》　一九四〇年生れ　京都女子大学名誉教授　日本文学
『歴史物語の思想』京都女子大学、一九九二年

『明月片雲無し―公家日記の世界―』風間書房、二〇〇二年

梶《かじ》川《かわ》敏《とし》夫《お》　一九四九年生れ　京都市文化財保護課　日本考古学(歴史考古)・平安京跡、山林寺院跡

『ケシ山窯跡群発掘調査概報』京都市埋蔵文化財調査センター編、一九八五年

『祥雲寺客殿跡の発掘調査報告』総本山智積院、一九九五年

朧《おぼろ》谷《や》寿《ひさし》　一九三九年生れ　同志社女子大学特任教授　日本古代史・平安時代の政治、文化史

『源氏物語の風景』吉川弘文館、一九九九年

『藤原道長』ミネルヴァ書房、二〇〇七年

藤《ふじ》本《もと》孝《こう》一《いち》　一九四五年生れ　龍谷大学客員教授　古文書学・写本学

『禅定寺文書』吉川弘文館、一九七九年

『中世史料学叢論』思文閣出版、二〇〇八年

佐《さ》野《の》みどり　一九五一年生れ　学習院大学教授　日本美術史・芸術学

『風流・造形・物語』スカイドア、一九九七年

『じっくり見たい源氏物語絵巻』小学館、二〇〇〇年

谷《たに》晃《あきら》　一九四四年生れ　野村美術館学芸部長　茶の湯文化史

『茶会記の研究』淡交社、二〇〇一年

『茶人たちの日本文化史』講談社現代新書、二〇〇七年

吉《よし》住《ずみ》恭《きょう》子《こ》　一九六九年生れ　京都市歴史資料館館員　日本古代史
「奈良朝に於ける皇親の存在形態」（『史窓』第五二号、一九九五年）
「皇親と賜姓皇親」（『史窓』第五八号、二〇〇一年）

西《にし》山《やま》恵《けい》子《こ》　一九四九年生れ　宇治市源氏物語ミュージアム館員　古代中世政治・文化史
『平安時代の宇治』宇治市教育委員会編、一九九〇年
『古記録と日記』思文閣出版、一九九三年（共著）

編者略歴
一九四七年　大阪府生れ
一九七三年　京都女子大学大学院修士課程修了
現　在　京都女子大学文学部教授、博士（文学）
〔主要著書〕
『日本古代宮廷社会の研究』『平安建都』『最後の女帝　孝謙天皇』『帝王聖武　天平の勁き皇帝』『女性天皇』ほか

歴史と古典

源氏物語を読む

二〇〇八年（平成二十）七月一日　第一刷発行

編　者　瀧《たき》浪《なみ》貞《さだ》子《こ》
発行者　前田求恭
発行所　株式会社　吉川弘文館
郵便番号一一三―〇〇三三
東京都文京区本郷七丁目二番八号
電話〇三―三八一三―九一五一〈代表〉
振替口座〇〇一〇〇―五―二四四番
http://www.yoshikawa-k.co.jp/
印刷＝株式会社 理想社
製本＝誠製本株式会社
装幀＝清水良洋

ISBN978-4-642-07151-2

歴史と古典

刊行のことば

日本には、世界に比し膨大な量の歴史資料や古典が私たちの共有財産として残されています。物語や和歌、演じられた芸能などは、誕生した同時代の人を楽しませ、後世の人には古典の楽しさとともに、書かれたその時代を雄弁に語る資料として今日まで親しまれてきました。当時の人には同時代を描いたものであり、時代背景や物事の決まりなどについては解説の必要はありません。ところが、今日の私たちが古典を読むときには、そのままに理解できることと、言葉の意味さえ変わってしまい今ではわからなくなってしまったことがあります。古典に描かれた世界をその時代背景とともに理解するには、適切な水先案内人が必要となってきています。

このたび刊行の「歴史と古典」シリーズは、歴史学・考古学や日本文学などの諸分野の研究者の協業により、古典の内容を明らかにするとともに、その時代の有り様を読み解き、歴史を知るための資料としての古典を浮かび上がらせていきます。

取り上げる古典は、いずれも歴史事実をもとにして構成され、虚構を交えながらも歴史像と時代の心意を表現しています。その虚構さえ、その時代の制約から逃れることはできず、歴史を知る鍵ともなっているはずです。

本シリーズにより、みなさまが古典を読み解くとき、内容を知るだけではなく、描かれた時代やその歴史を今まで以上に豊かなものとし、古典の世界を楽しく、そして深く理解するために、その一助ともなれば望外の幸せに存じます。

二〇〇八年五月　吉川弘文館

歴史と古典

全10巻の構成

		（価格は税込）
古事記を読む	三浦佑之編	二九四〇円
万葉集を読む	古橋信孝編	（続　刊）
将門記を読む	川尻秋生編	（続　刊）
源氏物語を読む	瀧浪貞子編	二九四〇円
今昔物語集を読む	小峯和明編	（続　刊）
平家物語を読む	川合　康編	（続　刊）
北野天神縁起を読む	竹居明男編	（続　刊）
太平記を読む	市沢　哲編	（続　刊）
信長公記を読む	堀　　新編	（続　刊）
仮名手本忠臣蔵を読む	服部幸雄編	（次回配本）